그대를 사랑하지 않기로 했습니다

그대를 사랑하지 않기로 했습니다 3

초판 1쇄 인쇄 2018년 5월 24일
초판 1쇄 발행 2018년 5월 31일

지은이 백묘
발행인 오영배
기획 박성인
책임편집 김수현, 성하림
디자인 VINU
제작 조하늬

펴낸곳 (주)삼양출판사 · 단글
주소 서울시 강북구 도봉로 173
대표 전화 02-980-2112 **팩스** / 02-983-0660
편집부 전화 02-980-2116 **팩스** / 02-983-8201
블로그 blog.naver.com/dan_gul
출판등록 1999년 3월 11일 제9-00046호

ISBN 979-11-283-9458-4 (04810) / 979-11-283-9455-3 (세트)

+ (주)삼양출판사 · 단글의 서면 허락 없이는 어떠한 형태나 수단으로도 이 책의 내용을 이용하지 못합니다.
+ 지은이와 협의하에 인지는 생략합니다. 잘못된 책은 구입한 곳에서 바꾸어 드립니다.
+ 이 도서의 국립중앙도서관 출판시도서목록(CIP)은 서지정보유통지원시스템홈페이지(http://seoji.nl.go.kr)와
  국가자료공동목록시스템(http://www.nl.go.kr/kolisnet)에서 이용하실 수 있습니다. (CIP제어번호: 2018015531)

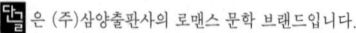 은 (주)삼양출판사의 로맨스 문학 브랜드입니다.

그대를 사랑하지 않기로 했습니다

3 ··· 백묘 소설

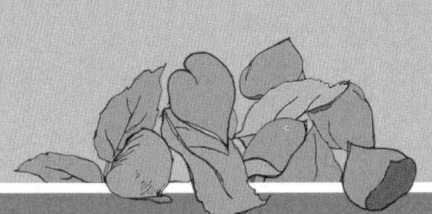

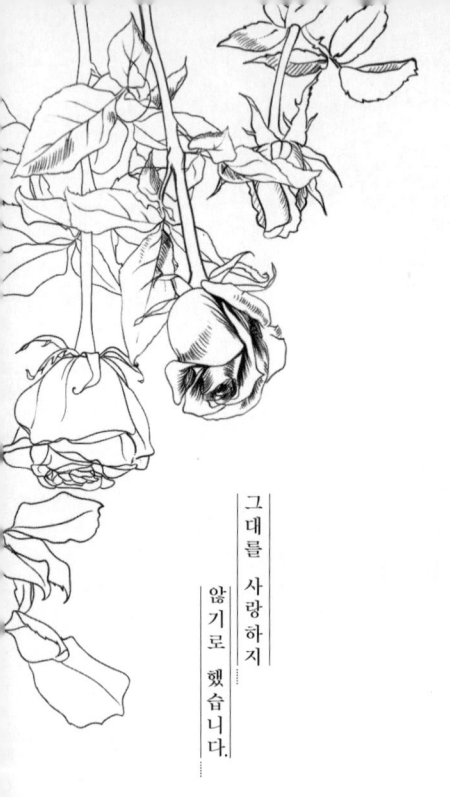

그대를 사랑하지
않기로 했습니다.

Contents

13장. 믿어지지 않는 이야기	⋯ 007
14장. 한 치의 벗어남도 없이	⋯ 077
15장. 있는 힘껏 미워하겠습니다	⋯ 149
16장. 세상에서 제일 행복한 사람	⋯ 217
번외 1장. 새하얀 공간조차 축복	⋯ 285
번외 2장. 이 시간의 주인공	⋯ 299

13장
믿어지지 않는 이야기

 휴가철이라 예약을 하는 데 어려움이 있기는 했지만, 결국 바다에 왔다.

 도착한 첫날, 짐을 풀고 바다로 향했다. 예상대로 사람이 많았다. 첫날은 멀리서 바다 구경만 하기로 했는데, 더워서 조금씩 바다 가까이 다가가다 보니 어느 틈에 바닷물에 발을 담그고 있었다. 손으로 찰방찰방, 바닷물을 튀기며 놀다가 해물찜을 먹고 숙소로 돌아왔다.

 재경과 명진은 PC방에서 게임을 할 거라며 사라졌다. 지후와 나루를 위해 자리를 피해 준 것이 분명했다.

 "우리도 나가서 좀 걸을까?"

 지후의 제안에, 둘은 다시 밖으로 나왔다. 숙소는 해변에서 조금 떨어진 곳에 있었는데도 바다 냄새가 났다. 손을 꼭 잡고 해변을 향해 걸었다.

해가 졌는데도 거리에는 사람이 많았다. 숙소로 돌아가는 사람들, 연인과 산책을 하러 나온 사람들.

"옛날 생각난다."

나루의 말에 지후가 웃었다.

"그러게."

2학년 여름 방학 때, 지후와 재경, 나루, 윤영은 함께 바다로 놀러갔다. 기억나지 않는 인원이 몇 명 더 있었다.

"거의 8명 정도 같이 왔었지?"

"응. 누군지 기억은 나?"

"당연하지."

"거짓말쟁이. 기억 안 나면서."

지후의 말에 나루가 입술을 비쭉거렸다.

"넌 기억나?"

"당연하지. 너랑 함께한 순간은 사진처럼 똑똑히 기억해."

"뭐야, 꼭 나보다 네가 날 더 사랑하는 것 같잖아."

"실제로 그럴걸."

"아니거든. 내가 더 사랑하거든."

"아니, 누가 봐도 내가 널 더 사랑해."

"아니야. 내가 널 더 많이 사랑해."

남들이 보면 어이없어할, 그러나 두 사람에게는 심각한 문제로 말다툼을 했다. 투닥투닥하며 걷다 보니 어느새 바닷가에 도착했다.

"그러고 보니 그 당시에 윤영이가 같이 여행 온 애랑 썸을 탔던 것 같은데."

"아, 그랬었나? 아, 맞다. 누군지 알 것 같아. 최연우, 맞지?"

대학교 2학년 때까지만 해도 연우와 꽤 친하게 지냈던 기억이 났다.

"썸만 타다가 끝났었던 것 같은데. 연우가 윤영이 좋아했잖아. 윤영이도 연우한테 꽤 관심 있었고."

한 번 기억이 나니 마치 그때로 돌아간 것처럼 생생했다.

―*나루야, 나 잠깐 나갔다가 올게.*

바다에서 신나게 물놀이를 하고 돌아와 지쳐서 누워 있을 때, 윤영이 홍조 띤 얼굴로 말했었다.

―*어디 가?*
―*그게…… 연우가 잠깐 뭣 좀 사러 가자고 해서.*
―*응? 필요한 게 있나? 아까 다 장 봐서 왔잖아.*
―*그러게, 뭔가 더 필요한 게 있나 봐. 잠깐 나갔다가 올게.*

둔한 나루는, 둘 사이에 뭔가 있다는 걸 눈치채지 못했다. 뭣 좀 사러 간다는 윤영은 늦도록 돌아오지 않았고, 걱정된 나루가 찾으러 가야겠다고 일어나자 재경이 말했다.

―이 둔탱아. 걔네 지금 한창 좋을 때야. 방해하지 마.

한창 좋을 때였다. 그때는. 동생을 잃고 힘들어하던 윤영은, 그 여행 때 많이 즐거워 보였다. 여행에서 돌아온 이후로도 윤영과 연우는 간간이 만났고, 사귄다는 소문까지 돌았지만 결국 사귀지 않고 끝이 났다. 연우가 친구들 등쌀에 떠밀려 미팅을 나갔고, 그걸 윤영에게 들켰기 때문이었다.

"연우는 정말로 윤영이를 좋아했던 것 같아. 걔 군대 가고 친구들이랑 한 번 면회 갔었는데, 윤영이 안부만 묻더라고."

나루의 말에 지후가 고개를 끄덕였다.

"응, 연우가 나한테 상담을 많이 했지. 술 마시고 울기도 많이 울었고."

"아, 그랬었어?"

"응. 복학하고 나서도 종종 윤영이 얘기 꺼내고 그랬어."

"그렇구나."

연우가 군대에 가고 면회 한 번 다녀온 후, 연우와는 자연스럽게 멀어졌다.

"그러고 보니 이 시간에는 썸 탄다는 말이 아직은 없지?"

"그럴걸."

"그럼 뭐라고 했지? 썸 타는 그런 걸?"

"그러게. 그냥 좋은 느낌으로 만나고 있다고 했던가?"

"서로 호감이 있다, 그렇게 말했던 것 같기도 해."

지후와 나루의 대화는 끊임이 없었다. 옛 시간에서도 그랬다. 매일 만나는데도 매일 할 이야기가 많았다. 그래서 참 신기해, 라는 말을 한 적도 있었다.

시간 가는 줄 모르고 대화를 하다가, 늦게야 숙소로 돌아왔다. 명진과 재경은 아직도 돌아오지 않았다. 전화를 했지만 받지 않았고, 문자를 보냈더니 게임하면서 밤을 샐 거라는 대답이 돌아왔다.

지후가 난처하단 표정으로 나루를 돌아봤다.

"이 둘, 왜 이러지?"

"왜 이러긴."

나루가 씩 웃었다.

"너한테 날 덮칠 기회를 주려는 거지."

* * *

재경과 명진은 PC방 앞 편의점 파라솔에 앉아 아이스크림을 먹고 있었다.

"그 둘, 오늘 할까?"

재경이 중얼거렸다.

"못 하면 안 되지. 바다, 여행, 그리고 둘만의 공간. 삼박자가 딱 맞아떨어지는데 못 하면 지후가 문제 있는 거지."
"그건 그래."
"넌 괜찮냐?"
"뭐가?"
"너, 나루 좋아하잖아."
"아아, 그거."
재경이 피식 웃었다.
"됐어, 이젠. 조금씩 정리가 되어 가거든."
"그래?"
"응. 걔들의 성재경은 고백을 못 했으니 평생 그 마음을 품고 가나 본데, 난 고백했고 제대로 차였잖아. 그래서인지 현실을 받아들이게 되네."
"그래도 착잡하긴 하지?"
재경이 명진을 돌아봤다.
"왜 그렇게 보냐?"
"너야말로 내 걱정을 할 때가 아닌 것 같은데."
"왜?"
"나야 사랑에 실패한 것뿐이지만, 넌……."
"괜찮지 않아."
뒷말을 잇지 못하는 재경을 대신해, 명진이 대답했다.
"괜찮을 리가 없지."

명진의 말에 재경의 표정이 굳었다.

"하루, 하루가 왜 이렇게 빨리 지나가는지 모르겠다. 알기 전에는 참 지루한 인생이라고 생각했거든. 그런데 내 목숨이 얼마 남지 않았다는 걸 알고 나니까, 시간이 너무 빠르게 흘러가."

"……"

"무서워, 매일. 한 시간, 한 시간이 흐를 때마다 죽음에 한 걸음, 한 걸음 다가가는 기분이야. 죽을 때 아플까, 얼마나 아플까, 죽은 후에는 어떤 게 날 기다리고 있을까. 아니면 그냥 소멸인 걸까. 하지만 지후가 죽은 후에 여기로 돌아온 걸로 봐선 뭔가 있긴 있는 것 같은데, 그게 과연 뭘까. 매일 그런 생각을 해."

명진이 솔직한 마음을 털어놓는 건 처음이었다. 그래서 재경은 뭐라 대답해야 좋을지 알 수 없었다.

"정신을 바짝 차리지 않으면 미쳐 버릴 것 같아. 그러다가도 때때로 생각해. 나루와 지후의 말이 다 거짓말일 거라고. 두 사람이 짜고 날 놀리는 거라고. 시간을 돌아오고, 운명을 거스르고. 그따위 것이 있을 리 없다고. 하지만…… 결국 믿을 수밖에 없지. 그 둘이 시간을 돌아왔다는 걸."

"그래."

"피할 수 있다면 피하고 싶어. 죽기 싫어. 무서워. 나 아직 하고 싶은 게 많거든. 시간이 많을 줄 알고 미뤄 둔 것들이 정말 많거든. 사랑도 못 해 봤고, 회사도 못 다녀 봤고, 하고 싶은 게임도, 읽고 싶은 책도 많아. 사고 싶은 것도 있고, 차도 사고 싶었

믿어지지 않는 이야기 13

고…… 정말 하고 싶은 게 많은데…….”

명진의 눈가가 붉어졌다. 재경은 절절한 그의 토로를 들으며 한숨을 삼켰다.

"죽기 싫다, 진짜. 재경아, 나 정말 죽기 싫어. 무서워.”

명진이 고개를 숙였다.

재경은 무언가 좋은 말로 명진을 위로하고 싶었지만, 머릿속이 텅 비었다. 할 말을 찾을 수 없어 가만히 명진의 정수리만 응시했다. 다시 고개를 든 명진이 말했다.

"이런 얘기, 나루랑 지후한테는 하지 마라. 걔네 둘은 내가 아니어도 신경 쓸 게 많을 테니까.”

"……그래.”

"윤영이 동생이 죽고, 나도 죽으면, 지후도 12년 후에 죽는다는 게 확정되는 거야. 그러면…… 나루는 힘들어하겠지. 지후도 그럴 거고. 정신 똑바로 붙잡게, 네가 잘 좀 보살펴 줘.”

"그래.”

손에 들고 있던 아이스크림이 다 녹아 버렸다. 손을 타고 줄줄 흐르는 아이스크림을 내려다보던 명진이 씁쓸하게 웃으며 말했다.

"아이스크림이나 하나 더 먹자. 어차피 죽을 거라면 몸에 안 좋은 거나 실컷 먹어야지.”

* * *

옛 시간에서는 함께 샤워를 하고, 함께 잠을 자는 사이였다. 어느 순간부터인가 그것이 아주 자연스러워졌다. 그 당연한 일을, 이 시간에서 할 수 없다는 건 무척이나 곤욕스러운 일이었다.

막 씻고 나온 나루에게서는 향기로운 냄새가 났다. 그녀의 살 냄새와 샴푸 냄새가 지후를 아찔하게 만들었다. 따뜻한 물로 씻고 나와 상기된 그녀의 볼이 탐스러웠다. 마음껏 만지고 싶은데, 그랬다가는 충동을 자제하기 힘들 것 같아서 관뒀다.

이런 마음을 아는지, 모르는지. 나루는 짧은 반바지에 민소매 셔츠만 입은 채로 거실을 돌아다니고 있었다. 나루의 날씬하고 하얀 다리가 눈앞에서 왔다 갔다 할 때마다 심장이 쿵쿵 내려앉았다.

"맥주 한 캔 마실래?"

나루가 냉장고 문을 열고 물었다.

"아니."

안 그래도 힘든데 술까지 마시면 큰일 난다.

"난 한잔 마실 건데."

"난 됐어. 물이나 마시지, 뭐."

"안주는 뭘 할까? 아까 육포 사 온 거 있었던 것 같은데."

나루가 쇼핑백에서 육포를 찾아 이리저리 휘저었다. 저렇게 놔두면 평생 못 찾을 것 같아서, 지후는 나루의 옆으로 다가갔다. 촉촉하게 젖은 머리카락이 가까워졌다.

"여기."

지후가 육포를 찾아냈다.

"역시 내 남친은 대단해."

지후가 뭔가를 잘해내면 나루는 이렇게 칭찬을 하곤 했다. 칭찬을 하면서 짓는 미소는 언제나 가슴이 간질거릴 만큼 해사했다.

"나야 뭐."

지후는 건성으로 대답하고 다시 거실 벽에 등을 대고 앉았다. 지후의 옆에 앉은 나루가 다리를 쭉 뻗으며 맥주 캔을 땄다.

"애들, 오늘 진짜로 안 들어오려나?"

"그럴 것 같은데."

"내일 바다에서 놀아야 하는데, 잠 안 자고 괜찮으려나?"

"20살이잖아. 체력이 넘칠 때지."

"그건 그래. 내가 이 시간으로 돌아와서 제일 신기했던 게, 밤을 새도 죽을 것 같지 않은 점이었어. 30살 넘어가고 나서는, 밤새면 정말 온몸이 무너지는 것 같았는데."

"그러게."

"이 시간에서는 지금부터 체력 관리 좀 해야겠어. 운동도 하고."

"그래. 같이하자."

"응."

나루가 지후를 돌아보며 웃었다. 반달 모양으로 접히는 그녀의 눈매가 사랑스러웠다.

지후는 저도 모르게 그녀의 눈가로 손을 가져갔다. 나루는 자연스럽게 눈을 감고 지후의 손길을 받아들였다.

지후가 머리를 쓰다듬거나 뺨을 어루만질 때면, 나루는 항상 눈을 지그시 감았다. 그 손길을 더욱더 잘 느끼고 싶다는 듯이.

거의 충동적으로 그녀의 이마에, 눈가에 입을 맞췄다. 이러면 안 되는데, 하면서도 입술이 그녀의 입술 위에 겹쳐지는 걸 막을 수가 없었다.

도톰하고 부드러운 입술은 항상 달콤했다. 그 감미로운 맛이 지후의 입술을 적셨다.

지후는 그녀의 입술을 부드럽게 빨아들이다가, 살짝 벌어진 그녀의 입술 안으로 혀를 넣었다. 그녀의 잇몸과 입 안쪽 살을 훑으며, 손바닥으로 그녀의 목덜미를 쓸었다.

"으응……."

그녀의 입술 사이로 흘러나오는 신음에, 간신히 잡고 있던 이성의 끈이 뚝 끊겼다. 방금보다 간절하고 거칠게 키스하며, 나루의 어깨를 눌러 바닥에 눕혔다.

그녀를 눕힌 채 한참 키스를 하다가 입술을 떼어 냈다. 타액에 젖어 부풀어 오른 그녀의 붉은 입술이 선정적이었다.

나루의 달뜬 눈동자를 응시하며, 지후는 그녀의 머리칼을 쓰다듬었다.

"사랑해."

"응, 나도."

지후는 다시 허리를 굽혀 그녀에게 키스를 했고, 자연스럽게 그녀의 옷 안으로 손을 넣었다. 부드러운 살결이 손바닥에 닿았다. 허기진 욕망이 서서히 채워지고 있었다. 그녀의 날씬한 배를 만지며, 그녀의 옷을 벗기려다가 정신을 차렸다.

나루와의 첫 경험은 24살 때였고, 나루는 이 시간에서도 그때까지는 참으라고 했다. 그러니 참아야 한다. 아무리 갈증이 나더라도.

멈춘 지후를 향해 나루가 '왜?'라는 시선을 보내고 있었다.

"24살까지 참아야지."

지후의 말에 나루가 살짝 미간을 좁혔다.

"뭐야, 이 성실한 남자는. 정말로 그 말을 들을 생각이었어?"

"응."

"응이라니. 진짜로?"

"응. 네가 그러라며?"

"그래도……."

나루가 입술을 비쭉거렸다.

"왜? 지금 하고 싶어?"

"아니, 뭐. 꼭 하고 싶다기보다는…… 그런 거 있잖아. 남자가 남자답게 빡, 하면 뭔가 뻑, 하고 오는 그런 거."

"뭔지 전혀 모르겠는데."

지후가 모른 체하자 나루가 볼을 부풀렸다.

"알면서."

"모르겠어. 자세히 좀 말해 줘 봐."

"됐거든."

나루가 살짝 위로 올라간 셔츠를 내리며 일어나 앉았다.

"두고 보자, 민지후. 분명 오늘의 일을 후회하게 될 것이야."

"흐응, 글쎄."

지후는 싱긋 웃었다. 애달아 하는 나루가 귀여웠다. 나루의 말 때문이기도 하지만, 지금 당장은 나루와 그 행위를 할 생각이 없었다. 아직 정식으로 나루와 사귀는 것도 아니고, 옛 시간과 달리 이번에는 제대로 멋진 분위기 속에서 첫 경험을 하고 싶었다.

옛 시간에서 아쉬웠던 것들을, 이 시간에서는 하나하나 고쳐 나가, 그녀에게 새로운 추억을 안겨 주겠다고 다짐했다.

'내가 죽는 그날까지.'

지후는 삐친 나루를 보듬어 안으며 생각했다.

'나는 오롯이 너를 위해 살 거야, 나루야.'

* * *

"했냐?"

라고 묻는 재경에게,

"하긴 뭘 해?"

라고 대답했더니,

"너, 몸에 약간 문제 있는 거 아니냐?"

라는 말이 돌아왔다.

지후는 재경을 무시하고 아침을 차렸다.

재경과 명진은 정말로 밤새 게임을 했는지, 눈가가 벌겠다.

"너네 오늘 바다에서 놀 수나 있겠냐?"

"어, 우린 체력이 좋거든. 32살인 너와는 달리."

"왜 이래. 나도 육체만큼은 20살이야."

"32살엔 어때? 정말 체력이 떨어져?"

"뭐, 20살 때랑은 좀 다르지. 수저 좀 놔. 난 나루 깨워 올게."

지후는 나루의 방문을 똑똑 두드렸다. 대답이 없는 걸 보니, 아직도 자는 모양이다. 어젯밤에는 그녀가 잠들 때까지 곁을 지켜 주다가, 남자 방으로 돌아가서 잔 터였다.

지후는 조용히 문을 열고 들어갔다. 이불을 끌어안고 웅크리고 자는 나루의 모습을 잠시 지켜보다가 침대 옆으로 다가갔다.

침대에 걸터앉아 나루의 머리를 쓰다듬었다. 그 손길에 나루가 으응, 소리를 내며 몸을 뒤척였다.

"나루야, 아침 먹어."

"흐응, 조금만 더."

"더 잘래?"

"응."

"그럼 배고픈 상태로 바다에 가야 하는데."

"흐응."

아침에 약한 나루는 정신을 차리지 못하고 있었다. 지후는 나루의 옆에 누워 나루의 볼에 계속 입을 맞췄다. 성가시다는 듯 끙끙거리던 나루가 결국 몸을 일으켰다.

"으으, 진짜…… 민지후…… 으, 미워."

"많이 잤어, 너. 재경이랑 명진이도 집에 왔어."

"아, 그래? 지금 몇 시야?"

"8시 좀 넘었어. 아침 먹고 씻고 나가자."

"안아 줘."

나루가 두 팔을 벌렸다.

지후는 웃으며 그녀를 보듬어 안았다. 그녀의 마른 등을 토닥토닥 두드려 주며, "어이구, 우리 애기." 얼러 주었더니 나루가 키득키득 웃었다.

"이러고 있으니까 진짜 옛날로 돌아간 것 같다."

"응, 계속 이러고 있을까?"

"그럴까?"

"재경이랑 명진이가 욕할걸."

"하라고 하지, 뭐."

그리 웃기지도 않은 이야기를 하면서도 둘은 웃었다. 항상 그랬다. 남들이 보면 '왜 저런 걸로 웃지?' 싶은 이야기로도, 둘은 웃을 수 있었다. 그저 서로가 있다는 것만으로도 계속 웃음이 나오는, 그런 사이였다.

그래서 그와 결혼하면, 평생 웃으며 살 수 있을 거라고 확신했었다.

'이 시간에서는.'

나루는 지후의 목에 얼굴을 묻었다.

'그럴 수 있었으면 좋겠어, 지후야.'

*   *   *

8월의 태양이 아플 정도로 내리쬐고 있었다. 해변은 더위를 식히기 위해 놀러온 사람들로 빽빽했다.

어젯밤 제대로 못 잔 명진과 재경은 바다에서 조금 놀다가 피곤하다며 파라솔 아래로 기어 들어갔다.

나루와 지후는 튜브를 빌려서 놀았는데, 사람이 너무 많아서 이리저리 떠밀리다 보니 어느 틈에 둘 사이가 꽤 멀어져 있었다.

"배 안 고파?"

지후가 큰 소리로 물었다.

"조금."

"컵라면 먹을래?"

"그럴까?"

"가서 사 놓을게. 슬슬 나와."

"응."

지후가 사람들을 헤치고 해변으로 나가는 모습을 지켜보다가, 나루도 바닥에 발을 디디고 해변으로 가려고 할 때였다.

무언가 나루의 발목을 잡고.

쑤욱—

그대로 끌어당겼다.

튜브에 걸쳐져 있던 나루의 상체가 아래로 빠진 건 순식간이었다. 대비하지 못한 채로 바다 속에 끌려 들어오는 바람에, 짠물이 그대로 코와 입 안으로 들어왔다.

짠물이 기도로 벌컥벌컥 넘어왔다. 폐가 타들어 갈 듯 아팠다. 숨을 멈춰야 하는데, 그럴 수가 없었다.

나루는 허우적거렸다. 그녀는 정신을 차릴 수가 없었다. 갑작스러운 일에 사고가 제대로 돌아가지 않았다.

'아파. 아파.'

아프고 무섭다는 생각뿐이었다.

그러나.

—쉿.

눈앞이 까맣게 변해 가려고 할 무렵, 지후의 마지막 말이 떠올랐다.

—쉿.

죽어 가는 상황에서도 오롯이 나루만을 걱정했던 지후. 지후도 이만큼 무서웠을 텐데, 이보다 더 아팠을 텐데. 지후는 그런 순간마저도 나루를 생각했다.

 '나도.'

 나루는 정신을 차리기 위해 노력했다. 아직도 발목은 무언가에 붙들려 있었다.

 '정신을 차려야 돼.'

 물속이지만 눈을 떴다. 짠물이 각막을 자극해서 찢어질 듯 아팠지만 깜빡이지 않고 바닷물 속을 응시했다. 모래가 뿌옇게 올라와 잘 보이지 않지만, 나루의 발목을 잡고 있는 게 사람이라는 것은 알 수 있었다.

 등줄기가 서늘해졌다.

 '대체 누구지?'

 상대도 나루가 자신을 보고 있는 걸 눈치챈 듯했다.

 '누가 날?'

 발목을 잡고 있는 손에서 힘이 조금 빠진 순간, 나루는 힘껏 발버둥을 쳤다. 상대가 잠깐 나루를 놓친 틈에, 재빨리 수면으로 올라왔다.

 "살려……! 푸후……!"

 그러나 곧바로 다시 끌려 내려왔다. 하지만 지후의 주의를 끌기엔 충분한 시간이었다.

해변으로 향하던 지후는 나루를 놓고 오는 게 마음에 걸려 뒤를 돌아봤고, 방금 전까지 나루가 있던 자리에 그녀가 보이지 않아 계속 두리번거리던 참이었다.

아주 잠깐 나루가 수면으로 얼굴을 내밀었을 때, 지후는 그녀를 발견했다. 그는 이것저것 생각할 틈 없이 그녀를 향해 달려갔다. 하지만 사람이 많아서 쉽지 않았다.

"아, 뭐야?"

"왜 이래?"

지후와 부딪친 사람들이 신경질적으로 소리를 질렀다.

그때,

나루의 근처에 있던 중년의 남자가 나루를 발견한 듯 허리를 굽히더니, 그녀의 팔을 잡아 쑥 빼냈다.

"괜찮아요?"

남자가 물었고.

"콜록! 콜록! 우욱!"

짠물을 들이켠 나루는 대답하지 못한 채 토악질을 했다. 남자가 걱정스러운 듯 나루의 등을 두드리고 있을 때, 지후가 도착했다.

"감사합니다."

비틀거리는 나루를 품에 안으며, 지후가 말했다.

"도와주셔서 감사합니다."

"아니, 당연히 도와줘야지. 그런데 왜 이런 데서 물에 빠졌지?

물살이 빠른 것도 아닌데."

남자는 의아하다는 듯 중얼거리며 일행에게 돌아갔다.

남자의 일행들이,

"뭐야? 왜 그래?"

"물에 빠진 거야?"

"저기 물이 깊나?"

남자에게 떠들어 대는 소리를 들으며, 지후는 나루를 안아 들고 해변으로 향했다.

파라솔 아래에는, 재경과 명진이 세상모르고 자는 중이었다. 지후는 재경의 옆구리를 발로 툭툭 차서 밀어냈다.

"으으, 왜? 더 잘 거야."

잠긴 목소리로 투덜거리던 재경이, 지후에게 안겨 기침을 하는 나루를 보고는 벌떡 일어났다.

"뭐야? 나루, 왜 이래?"

"물에 빠졌어."

지후가 재경이 누워 있던 자리에 나루를 눕혔다. 나루는 머리가 깨질 것만 같았고, 폐는 여전히 타들어 갈 듯 아파서 대답할 수가 없었다.

"물에 빠져? 왜? 어디서? 여기 물에 빠질 만한 데가 있나? 깊은 데까지 들어간 거?"

재경의 목소리에 명진도 잠에서 깨어나, 걱정스러운 듯 나루를 내려다봤다.

지후는 나루의 옆에 앉아, 그녀의 젖은 머리를 뒤로 넘겨주었다.

"몰라. 옆에 있던 아저씨가 도와주지 않았으면 큰일 날 뻔했어."

"튜브도 갖고 들어갔잖아. 왜 물에 빠진 거야? 발에 쥐 났어? 괜찮아?"

재경이 물었다.

나루는 벌겋게 충혈된 눈으로 지후와 재경, 명진을 돌아봤다. 바닷물을 몇 번이나 삼킨 목이 아렸지만, 할 말은 해야만 했다.

"누군가…… 내 발목을 잡고 끌어당겼어."

"그게 무슨……?"

"누가 날 죽이려고 했어."

진정을 되찾은 나루가 상황을 설명하는 동안, 세 남자는 어두운 표정으로 그 이야기를 들었다.

"상대는 못 봤고?"

나루의 이야기가 끝났을 때, 지후가 물었다.

"응, 사람이라는 것만 확인했어. 물속이라서…… 아, 푸른 계통의 옷을 입고 있었던 것 같아."

나루의 말에 모두의 시선이 명진에게로 향했다. 명진은 파란 티셔츠를 입고 있었다.

명진이 두 팔을 들어 올리며 말했다.

"난 아니다. 난 자고 있었어."

"아무도 너라고는 생각 안 해."

"성재경, 네가 지금 날 제일 의심스럽게 보고 있거든? 나, 네 옆 바짝 붙어서 자고 있었다? 내 체온이랑 숨결, 너도 느끼고 있었잖아."

"징그러운 소리 하지 마."

재경이 오만상을 찌푸리며 대꾸하고는 나루를 돌아봤다.

"그나저나 큰일이네. 지금 명진이나 지후가 문제가 아냐. 나루가 먼저 죽게 생겼어."

* * *

명진과 지후에게 다가오는 죽음이 실체를 가지고 있지 않다면, 나루의 앞에 닥친 죽음에는 분명한 실체가 있었다.

나를 죽이고 싶어 하는 누군가가 분명히 존재한다.

'대체 누구지?'

집으로 돌아온 후에도 그 생각을 떨쳐 낼 수가 없었다. 걱정을 끼치고 싶지 않아, 친구들과 함께 있을 때는 씩씩한 척했다.

하지만 사실은 무섭다. 내게 살의를 품은 누군가가 나를 지켜보고 있을지도 모른다.

'아니, 분명해. 지켜보고 있어.'

갑작스레 가게 된 여행이었는데, 거기를 따라왔다.

'누군가의 짓궂은 장난 같은 게 아냐. 나를 죽이려고 따라온

거야.'

 손가락이 덜덜 떨렸다. 친구들이랑 같이 있을 때는 그나마 괜찮았는데, 집에 혼자 있으려니 여러 가지 생각들이 머릿속을 휘저었다.

 나는 언젠가 살해당한다. 그 생각에서 벗어날 수가 없었다.
 '처음에는 교통사고, 두 번째는 익사.
 '다음엔 어떤 방법일까?'
 옛날에 봤던 영화가 또다시 떠올랐다. 죽음의 비행기. 어떻게든 다가오는 죽음. 피하려고 발버둥을 치면 칠수록 점점 끔찍해지는 죽음의 방법.

 토할 것만 같았다.
 '그만 생각하자.'
 두려워해 봐야 달라지는 것이 없다는 건 알고 있었다. 하지만 마음은 생각처럼 쉽지 않았다. 죽음에 대한 생각에서 벗어나고 싶지만, 자꾸만 그곳으로 향하는 생각을 멈출 수가 없었다.

 '안 돼. 여기서 내가 흔들리면 안 돼. 옛 시간에서도 날 죽이려는 무리는 있었고, 내가 그걸 모르는 척하고 피하기만 해서 지후가 죽은 거야. 그러니까 여기서도 그 짓을 반복하면 안 돼.'

 나루는 아랫입술을 꽉 깨물었다.
 '정말 무섭겠구나, 명진이랑 지후는.'
 죽음이 눈앞에 닥치고 보니, 막연히 짐작만 했던 그들의 두려움을 진정으로 느낄 수 있었다.

'특히 명진이는…… 정말로 무섭겠다. 난 한 번 죽을 뻔한 걸로 이렇게까지 무서운데…… 명진이는 내년 봄에 죽는다는 걸 알고 있으니까 더 무서울 거야.'

하지만 명진은 나루의 앞에서 그런 내색을 한 적이 없었다. 역시 대단하다.

'그래, 그러니까 나도 정신을 차려야 돼. 지금 내가 해야 할 일을 생각해 보자.'

어느새 저녁 시간이 되었는지 저녁을 먹으라고 부르는 엄마의 목소리가 들려왔다.

나루는 엄마의 목소리를 듣자 왈칵 눈물이 나오려고 했다. 지금 가족들의 얼굴을 보면 울지도 모르겠다.

"엄마, 나 속이 좀 안 좋아서 한숨 자고 일어나서 먹을게."

방문을 반만 열고 말했다.

"속이 안 좋아? 엄마가 손 좀 따 줄까?"

"아, 아냐. 나 좀 그냥 자면 괜찮아질 것 같아. 먼저들 드세요."

엄마가 오기 전에 황급히 문을 닫았다. 아무것도 모르는 엄마 앞에서 눈물을 쏟을 수는 없었다.

'엄마, 나 어쩌면 죽을지도 모르겠어. 만약 죽는다면 12년 후쯤이 아닐까 싶었는데, 어쩌면 내일일지도 모르겠어.'

나루는 문고리를 꽉 잡은 채로 주저앉았다. 눈물이 뚝뚝 흘러내렸다. 오열을 하게 될 것만 같아, 아랫입술을 깨물었다. 흐느낌이 새어 나왔지만 이 정도는 괜찮았다. 밖에까지 들리진 않을 것이다.

'대체 뭘 위해 난 여기로 돌아오게 된 거야? 나랑 지후가 이 시간으로 돌아온 이유는 대체 뭐야? 날 무섭게 만들려고? 죽음이 언제 올지 몰라 두려움에 떨게 만들려고? 한 번 더 무서워 보라고, 죽는 게 어떤 기분인지 느껴 보라고, 날 이 시간으로 보낸 거야? 응?'

누군지 모를 사람을 향해 속으로 외쳤다.

'왜 보낸 건데? 이유라도 알려 주고 보냈어야지. 그래야 내가 뭐든 하지. 이게 뭐야? 벌벌 떨기나 하고, 울기나 하고…… 뭘 해야 할지, 어떻게 해야 할지. 정말 아무것도 모르겠다고!'

죽었던 지후를 다시 만나게 되었다. 좋은 일이라고는 그저 하나였다. 나머지는 전부 엉망진창이었다. 제대로 되는 일이 하나도 없었다.

'아니면 이거 전부 현실이 아닌 거 아냐? 내가 미쳐서 하고 있는 망상일지도 몰라.'

한동안 하지 않았던 생각을 했다.

'지후는 죽었고, 나는 미쳐서 망상 속에서 살고 있는지도 몰라.'

하지만 정말이지 지독한 망상이다.

'아니, 망상일 리 없어. 도피하기 위한 망상이라면 좀 더 행복했을 거야. 비현실적으로 행복한 망상을 했을 테니까, 이 지독한 게 망상일 리 없어.'

나루는 손등으로 눈물을 닦고 일어났다.

'이게 현실이라면 제대로 생각을 해야 돼. 울고 있을 때가 아냐.'

당장 내일이라도 죽을지도 모른다.

'물론 있는 힘껏 살려고 노력해야겠지만, 혹시 모를 사태를 대비해야 돼.'

나루는 방을 둘러봤다.

'내일 죽는다고 가정하고, 내 신변을 정리해야 돼. 유서를 쓰고, 물건들도 정리하고, 내가 갑자기 죽더라도 가족들이랑 친구들이 당황하지 않게…….'

그런 생각을 하고 있을 때, 휴대폰이 울렸다. 지후에게 걸려 온 전화였다. 나루는 흠흠 목소리를 가다듬었다. 죽음이 두려워 동요하는 모습을, 지후에게는 보이고 싶지 않았다.

"여보세요."

발랄한 목소리로 전화를 받았다.

[나야.]

"응. 어쩐 일이야?"

[걱정이 돼서.]

"뭐가?"

[네가 혼자 펑펑 울면서 신변 정리를 하고 있을까 봐.]

정곡을 찔렸다. 역시 지후는 나루 자신보다 나루에 대해 더 잘 알고 있었다. 왈칵 눈물이 나올 뻔했지만 간신히 참았다.

"아하하하. 그게 뭔 소리야?"

[유서라도 쓰고 있었던 거 아냐?]

"에이, 아니야. 그런 거."

[아니긴. 그러고 있었으면서.]

"아니라니까."

[나루야.]

"응?"

[나한테까지 감추려고 하지 마.]

다정한 음성에 울음이 터져 나오려고 했다.

대답하지 못하고 입술을 지그시 깨물었다.

[내 앞에서 울고 싶으면 울고, 무서워하고 싶으면 무서워해. 나한테 걱정할 기회를 줘.]

"나, 울보 아냐."

[응, 알아. 하지만 가끔은 울고 싶을 때가 있는 거잖아.]

나루는 다시 아랫입술을 깨물었다.

[아랫입술 깨물지 마. 피 난다.]

"……어떻게 알았어?"

[다 알아, 나는.]

"CCTV라도 설치해 둔 거야?"

[그럴지도. 잘 찾아봐 봐.]

나루는 정말인가 싶어서 방 안을 둘러보다가, 바보 같다고 생각하며 피식 웃었다.

"너는 울고 싶을 때 없어?"

[난 울보가 아니거든.]

"나도 아니라니까."

[그래, 그래.]

"너는 무섭지 않아?"

[무서워.]

"너도 나한테 티 내지 않잖아."

[너랑 있을 땐 안 무서우니까.]

"……."

[너랑 있을 땐 그저 널 지켜야 한다는 생각뿐이거든. 그래서 안 무서워.]

"나는 무서워."

[응, 그래도 돼.]

"나도 널 많이 사랑해. 널 위해 내 목숨도 버릴 수 있어. 하지만…… 그래도 무서워. 무서워, 지후야."

[응, 알아. 무서울 거야.]

나루는 휴대폰을 잡은 손에 힘을 줬다.

"원래는 내가 죽으면 끝나는 일이었어. 옛 시간에서는 네가 날 대신해서 죽었지만, 이 시간에서는 아무래도 내가 죽으려나 봐. 그렇다면 나는 죽을 거야."

[바보 같은 소리 하지 마.]

"바보 같은 소리가 아니야. 내가 죽으면 넌 안 죽겠지. 그러니까 그걸로 됐어. 그래, 그걸로 되는 거야."

이야기를 하다 보니 마음이 편해졌다.

내가 죽으면, 지후는 산다. 12년 후에도, 20년 후에도, 지후는 살아갈 것이다. 그저 단 하나만을 원했다.

지후가 살아가는 것.

이 시간으로 돌아와 가장 원한 것은 지후가 12년 후의 삶을 살아가는 것이었다. 그러니까 괜찮다. 살인범이 누구든, 지후가 아닌 나를 죽이려고 한다.

옛 시간에서 지후를 죽이는 실수를 했으니, 이 시간에서는 실수를 되풀이하지 않을 것이다.

'그래, 그럼 되는 거야. 내가 죽으면, 그 사람은 더 이상 우리를 노리지 않을 거야. 지후는 살겠지.'

두려움이 가셨다.

[나루야.]

"응?"

[잠깐 볼까?]

"아니, 오늘은 혼자 있고 싶어."

[그래? 알겠어, 그럼.]

"응, 전화해 줘서 고마워."

한결 편안해진 마음으로 전화를 끊었다.

나루는 새로운 기분으로 방 안을 둘러봤다.

'엄마, 아빠. 미안해. 먼저 죽는 자식처럼 불효자가 없다는데,

아무래도 나는 불효자가 되려나 봐. 대신에 살아 있는 동안, 엄마랑 아빠한테 정말로 잘할게.'

살려고 발버둥은 칠 것이다. 그러나 살지 못할 확률이 높았다. 세상을 떠나는 그때에 후회가 남지 않도록, 가족들에게, 지후에게, 그리고 친구들에게 온 힘을 다해 잘해야겠다.

그런 생각을 하고 있을 때에, 똑똑, 창문 두드리는 소리가 났다. 나루는 깜짝 놀라 숨을 죽이고 창문을 노려봤다.

"나루야. 나야."

귀에 익은 목소리가 들려왔다.

나루는 황급히 창가로 달려가 창문을 열었다. 지후가 창문 앞에 서서 웃고 있었다.

"납치하러 왔어."

"여긴 어떻게 들어왔어?"

대문을 여는 소리를 못 들었다.

"담 넘었지."

"그러다가 다쳐."

"20살이잖아. 다쳐도 금방 나아."

"20살이 천하무적인 건 아니거든?"

지후가 창문 너머에서 손을 뻗어 나루의 머리를 쓰다듬었다.

"아무튼 납치하러 왔어. 나와."

"납치하러 온 사람이 나오란다고 순순히 나가는 사람이 어디 있어?"

"여기."

지후가 나루를 가리켰다. 나루는 콧등을 살짝 찌푸렸다가, "조금만 기다려."라고 말하고 거실로 나왔다. TV로 드라마를 보는 엄마에게 잠깐 나갔다가 오겠다고 말한 후, 슬리퍼를 신고 밖으로 나갔다.

지후가 나루를 보자마자 손목을 꽉 잡았다.

"가자."

"어디 가?"

"어디든. 가고 싶은 데 있어?"

"납치하러 왔다며? 장소도 안 정해 둔 거야?"

"늘 첫 번째는 네가 가고 싶은 곳. 그다음이 내가 정해 둔 장소."

"가고 싶은 데 없어. 네가 정해 둔 데로 가자."

나루의 말에 지후가 멈칫했다.

나루는 그의 넓은 어깨를 물끄러미 응시하다가 물었다.

"너, 정해 둔 데 없지?"

"나는 어디를 가든 너만 있으면 그곳이 천국이야."

"아니, 그런 로맨틱한 대답을 바라는 게 아니거든? 정해 둔 데 없는 거지?"

"어디든 네가 있는 곳이……."

"으이그. 말 돌리지 말라고."

나루가 지후의 뺨을 꼬집었다. 지후가 즐겁다는 듯 눈을 가늘게 떴다.

"여기서 가까운 데에 공원 하나 있지 않아?"

"아직 그거 생기기 전이야."

"아, 좀 나중에 생기나?"

"응."

"그럼 일단 나가서 좀 걸으면서 생각하자."

밖으로 나와 목적지를 정하지 않고 걸었다. 오랜만에 걷는 동네가 조금은 낯설었지만, 걷다 보니 옛 기억이 새록새록 떠올랐다.

"그러고 보니 이 길 끝에 너랑 갔던 공원이 있어. 아, 공원이 아니라 놀이터라고 해야 하나?"

나루가 사는 동네에는 크고 작은 공원들이 많았다.

"응, 기억난다. 되게 을씨년스러운 놀이터 말이지?"

"응. 거기 그네, 되게 삐걱거렸잖아."

"맞아. 거기서 내가 무서운 얘기해 줬더니 네가 울면서 매달렸지."

"안 울었거든."

"울었어."

"안 울었다고. 누구를 울보로 아나."

"울보잖아."

"울보는 너지. 네가 사귀자고 했을 때, 내가 그러자고 했더니 울었잖아."

"안 울었어."

"안 울긴. 눈가가 빨개졌거든."

"하품했거든."

"하품 안 했네요. 입 안 벌리고 하품하니?"

"속 하품이 있어. 어려운 자리에서 입 안 벌리고 하는 하품."

"호오. 그래서 나한테 사귀자고 하는 그 중요한 순간에 하품을 하셨다?"

"읏……."

"일로 와, 민지후. 감히 하품을 해? 이 몸이 사귀어 주겠다고 허락하는데?"

지후의 볼을 꼬집으려고 하는데, 지후가 나루의 손목을 잡았다.

가로등 아래, 연노란 불빛이 지후와 나루의 위로 쏟아져 내리고 있었다. 지후의 진중한 눈동자가 불빛 아래에서 더욱 맑고 깊게 빛났다.

"나루야."

"응?"

"우리 사귀자."

"……."

"네가 좋아. 세상에서 제일. 그러니까 나랑 사귀어 줘."

새삼스레 심장이 뛰었다. 처음도 아닌데, 우리는 오랫동안 연인이었는데, 그런데도 새삼 가슴이 벅찼다.

"내가 널 세상에서 제일 행복한 여자로 만들어 줄게."

옛 시간에서 들었을 때와는 또 다른 기분이었다.

눈가가 시큰거렸다. 하지만 여기서 눈물을 흘리면 '울보'라고 놀림을 받을 게 뻔하기에, 나루는 간신히 눈물을 삼켰다.

하지만 코를 훌쩍거리게 되는 것까지 참을 수는 없었다.

지후가 눈을 가늘게 뜨고 웃으며 엄지로 나루의 코 아래를 문질렀다.

"네가 울보라도 괜찮아."

"울보 아니라고 몇 번을 말해?"

"겁쟁이여도 되고."

"겁쟁이도 아니거든."

"너의 눈물도, 두려움도 전부 내가 함께해 줄게. 그러니까 나루야."

"응, 사귀자."

지후가 또다시 말하기 전, 나루가 먼저 대답했다. 나루는 두 팔을 벌려 지후의 목을 끌어안았다. 지후는 구부정한 자세로 나루의 등에 손을 올렸다.

"우리 사귀자, 지후야. 네가 바보라도 괜찮고."

"바보 아냐."

"사귀자고 말하면서 하품을 해도 괜찮아."

"사실 하품한 거 아니었어."

"내가 널 세상에서 제일 행복한 남자로 만들어 줄게."

나루는 지후의 목에서 떨어져, 그와 눈을 맞췄다.
"그러니까 우리, 오늘부터 연인 하자."

* * *

엄마 심부름으로 마트에 가던 재경은 우뚝 멈췄다가 뒷걸음질을 쳤다. 방금 놀이터에서 눈에 익은 사람을 본 것 같았기 때문이다. 놀이터 앞까지 뒷걸음질을 친 후에 고개를 돌렸다. 잘못 본 게 아니었다.

그곳엔 명진이 있었다. 놀이터 근처에 세워진 빨간색 오토바이는 명진의 것인가 보다.

명진은 벤치 옆자리에 헬멧을 놔두고 우두커니 앉아 있었다. 그는 재경이 다가가는 것도 눈치채지 못하는 것 같았다. 헬멧을 들고 옆에 앉은 후에야, 명진이 고개를 돌렸다.

"누가 이거 훔쳐 가도 모르겠네."

재경의 말에 명진이 힘없이 웃었다.

"그런 걸 누가 훔쳐 가겠냐."

"여긴 어쩐 일이야? 너, 이 동네 사는 거 아니잖아."

"어. 이 동네 안 살지."

"설마 나 보고 싶어서 온 거냐?"

"그런가?"

"뭐야? 왜 부정을 안 해?"

"그러게."

명진이 어깨가 들썩일 정도로 크게 한숨을 내쉬었다. 재경은 명진의 심정을 짐작했기에, 더 이상 말을 걸지 않고 가만히 앉아 있었다.

헬멧을 끌어안고 앉아 있은 지 얼마나 지났을까.

명진이 입을 열었다.

"지후랑 나루를 방해하고 싶지 않아. 걔들이 날 신경 쓰게 하기 싫다."

"그래."

"나는 항상 내 일은 내가 알아서 해결해 왔지. 머리가 좋거든. 뭐, 너도 좋겠지만."

"……"

"그런데 요샌 정말 어떻게 해야 할지 모르겠다. 가족들의 얼굴을 보는 것도 힘들고, 잠도 제대로 못 자겠어. 이런 얘기를 누군가랑 하고 싶은데, 할 수 있는 사람이 많지 않아. 누가 믿겠냐, 내가 내년 봄에 죽는다는 말을."

"보통은 안 믿지."

"그래. 그런데 내 말을 믿어 줄 지후랑 나루는…… 걔들 일로도 벅찰 거야. 방해하기 싫어."

"걔들은 그걸 방해라고 생각 안 할걸."

"응, 안 하겠지. 그런 애들이니까. 그래서 더 방해하기 싫어. 걔들은 서로에게 집중했으면 좋겠어."

"그래서 날 보러 온 거야?"

"응."

"연락이나 하지."

"막상 만나도 무슨 말을 해야 할지 모르겠어서."

"그냥 이러고 앉아 있을 순 있잖아. 혼자 앉아 있는 것보다 낫지 않아?"

재경의 말에 명진이 빙그레 웃었다.

"넌 정말 좋은 녀석이야, 성재경."

"어이구. 남자한테 그런 말 들어 봐야 기쁘지 않은데."

다시 침묵이 흘렀다. 그저 둘은 지나가는 사람들을 멍하니 지켜봤다.

재경의 주머니 속에서 휴대폰이 진동했다. 심부름 나간 아들이 돌아오지 않아서 어머니가 전화를 한 모양이었다.

그러나 이 시간을 방해하고 싶지 않아, 재경은 전화를 받지 않았다.

"받아도 돼."

명진의 말에, 재경은 "미안." 하고는 전화를 받았다.

[너, 어딘데 안 들어와? 대파를 재배하러 갔니?]

"엄마. 나 친구랑 잠깐 마주쳐서. 얘기 좀 하고 들어갈게."

[누구? 지후? 지후 저녁 안 먹었으면 데리고 와.]

"아니, 지후 말고. 대학 친구."

[그 친구, 저녁 안 먹었으면 데리고 와.]

"얘기는 해 볼게. 아무튼 끊어요."

재경이 전화를 끊었다.

"어머니가 화통하시네."

"응. 저녁 먹으러 갈래?"

"아니, 난 그만 가 볼게."

명진이 일어나서 헬멧을 달라는 듯 손을 내밀었다. 재경은 헬멧을 꼭 끌어안은 채로 말했다.

"명진아. 더 앉아 있어. 더 있어도 돼."

"됐어. 할 얘기도 없는데."

"꼭 할 얘기가 있어야 하는 건 아니잖아. 그냥 좀 앉아 있어. 헬멧 안 줄 거야."

"그럼 그냥 가지, 뭐."

"나루한테 이른다?"

"……비겁한 고자질쟁이."

"그걸 이제야 알다니."

명진이 다시 벤치에 앉았다. 또다시 소리 없는 시간이 흘러갔다. 한참 그렇게 앉아 있다 보니 해가 기울어 갔다.

노을에 물든 하늘을 멍하니 올려다보던 명진이 입을 열었다.

"가족들에게 내 죽음을 알려야 할지, 말아야 할지 모르겠어. 말하면 믿지 않겠지. 하지만 내년 봄 내가 죽게 되면, 믿지 않았던 걸 후회할 거야. 그렇다고 알리지 않으면, 가족들은 내가 죽었을 때 많이 당황하겠지. 아무것도 모르고 나를 대하는 가족들을 볼 때마다, 정말 어째야 할지 모르겠어. 집에 있는 게 힘들다."

"그래, 힘들겠다."

"이런 얘기를 하고 싶어서 왔나 보다. 너한테 말한다고 답이 나오는 것도 아닌데. 헬멧 줘. 그만 가게."

"응."

일어선 명진에게 재경이 헬멧을 내밀었다. 명진은 재경이 준 헬멧을 잡았지만, 재경은 손에서 힘을 빼지 않았다.

헬멧을 사이에 둔 채, 재경이 명진을 올려다보며 말했다.

"명진아. 가족들이랑 여행을 가. 맛있는 것도 먹으러 가고. 사랑한다, 행복하다, 그런 말도 많이 하고. 그리고…… 안 그랬으면 좋겠지만, 혹시라도 네가 정말로 죽게 되면 내가 네 가족들에게 전해 줄게. 네가 남기고 싶은 말들을."

명진이 울듯이 웃었다.

"그래, 고맙다. 개강하고 보자."

"언제든 와."

"그래."

오토바이가 떠나는 소리가 들린 후에도, 재경은 일어나지 않았다.

명진에게 말해 주고 싶었다.

괜찮을 거야. 이 시간은 지후랑 나루가 겪고 온 그 시간과는 다르잖아. 다른 추억들, 다른 행동들을 하게 되잖아. 그러니까 네가 꼭 죽는다는 법도 없어. 발버둥 치면 죽음을 피할 수도 있을 거야. 벌써부터 포기하지 마.

경쾌한 목소리로 그런 말들을 명진에게 해 주고 싶었다. 하지만 할 수 없었다.

재경은 선미에게 들어서 알고 있었기 때문이다. 윤영의 동생이 여름휴가를 갔다가 사망했다는 것을.

* * *

지후에게는 티를 내지 않았지만, 나루는 하나하나 정리를 시작했다. 비명횡사를 하더라도 부모님이 너무 많이 울지 않도록, 미루가 너무 많이 힘들어하지 않도록.

내가 없어도 잘 살아야 돼.

나는 행복했어. 나는 후회하지 않아. 모두들 사랑해.

슬프더라도 그것 때문에 서로에게 상처를 주면 안 돼. 슬픔은 서로 보듬고, 아껴 주고, 그렇게 슬픔을 이겨 내야 돼.

내가 하늘에서 지켜볼 거야.

가족들에게 하고 싶은 이야기들을 매일, 매일 적었다. 그리고…… 지후에게, 재경에게, 그리고 명진에게 하고 싶은 이야기도 적었다. 갑자기 죽더라도 그들이 혼란스러워하지 않도록.

낮에는 지후와 데이트를 하고, 저녁에는 가족들과 시간을 보내고, 밤에는 신변을 정리했다. 잠이 모자라 20대의 젊은 육체도 감당하기 힘들 지경이 되었지만, 도통 잠을 잘 수가 없었다.

지후와 통화를 하다가 까무룩 잠이 들었다가도, 작은 소리에 번쩍 눈을 뜨곤 했다. 언제, 어디서, 누가 자신을 죽일지 모르기에, 온 신경이 예민해졌다.

민지후라는 강력한 수면제로도 잠을 잘 수 없는 나날이 지나, 개강을 하게 되었다.

자취방으로 돌아온 후에는 그나마 잠을 잘 수 있었다. 지후가 가끔 와서 나루가 잠들 때까지 옆에 있어 줬고, 도통 잠을 못 잘 때는 밤새도록 나루의 곁을 지켜 줬기 때문이다.

수강 신청 정정 기간에는 굳이 출석을 할 필요가 없기에, 윤영이 출석하지 않는 게 이상하게 보이진 않았다. 윤영 이외에도 학교에 나오지 않은 학생들이 몇 명 더 있었기 때문이다.

하지만 일주일이 지난 후에도, 윤영은 여전히 출석을 하지 않았다.

"그러고 보니, 오늘도 윤영이 안 왔어?"

일주일이 더 지난 후, 누군가의 질문에 선미가 말했다.

"윤영이 어쩌면 휴학할지도 몰라."

"왜? 뭔 일 있대?"

"동생이 죽었대. 물에 빠져서."

나루의 얼굴에서 핏기가 가셨다. 짐작은 하고 있었지만 실제로 듣는 건 달랐다.

나루는 반사적으로 지후를 향해 고개를 돌렸다. 지후는 손바

믿어지지 않는 이야기 47

닥에 턱을 괴고 무심히 선미 쪽을 보고 있었다. 이럴 줄 알았다는 듯한 표정이었다. 그리고 명진은 이를 악물고 선미를 노려보고 있었다.

명진의 시선을 느낀 듯 선미가 물었다.

"왜, 왜 그렇게 째려봐?"

"윤영이 동생이 물에 빠져서 죽었다고? 확실해?"

"응, 나 장례식도 다녀왔어."

"언제?"

"8월 초쯤에."

명진이 윤영의 가족을 놓친 시기였다.

나루는 가만히 앉아 있기가 힘들었다. 윤영은 울고 있을 것이다. 옛 시간에서처럼 자신을 자책하며 괴로워하고 있을 것이다.

윤영이 혼자 그러고 있는 게 싫었다. 그녀의 곁에서 손을 잡아 주고 싶었다.

옛 시간에서처럼 그녀에게 위로가 되어 주고 싶었다.

그러나.

'이 시간은 달라. 내가 오히려 윤영이를 더 힘들게 할 수도 있어.'

내가 도움이 필요할 때 친구가 도움이 되어 주지 않는 것과, 친구가 도움이 필요할 때 도움이 되어 줄 수 없는 것.

둘 중 어느 것이 더 괴로울까?

'둘 다야.'

나루는 울고 싶었다.

'둘 다 비슷하게 괴로워.'

시간이 어떻게 지나갔는지도 모르겠다. 정신을 차리니 강의가 끝나 있었다.

수업이 끝나자마자 명진이 도망치듯 강의실을 나가는 게 보였다. 나루가 황급히 그의 뒤를 따라갔다.

"명진아."

"지금은 얘기하고 싶지 않다. 혼자 있고 싶어."

명진의 심정을 이해했다. 나루가 말한 대로, 윤영의 동생이 물에 빠져 죽었다. 그렇다면 내년 봄, 명진도 죽는다. 이제야 그것을 뼈저리게 실감한 것이리라.

"내일 봐."

"그래."

"아니, 언제든 네가 보고 싶을 때 봐."

"그래."

명진이 가 버리고, 나루도 지후, 재경과 함께 집으로 향했다.

나루도 명진처럼 누군가와 대화를 할 기분이 아니었다. 오히려 지후는 모든 것을 예상했다는 듯 담담하게 나루의 옆을 걷고 있었다.

나루의 자취방이 있는 골목에 접어들었을 때였다. 검은 그림자가 나루를 향해 달려들었다.

재경과 지후가 막을 새도 없었다.

"아……!"

나루가 짧게 비명을 질렀고, 상대에게 밀쳐져 쓰러졌다. 공포로 크게 뜬 나루의 눈에, 상대의 모습이 비쳤다.

윤영이었다.

* * *

"너, 뭐야?"

윤영이 떨리는 목소리로 물었다.

"너, 대체 뭐야?"

나루의 멱살을 잡은 손도 부들부들 떨리고 있었다. 윤영의 눈동자 안에는 공포와 혼란, 그리고 정체 모를 미묘한 감정이 술렁이고 있었다.

"윤영아……."

"너, 너, 너 대체 뭔데? 뭔데 내 동생이 물에 빠질 거라는 걸 안 거야? 너, 뭔데? 응? 대체 뭐냐고!"

혼란에 빠진 목소리가 절규로 변했다.

나루는 눈을 크게 뜬 채로 윤영을 응시했다. 공포에 떠는 윤영의 모습에 가슴이 미어졌다. 무슨 말을 어떻게 해야 좋을지 알 수 없었다.

"윤영아."

지후가 윤영의 어깨에 손을 얹었다.

윤영이 거칠게 몸을 털어 냈다.

"건드리지 마, 민지후. 너도 똑같아. 너희들, 대체 뭐야? 뭐 하는 거야? 나한테 왜 이러는 거야? 대체 뭔데! 뭔데 내 인생에 들어와서 이러는 거냐고!"

"일단 진정을 좀 해. 그래야 대답을 하지."

재경이 냉정하게 말했다.

"넌 또 뭔데?"

윤영이 재경을 노려봤다.

"넌 왜 끼어들어? 넌 애들 사이에서 뭔데?"

"그러니까 대답 들으려면 진정하고, 나루 위에서 좀 내려오라고. 길바닥에 애 눕혀 놓고 대답을 늘을 수나 있겠어?"

윤영이 이를 악물었다. 두 눈을 질끈 감았던 윤영이 다시 눈을 뜨고 나루를 내려다봤다.

"매일 꿈을 꿔."

윤영의 목소리는 아까보다 침착해졌지만, 여전히 나루의 위에 올라타 멱살을 잡은 채였다.

"너희들이 나오는 꿈이야. 너랑, 너랑, 너."

윤영이 검지로 나루와 지후, 그리고 재경을 가리켰다.

"그리고 거기에 내가 있어. 행복한 너희 두 사람과 너희 둘을 진심으로 좋아하는 내가 있어. 말도 안 돼. 나는 네가 싫은데, 나는 네가 끔찍하게 싫은데, 그런데 꿈에서 나는 널 너무 좋아해. 네가 행복한 게 좋고, 네가 웃는 게 좋고, 너무 많이 좋아서 더 많이 행복해졌으면 좋겠다고. 그런 생각을 해."

나루의 눈이 더 커졌다. 상상도 못 한 이야기를, 윤영이 하고 있었다. 재경조차도 윤영을 말릴 생각을 하지 못한 채 그녀의 이야기를 들었다.

"너희 둘은 결혼을 준비해. 나는 그런 너희를 도와주지. 민지후의 프러포즈도, 반지도, 전부 내가 도와줘. 매일 그런 꿈을 꾸고, 꿈에서 깨면 그 꿈이 현실 같아서, 이 현실이 꿈 같아서…… 내가 미쳐 가는 것 같아. 대체 나한테 무슨 짓을 한 거야? 날 가지고 무슨 실험이라도 하는 거야?"

"윤영아……"

"어젯밤 꿈에…… 어젯밤 꿈에……"

윤영의 눈에서 눈물이 흘렀다.

윤영이 지후를 돌아봤다가 다시 나루와 눈을 맞췄다.

"민지후가 죽었어."

"……"

"너를 지키려다가 칼에 찔렸고, 지후의 장례식장에서 지후 누나는 널 비난했어. 너는 울지도, 반박하지도 못한 채, 그 모진 말들을 듣고만 있었지. 그래서…… 내 가슴이 미어져서…… 나도 울다가 잠에서 깼어."

나루는 두 손으로 입을 막았다. 그러지 않으면 비명이 나올 것만 같았다.

윤영이 꿈을 꾼다. 그 꿈은 나루와 지후의 옛 시간에 관계된 것이 분명했다.

"뭐야, 너희들. 대체 뭐야? 나한테 무슨 일이 벌어지고 있는 거야? 지금 이거, 내가 있는 여기, 이거 현실이 맞기는 한 거야? 아니면 정말로 내가 미친 거야? 대체 뭐냐고!"

* * *

"믿어지지 않는 이야기일 거야."

나루는 그렇게 이야기를 시작했다.

나루의 이야기는 정말로 믿을 수가 없는 이야기였다.

제정신인가 싶을 정도로 허무맹랑한 이야기.

애인이 죽어서 간절히 바랐더니 시간을 돌아왔다는 이야기.

그런 이야기를 쉽게 믿을 사람은 없었다.

윤영을 빼고는.

나루의 입에서 나오는 거짓말 같은 이야기가, 윤영에게는 진실이었다.

나루의 이야기가 끝난 후, 윤영은 눈을 감았다. 나루를 미워하고 싶었다. 실제로 미워한 적도 있었다. 하지만 마치 그래서는 안 된다는 듯, 그때부터 꿈을 꾸기 시작했다.

꿈을 꾸는 날들이 많아지면서, 꿈과 현실을 분리할 수 없게 되었다. 그리고 동생인 지완이 죽은 후, 지완을 구하지 못했다는 죄책감에 몸부림치던 그때에…….

매일 밤 나루가 꿈에 나와 윤영의 손을 잡아 주었다. 그래서 미워할 수가 없었다. 지치지도 않고 윤영의 우울한 이야기를 들어주는 나루가, 손을 꽉 잡고 놓지 않는 나루가, 윤영이 우울하다고 하면 그 시간이 언제든 달려와 주는 나루가.

좋아서.

고마워서.

든든해서.

꿈이라는 걸 알면서도 미워할 수가 없었다.

"너랑 내가 친했어?"

윤영이 잠긴 목소리로 물었다.

"응, 많이."

"정말로 같이 잠도 자고, 놀러 다니고 그랬어?"

"응, 자주."

"거기서 난 이렇게 미친 여자처럼 굴지 않았어?"

윤영의 질문에 나루의 눈에 고여 있던 눈물이 흘러내렸다.

"언제나 가장 좋은 친구였고, 든든한 내 편이었고, 당당한 여자였어, 윤영아. 항상 그랬어."

"말도 안 돼."

윤영이 두 손으로 얼굴을 가렸다.

"정말 말도 안 돼. 그런데 더 말도 안 되는 게 뭔지 알아?"

"뭔데?"

"내가 널 좋아하게 됐다는 거야. 그저 꿈을 꿨을 뿐인데, 너의 이런 이야기를 들으면서 단번에 믿을 만큼. 이 시간에 혼자 돌아온 네가 느꼈을 외로움에 가슴이 아플 만큼. 잠시나마 지후를 사랑했던 내 자신을 경멸할 만큼. 그 꿈을 현실로 받아들이게 됐다는 거야. 정말…… 뭐야, 이게. 무슨 이런 일이 다 있어?"

"나, 너 안아 주고 싶어. 안아 줘도 돼?"

나루가 조심스럽게 물었다. 윤영은 두 손으로 얼굴을 가린 채 대답했다.

"뭘 그런 걸 묻고 그래?"

나루는 조용히 일어나 윤영의 곁으로 다가가 그녀를 안았다. 윤영은 뿌리치지 않고 그대로 나루에게 안겨 흐느꼈다. 떨리는 윤영의 몸이 안쓰럽고 아팠다.

나루는 더 세게 윤영을 안았다. 이 시간으로 돌아와 가장 좋은 일이 벌어졌다.

윤영이 더 이상 나를 미워하지 않는다. 이런 순간에도 그 사실이 기쁜 자신이 경멸스럽지만, 어쩔 수 없었다.

윤영을 놓아줘야만 한다고 각오를 굳히고 있었다. 내 가장 친한 친구가 이 시간에서는 날 가장 미워하는 사람이라는 걸 받아들일 준비를 하고 있었다.

그럴 때에 이런 일이 벌어졌다.

'꿈을 꿨구나. 우리의 꿈.'

이해할 수 없는 일이 생겼다.

'하긴. 이 시간에 돌아와서 이해할 수 있는 건 하나도 없었지.'

나루와 지후를 이 시간으로 돌려보낸 이가 누구든, 중요한 것들이 예전과 같기를 바라는 건 틀림없었다.

꿈을 꾸게 하면서까지 윤영을 나루의 곁으로 돌려보냈으니까.

'그럼 역시…… 바꿀 수 없다는 걸까? 미래를? 죽음을? 운명을?'

나루는 흐느끼는 윤영의 머리를 쓰다듬었다.

'아니, 이런 생각은 나중에 하자. 지금은 윤영이를 위로하는 게 우선이야.'

* * *

윤영과 제대로 대화를 나눌 수 있게 된 것은 이틀이 지난 후였다.

윤영은 생각을 정리할 시간이 필요하다고 말한 뒤 집으로 돌아갔고, 이틀이 지나서야 수업을 들으러 나왔다. 동생의 일로 위로를 건네는 친구들에게 둘러싸여 있으면서도, 윤영의 시선은 나루에게서 떨어지지 않았다.

이 시간에서 나루를 보는 윤영의 눈에는 항상 미움이 가득했었다. 그것이 사라졌다는 게, 나루는 기뻤다.

'대체 뭘까?'

윤영은 나루에게 '대체 뭐냐.'고 물었다.

나루야말로 알고 싶었다.

대체 뭘까.

나루와 지후가 시간을 거슬러 돌아오고, 윤영에게 꿈을 꾸게 만드는 누군가가 존재한다는 생각이 들었다.

'그냥 나랑 지후만 돌려보냈을 뿐만 아니라, 윤영이가 다시 나의 좋은 친구로 남아 있을 수 있게 도와줬어. 그래, 이건 날 도와준 거야.'

아직 아무에게도 말하지 않았지만, 그런 생각을 지울 수 없었다. 그렇지 않다면 그 존재가 윤영에게 옛 시간에 대한 꿈을 꾸게 만들 이유가 없었다.

'그렇다면 그 존재는 내 편이야.'

내 편이다.

지후의 편도, 죽음의 편도 아니다.

죽음이 윤영을 내 사람으로 돌려줬을 리는 없다. 죽음은 그저 지후를 다시금 그 어둠 속으로 끌어들이고 싶어 할 뿐이니까.

'지후를 이 시간으로 보낸 것도, 윤영이에게 꿈을 꾸게 만든 것도, 나를 위해서라고 생각해야 돼. 내 편이야.'

그리 생각하자 든든해졌다.

'누군가 나를 죽이려고 해. 그 존재가 나와 지후를 돌려보낼 때, 실수로 나를 죽이려고 하는 이도 돌려보낸 것일지도 몰라. 그렇게 가정을 하고, 하나하나 되짚어가야 돼.'

죽음은 지후를 죽이려 한다. 하지만 이름 모를 존재는 나를

믿어지지 않는 이야기 57

도우려 한다.

내가 원하는 건.

'지후가 죽지 않고 32살 이후의 삶을 살아가는 것.'

그렇다면 살 수 있다.

'내가 제대로만 행동하면 명진이도, 지후도 살릴 수 있어. 그 존재는 내 편이니까.'

이런 말을 해 봐야 지후는 회의적인 대답만 할 것이다.

나루는 이 생각을 굳이 남들에게 말하지 않기로 했다.

수업이 끝난 후, 윤영이 먼저 나루에게 다가왔다.

"오늘 수업 몇 시에 끝나?"

"5시에. 넌?"

"나는 4시에 끝나. 이따 보자. 얘기할 준비가 됐어."

"아, 그럼 나도 마지막 수업 빠질게."

윤영이 빙그레 웃었다.

"아냐, 안 그래도 돼. 한 시간 동안 생각이나 더 정리하지, 뭐. 이따 너네 집 앞에서 봐."

"응, 그래."

윤영과 나루가 친근하게 대화하는 모습을, 과 학생들이 놀라운 듯 지켜보고 있었다. 그럴 만도 했다. 여름 방학 전에는 앙숙 같은 모습을 자주 보였으니까.

수업이 끝나고 윤영을 만날 일이 기대됐다. 곧장 옛 시간 때처럼 재잘재잘 떠들 수는 없겠지만, 앞으로 그럴 수 있으리란 희망에 가슴이 부풀었다.

수업이 끝나자마자 지후와 재경, 명진을 버려두고 집으로 향했다. 연인을 만나듯 달려가는 나루의 뒷모습을 보며, 명진이 지후에게 물었다.

"솔직히 말해 봐. 옛 시간에서 나루가 너랑 사귀었던 거 맞아? 내가 보기엔 나루가 윤영이랑 사귀는 것 같은데?"

"어, 지금 나도 의심하는 중이야."

"의심해 볼 필요가 있다. 위장으로 너랑 사귀는 걸지도 몰라. 둘 사이 안 들키려고."

"역시 그런가?"

"안됐네. 괜찮아. 너도 돌아와라, 짝사랑의 길로."

재경이 지후의 어깨에 손을 얹었다. 지후가 재경을 보며 후, 하고 웃었다.

"싫어. 난 질척거리면서 매달릴 거야."

* * *

"지후를 좋아하게 되고, 너를 미워하게 되면서부터 꿈을 꿨어. 처음에는 아주 가끔씩 꿨고, 잠에서 깨고 나면 금방 잊었어. 그런데 널 미워하는 마음이 깊어질수록, 꿈을 더 자주 꾸게 되더라. 그리고 꿈과 현실을 구분하기가 힘들어지기 시작했지."

나루의 집 거실에 나란히 앉아, 윤영이 이야기했다.

"네가 나한테 무슨 짓을 한 거라고 생각했어. 나, 원래 그런 거 진짜 안 믿거든. 그런데도 그런 생각을 떨쳐 낼 수가 없는 거야. 그래서 네가 무서워지기 시작했고, 너랑 지후가 비슷한 눈빛, 비슷한 표정으로 날 본다는 사실을 깨달았어. 정말 섬뜩하더라."

그렇게 말하고 윤영이 웃었다.

"와, 그거 알아? 나, 스릴러 영화도 못 봐."

"응, 알아. 넌 피가 조금만 나오는 걸 봐도 무서워하잖아."

"그래. 꿈에서 봤어. 너랑 같이 놀다가 판타지 영화인 줄 알고 보러 들어간 영화가 알고 보니 공포 영화라서, 내가 엄청 무서워하고 네가 나를 걱정해 주는 장면."

"그래, 그런 일이 있었어. 명동에서였지? 우리 쇼핑하러 갔을 때."

"응. 넌 치마 사고, 난 셔츠랑 재킷을 샀어. 점심으로 중국 요리를 먹고, 아이스크림 와플을 먹고, 그 다음에 영화를 본 거였는데."

"네가 무서워하면서 다 토했어."

"응. 네가 그거 수습해 주고."

윤영이 나루를 돌아봤다.

"정말이구나. 네가 시간을 돌아온 거. 내가 너희들의 시간에 대한 꿈을 꾼 거."

"응, 정말이야."

"이런 일이 생길 수도 있다는 게 아직도 안 믿겨. 그런데 믿을 수밖에 없어. 내 꿈에서 너는, 이런 걸로 실없는 장난을 칠 애가 아니었거든."

"응."

"아, 진짜 이상하다."

윤영이 고개를 푹 숙였다.

"네가 나한테 우리 가족 여름휴가 얘기를 했을 때, 날 겁주려는 거라고만 생각했어. 아니, 그러려고 했어. 그런데 여행을 가는 내내 네 얘기가 머릿속을 안 떠나는 거야. 그리고 실제로 내 동생은 물에 빠졌고, 살려 달라고 외쳤고, 우리 가족은 그게 장난인 줄 알았고…… 나만 그게 장난이 아닐 거라고 생각했어. 그래서 아빠를 끌고, 동생을 구하러 갔어."

"아, 구하려고 했던 거야?"

"응. 구하려고 했어. 나는 지완이를 주시하고 있었거든. 지완이가 살려 달라고 하자마자, 아빠를 끌고 뛰어들었어."

"그런데 왜……?"

"우리가 거기에 도착했을 땐, 이미 지완이가 사라진 후였어. 물살에 휘말려서."

"아……."

"구할 수가 없었어, 나루야. 네 말을 믿고 구하려고 했는데, 구할 수가 없었어."

윤영의 눈에서 눈물이 툭, 툭 떨어졌다.

"만약 네 말을 더 빨리 믿고, 휴가를 다른 곳으로 갔다면 구할 수 있었을까? 물이 없는 곳으로, 산이나, 그런 곳으로. 아니, 그냥 휴가를 안 갔더라면, 지완이는 아직도 살아 있을까?"

그 말엔 나루도 대답할 수가 없었다. 이 시간이 어떤 방식으로 돌아가는지, 나루도 알지 못했다.

비슷한 것 같은데 다르다. 다른 것 같은데 비슷하다. 그런 것들을 누가 결정하는 건지, 어디까지 바꿀 수 있게 허락되어 있는지, 나루는 알지 못했다.

윤영도 대답을 기대한 건 아닌지, 고개를 숙인 채로 조금 울었다.

나루는 윤영의 손 위에 자신의 손을 겹쳤다. 옛 시간에서 그러했듯이, 그녀의 손을 꼭 잡은 채 가만히 그녀의 옆에 있어 주었다.

윤영이 다시 입을 열었다.

"지완이가 물에 빠진 이튿날에야 하류 쪽에서 지완이를 찾아냈어. 물에 퉁퉁 부은 지완이를 보는 순간, 나는 널 만날 생각뿐이었어. 네가 지완이를 죽인 거라고 생각했거든."

그런 줄 알았다. 꿈을 꾸게 만드는 그 괴이한 힘으로, 내 동생을 죽인 거라고. 내가 민지후를 좋아해서, 내가 연나루를 싫어해서, 나를 저주하고 내 동생을 죽음에 빠뜨린 거라고.

그리 생각했다.

"서울에 오자마자 널 만나려고 했어. 하지만 그 전에 지완이 장례식이 우선이었지. 장례식만 끝나 봐. 장례식만 끝나면 찾아가서 죽여 버릴 거야. 그렇게 독한 마음을 품고 지완이 장례식을 치렀어. 그리고."

 잠이 들었다. 지완이 죽은 후 며칠이나 자지 못했는데도 자지 않으려고 버텼다. 동생의 죽음 때문에 잠이 안 오기도 했고, 기이한 꿈을 꾸고 싶지 않다는 이유에 안 자려고 버티기도 했다.

 그러나 마치 예정된 일이라는 듯, 잠이 들었다.

 "꿈을 꿨어. 지완이가 죽은 후 계속 서로를 원망하는 우리 가족들, 그리고 도망치듯 학교에 나갔지만, 아무것도 하지 못한 채로 우두커니 앉아 있는 내 모습이 있었어. 나는 절망과 괴로움과 죄책감과 후회에 빠져서 멍하니 시간을 보냈지. 그리고 네가, 그때만 해도 나랑 인사만 간신히 나누는 사이였던 네가 내게 말을 걸었어."

 —윤영아. 요새 무슨 일 있어? 표정이 많이 안 좋아 보여.

 진심으로 걱정을 하는 듯한 목소리와 눈빛에, 왈칵 눈물을 쏟고 말았다. 강의실 안의 모두가 이상하다는 듯 쳐다보는데도 울음을 멈출 수가 없었다.

 나루는 조금 당황하는 듯했지만, 곧 윤영을 감싸 안으며 일으켰다.

 —우리, 나가자.

사람이 별로 오지 않는 기숙사 근처의 벤치에서, 나루는 윤영이 울음을 그칠 때까지 함께 있어 줬다.

윤영은 한참을 울었고, 더듬더듬 여름 방학 때의 일을 이야기했고, 서로 싸우는 가족들에 대해서도, 죄책감에 대해서도 전부 털어놓았다.

"너는 진지하게 들어줬지. 정신없는 와중에도 '얘가 왜 이렇게 열심히 내 얘기를 들어줄까?'라는 생각이 들 정도로 내 얘기에 집중을 해 줬어. 그리고 그 날 늦게까지 나와 함께해 줬어."

집에 들어가기 싫다고 했기 때문일까.

나루는 그 날 이후로 매일 윤영과 함께해 주었다.

"어느 날엔가는 수업이 끝나고 네가 말했어. 식물원에 가자고. 집에 가기 싫은 나는 너와 식물원에 가고, 거기에 멍하니 앉아 있다가 또 울고, 그러면 너는 싫은 기색 없이 내 옆에서 내가 울음을 그칠 때까지 기다려 줬어."

매일 그랬다.

"너는 내가 집에 들어가기 싫다는 말을 기억했고, 매일 이유를 붙여서 나와 함께 아주 늦은 시간까지 있어 줬어. 정말로 매일. 시험 기간에도 빠짐없이."

누군가의 우는소리를 매번 들어주는 건 힘든 일이었다. 그런데도 나루는 그런 내색을 한 번도 하지 않았다.

"나는 조금씩 이성을 되찾기 시작했어. 어느 날 네게 말했지.

이런 일 안 해 줘도 괜찮다고, 이제 충분하다고. 그랬더니 네가 그러더라."

—응? 난 그냥 너랑 같이 있고 싶어서 그런 건데?

널 위한 일이야.
내가 널 위로해 줬어.
난 역시 착해.
난 역시 대단해.
그런 우월감이, 나루에게는 조금도 없었다. 윤영이 무슨 말을 하는지 전혀 모르겠다는 표정으로, 나루는 그렇게 대답했다.
"어떻게……."
윤영이 나루를 돌아봤다.
"어떻게 미워할 수가 있겠어?"
"윤영아……."
"아무리 꿈이라지만…… 그 꿈에서 매일 나와 함께해 준 너를, 그래서 현실에서조차 내 슬픔을 가져가 준 너를, 내가 어떻게 계속 미워할 수가 있겠어?"
나루의 눈에서도 눈물이 흘렀다.
"널 찾아올 엄두가 나지 않았어. 무서웠어. 그 꿈을 꾸기 시작했을 땐, 꿈은 꿈일 뿐이라고 생각했거든. 그런데 이제는 그 꿈이 현실이었으면 해서, 네가 그저 꿈이라고 말할까 봐, 그런 일

하나도 모른다고 말할까 봐 무서웠어. 나는 꿈꾸는 걸 기다리게 됐어. 매일 밤, 잠이 들 때면 기대가 됐지. 네가 날 어디로 데려가 줄까, 지후랑 재경이가 날 어떻게 웃겨 줄까. 우리 넷은 또 무슨 일을 할까. 그리고……."

"지후가 죽었지."

"그래, 지후가 죽었어. 그제야 너를 찾아올 용기가 생겼던 거지."

이야기를 끝낸 윤영이 크게 숨을 몰아쉬었다.

"넌 이제 좀 괜찮아?"

나루가 걱정스럽게 물었다.

"응, 많이 괜찮아졌어. 참 이상해. 그저 꿈을 꿨을 뿐인데 위로를 받고 괜찮아지다니. 엄마랑 아빠는 아직 슬픔에 잠겨 있어. 슬픔에서 헤어 나오기 위해 서로를 비난할 때도 있고. 하지만 내가 괜찮으니까, 두 분을 위로해 줄 수가 있어. 아무것도 못 하고 함께 싸웠던 꿈에서와는 달리."

"그래, 다행이다."

"너한테는 미안하다는 말을 하고 싶었어. 그동안 내가 한 일에 대해서."

"모르고 그런 거잖아."

"그래도 그러면 안 되는 거였어. 내가 정말로 어떻게 됐던 것 같아."

윤영이 부끄럽다는 듯 시선을 옆으로 피했다.

"남자에 미쳐서 죄 없는 너를 미워하고, 질투하다니. 나, 그렇게까지 몹쓸 애는 아니었는데."

"어쩌면 나랑 지후가 시간을 돌아오는 바람에, 너에게도 그런 영향이 간 게 아닐까, 라는 생각을 했었어. 우리랑 가까워질수록 네가 변했으니까."

"아니, 그런 건 아닐 거야. 그저…… 나는 원래 그런 애였고, 그런 내 모습이 싫어서 노력을 해 왔을 뿐인지도 몰라. 그래도 안심해. 나, 이제 지후에 대한 마음은 깔끔하게 정리가 됐으니까."

"그런 걸로 너무 걱정한 적은 없어."

"그래도 조금은 걱정한 거 아냐?"

"아주 쪼끔?"

윤영이 작게 웃었다.

"아직은 현실의 너를 어떻게 대해야 할지 잘 모르겠어. 하지만 널 미워하는 마음이 사라졌으니, 우리는 다시 평범하게 시작할 수 있겠지."

"응."

"앞으로 잘 부탁해, 나루야."

"응, 나도."

"네가 힘든 일이 있을 때, 내가 도울 수 있는 게 있다면 도울게."

"나도야. 지완이 일로 힘들면 언제든 얘기해. 같이 있어 줄게."

"응, 알아. 같이 있어 주리라는 거."

* * *

나루가 데려다주겠다고 했지만, 윤영은 괜찮다고 거절하고 혼자서 밖으로 나왔다. 만감이 교차한다는 말의 의미를, 최근에야 실감하게 되었다.

참으로 만감이 교차하는 밤이었다. 믿기지 않지만 믿고, 슬프면서도 기쁘고, 미우면서도 좋은, 여러 가지 감정이 윤영의 가슴 속에 가득했다.

땅을 보며 천천히 걷는 윤영의 옆을, 누군가 따라서 걷기 시작했다. 같은 속도로 걷는 사람이 있다는 걸 깨닫고, 윤영은 고개를 돌렸다. 훤칠한 키에 곧은 자세, 그림 같은 옆선. 재경이었다.

윤영의 시선을 느낀 듯 재경도 고개를 돌렸다. 눈이 마주쳤다. 말을 하지 않아도 재경이 무슨 생각을 하는지 짐작할 수 있는 건, 아마도 같은 감정을 느끼고 있기 때문이리라.

윤영은 가볍게 한숨을 내쉬고 다시 고개를 아래로 떨궜다.

"묻고 싶은 게 있어."

조용히 따라서 걷던 재경이 입을 열었다. 쓸쓸한 음색이었다.

"꿈에서 지후와 나루의 시간을 봤다고 했지?"

"응."

"나는, 어땠어?"

울컥—

윤영은 울음을 터뜨릴 뻔했다. 재경은 최대한 가벼운 어투로 물었지만, 사실은 가벼운 질문이 아니라는 걸 알고 있었다.

어떻게 대답해야 할까?

솔직하게 말해야만 하는 걸까?

아니면 적당히 거짓말을 섞는 게 좋을까?

아주 짧은 순간 여러 생각이 오갔다. 그러나 윤영은 솔직하게 말하기로 했다. 거짓말을 해 봐야 언젠가는 들통날 것이다.

"너는 여전히 나루를 좋아했어."

"그래."

"나루가 지후와 약혼했다는 걸 알리던 날, 너는 나한테 고백했어. 나루를 사랑한다고. 쭉 사랑해 왔다고."

"아아, 그렇구나. 역시."

재경은 그럴 줄 알았다는 듯 대답했고, 그게 윤영을 더욱 슬프게 만들었다. 이 친구는 옛 시간에서도, 이 시간에도 아픈 짝사랑을 한다.

"나는 슬퍼 보였어?"

재경이 물었다.

"아니. 하지만 쓸쓸해 보였어."

"그래."

그렇게 대화가 끊겼다.

윤영은 걷는 속도를 조금 늦췄다. 미련하게 짝사랑을 하는 이 친구와 조금 더 함께 있어 주고 싶었다. 둘은 대화 없이 느리게 걸었다. 윤영이 일부러 멀리 돌아가는 걸 눈치챘을 텐데도, 재경은 지적하지 않았다.

"이 시간의 나는 다를 거야."

이윽고 재경이 입을 열었다.

"옛 시간의 성재경은 미련하게 고백도 못 하고 12년을 끌고 갔지만, 이 시간의 나는 고백을 했고, 제대로 차였어."

"그래서 마음이 접혔니?"

"아니. 전혀. 아직도 나루를 보면 아프고 슬퍼. 하지만 나루와 지후가 행복하게 웃는 모습을 보면 기뻐. 그 두 개의 감정 중에 하나를 고르라면, 기쁨이 더 커. 옛 시간의 성재경도 그래서 고백하지 않는 것을 택한 거겠지."

"바보 같아. 너는 12년간 제대로 연애도 못 해. 누구를 만나도 짧게 사귀고 헤어지지. 나루를 못 잊어서."

"응, 아마 한동안은 그럴지도 모르겠어. 하지만 이 시간의 나는 분명 정리할 수 있을 거야. 그리고 지금보다 더 크고 성숙한 사랑을 줄 수 있는 여자를 만나게 되겠지."

"정말로 그럴 거라고 생각해?"

윤영은 걸음을 멈추고 재경을 돌아봤다.

재경도 윤영과 시선을 맞췄다. 왕자처럼 화려한 얼굴에는 쓸쓸한 미소가 묻어 있었다. 낙엽 같은 쓸쓸함이 더해졌음에도, 재경의 화려함은 조금도 가시지 않았다.

"응, 그럴 수 있을 거라고 확신해. 그러니까 너도 그럴 수 있을 거야."

"……무슨 소리야, 그게?"

"지후에 대한 그 마음, 너도 곧 정리할 수 있을 거야."

"나는……."

"네 감정을 부정하려고 하지 마, 윤영아. 옛 시간에서 어땠든, 이 시간에서 너는 분명 지후에 대한 사랑을 느꼈어. 그건 없던 일이 되지 않아."

윤영의 눈에 눈물이 고였다. 이 마음을 나루에게는 도무지 털어놓을 수가 없었다. 혼자서 끙끙 앓다 보면 언젠가 정리되리라고, 그랬으면 좋겠다고 소망했다. 그런데 생각지도 못한 사람이 내 아픔을 알아주고 있다.

"나루도, 지후도, 네 감정을 없었던 일로 생각하지 않을 거야. 그러니까 너도 부정하지 마. 부정하면 부정할수록 네 가슴에 난 구멍만 커져."

"인정하면 작아질까?"

"응. 조금씩, 조금씩 작아지더라. 그리고 어느 날, 만나게 되겠지. 이 구멍을 완전히 채워 줄 사람을."

"너, 정말 희망적이구나."

그래도 다행이라고, 윤영은 생각했다. 나루를 사랑해 왔다고 고백하던 재경의 얼굴이 생생하게 떠올랐다. 드러내지 않으려고 노력하지만, 언뜻언뜻 드러나는 슬픔과 고독이, 대놓고 드러내는 감정보다 쓰라렸다. 보는 이조차 오열하고 싶어지게 만드는 그 외로움을, 이 시간의 재경은 느끼지 않았으면 좋겠다.

"그래, 그러니까 너도 희망을 좀 가져. 그렇게 죽상 하고 있지 말고."

재경이 윤영의 볼을 살짝 꼬집으며 말했다. 윤영은 한쪽 눈을 찡그리며 몸을 뒤로 뺐다.

"건드리지 마, 왕자님. 난 잘생긴 남자라면 딱 질색이니까."

* * *

윤영을 보낸 후 지후와 잠깐 만나고 들어왔다. 씻고 나왔는데 초인종이 울렸다. 희미하게 들려오는 그 소리가 꿈인 줄로만 알았다. 한 번 더 울린 후에야 꿈이 아니라는 걸 깨닫고 눈을 떴다.

무의식적으로 옆에 있는 휴대폰을 더듬어 시간을 확인하니, 새벽 2시였다.

'이런 시간에 누굴까?'

지후일 리는 없었다.

'혹시 날 죽이려는 사람일까?'

오싹한 기분이 들어서 숨을 죽이고 현관문을 노려봤다.

"나루야."

그때, 속삭이는 듯한 목소리가 현관문 사이로 들어왔다. 이 목소린 명진이었다.

나루는 달려 나가 문을 열었다. 명진이 오토바이 헬멧을 쓴 채로 문 앞에 있었다. 누군지 묻지 않고 문을 열었더라면 깜짝 놀랐을 뻔했다.

"명진아."

"잠깐 들어가도 될까?"

"응, 들어와."

나루가 옆으로 비켜섰다.

아무 남자나 집에 들이지 좀 마. 지후한테 이른다.

평소라면 할 법한 말을, 명진은 하지 않았다.

나루는 명진이 왜 찾아왔는지 알 것 같았다. 마음이 무거워졌다. 집 안에 들어와서도 명진은 헬멧을 벗지 않았고, 앉지도 않았다.

우두커니 서 있는 명진에게 "좀 앉아."라고 말했지만, 명진은 들리지 않는 듯 꼼짝도 하지 않았다. 헬멧 안으로 명진의 얼굴이 언뜻언뜻 보였지만, 표정을 제대로 확인할 수가 없어서 답답했다.

아마도 그걸 의도하고, 명진은 헬멧을 벗지 않는 것이리라.

"금방 갈게. 걱정 마."

"그런 걸 걱정한 적 없어. 무슨 일이야?"

"알잖아. 무슨 일로 왔는지."

"……."

"말해 줘. 윤영이 동생, 어떻게 죽은 건지."

믿어지지 않는 이야기

나루는 아랫입술을 잘근 깨물었다.

명진은 더 이상 추궁하지 않고 가만히 나루를 응시했다.

어떻게 말을 해야 할까.

나루가 오늘 일찍 잠자리에 든 이유도, 내일 아침 일찍 일어나서 개운한 정신으로 명진에게 전할 말을 정리하기 위해서였다.

"거짓말하지 말고 솔직하게 말해 줬으면 좋겠어."

명진이 말했다.

"거짓말할 생각 없어."

"이리저리 돌려서 꾸미지도 마."

명진의 강경한 태도에 나루가 쓴웃음을 지었다.

"알겠어."

"말해 줘, 이제."

"윤영이 동생은 물에 빠져서 죽었대."

"그건 알아."

"구하려고 했는데…… 못 구했대."

"그래?"

"응."

"그렇군."

눈물이 날 것 같았다. 윤영이 나루의 말을 믿고 동생을 구하려 했다. 하지만 구할 수 없었다. 죽음은 표적을 놓치지 않았다.

이제 나루가 아는 표적은 둘 남아 있었다.

윤명진, 그리고 민지후.

윤영의 동생은 명진에게 있어 일종의 지푸라기였을 것이다. 윤영의 동생이 살 수 있다면, 명진도 살 수 있다. 그래서 더 절박하게 결과를 기다렸을 것이다.

하지만 윤영의 동생은 죽었다. 윤영이 살리려고 노력했음에도.

"갈게."

명진이 돌아섰다.

"명진아."

이대로 명진을 보낼 수 없었다. 나루가 그의 손목을 붙잡자, 명진이 돌아보지 않고 말했다.

"이대로 포기하지 않을 거야. 하지만 나루야, 지금은 혼자 있고 싶어. 마음 좀 정리하고…… 마음 좀 정리하고…… 그러고 나서 돌아올게. 그러니까 나 신경 쓰지 말고…… 너랑 지후는…… 알겠지?"

떨리는 목소리를 들키지 않으려고 띄엄띄엄 말하는 명진의 모습에 울음이 터질 것만 같았다.

나루는 이를 악물고 명진의 말을 듣다가 고개를 끄덕였다.

"응."

"그래, 그럼. 잘 자."

명진이 나가고 나루는 그대로 허물어졌다. 두 손으로 얼굴을 가리고 작게 흐느꼈다.

옛 시간에서 명진은 기억에도 남지 않을 만큼 자신과 아무런 관계도 아니었다. 그러나 이 시간의 명진은 나루에게 무척이나 소중한 존재였다.

나루가 이 시간으로 돌아왔음을 가장 먼저 눈치채고, 가장 먼저 믿어 주고, 가장 큰 힘이 되어 준 친구.

나루에게 이 시간을 걸어갈 용기를 주고, 운명에 부딪칠 힘을 준 친구. 그리하여 이 시간이 너무 고독하지 않도록, 함께 걸어와 준 친구.

명진을 잃고 싶지 않았다.

14장
한 치의 벗어남도 없이

헬멧 안이 더운 김으로 가득 찼지만, 명진은 헬멧을 벗을 수 없었다. 눈물범벅이 된 자신의 모습을 누구에게도 보이고 싶지 않았다. 그러다가 자조적으로 웃었다.

누가 보면 어떻단 말인가. 이제 반년 후면 나는 이곳에 없을 텐데.

"제기랄."

윤영이 나루의 말을 믿고 동생을 구하려고 했으나, 구하지 못했다. 죽음은 피할 수 없다는 것이, 윤영 동생의 일로 증명되었다.

막연한 희망이 있었다. 미리 알고 있으니 피할 수 있으리란, 아주 작은 희망을 품었다. 그러나 이제 그 작은 불씨조차 사라졌다.

희망은 없다.

나는 반년 후에 죽는다.

'내년 봄.'

눈물이 멈추지 않았다. 영화나 드라마를 보면, 시한부 인생을 살게 된 사람들이 의연하게 주변을 정리하고 죽음을 받아들이는 장면이 나온다.

대단한 사람들이다.

'난 못 그러겠어.'

그런 건 무리다. 반년 후에 죽는다는 생각만으로도 온몸이 벌벌 떨렸다.

반년 후, 나는 사라진다.

지금 경험하는 이 모든 것들을 느낄 수 없게 된다.

미래를 꿈꿀 수도 없고, 소중한 사람들을 만날 수도 없다.

나는 죽는다.

비명이 터져 나오려 했다.

'왜 하필이면…… 왜 하필이면 반년 후야?'

지후가 부러웠다. 적어도 지후는 10년 이상의 삶이 남았으니까. 원하는 것을 하고 꿈꾸는 것을 이룰 만한 시간이, 지후에게는 있으니까.

'반년 동안 대체 뭘 하라는 거야?'

할 수 있는 게 없었다.

차라리 몰랐더라면 좋았을 텐데. 내가 21살이 되자마자 죽는다는 사실 따위, 알지 못하는 게 더 나았을 텐데.

순간 나루가 원망스러웠다.

알려 주지 말지. 내가 죽는다는 미래 따위, 말해 주지 말지.

그러나 곧 그 생각을 지웠다. 나루는 명진을 살리고 싶어 했다. 미래를 바꿀 수 있을 거라고 믿었다.

'그리고 나도 믿었지. 멍청하게.'

"으으……."

악문 이 사이로 신음이 흘러나왔다.

한참 밖을 서성이다가 새벽 동이 틀 때쯤에야 집에 들어갔다. 물을 마시러 나오던 엄마와 거실에서 마주쳤다.

"명진아, 너 이 시간에 또……."

잔소리를 시작하려는 엄마를 끌어안았다.

"엄마."

"명진아?"

"엄마, 엄마, 엄마."

내가 죽으면 우리 가족들은 어떡하지?

우리 엄마는, 우리 아빠는, 우리 누나들은, 내 동생은.

대체 어떡하지?

아마도 나루가, 지후가, 재경이, 잘 챙겨 줄 것이다.

그러나.

'죽기 싫어.'

"엄마."

"명진아."

"엄마, 엄마."

엄마의 품에 안기는 게 몇 년 만일까. 철이 들 무렵부터 쑥스러워서 안을 수 없었던 엄마의 품에 안겨, 한참을 울었다.

명진이 우는 내내, 엄마는 이유도 묻지 않고 명진의 등을 쓸어주었다.

명진은 정말이지, 죽고 싶지 않았다.

* * *

새벽에 찾아온 날을 마지막으로, 나루는 명진을 만나지 못했다.

명진은 학교에도 오지 않았고, 나루나 다른 친구들의 연락에도 답을 하지 않았다.

명진의 집도 모른다는 걸 이제야 깨달았다.

집이라도 알면 찾아가 봤을 텐데.

나루는 간간이 명진에게 문자를 보냈다.

[명진아, 잘 지내고 있어? 학교에는 안 나올 거야?]
[걱정돼. 가끔 근황이라도 알려 줘.]
[난 잘 지내고 있어. 너도 그랬으면 좋겠다.]

어느 날부터는 교수가 출석을 부를 때 명진의 이름을 부르지 않게 되었다. 그래서 명진이 휴학했다는 걸 알 수 있었다.

과 학생들 사이에선 명진의 갑작스러운 휴학으로 이런저런 이야기가 많았지만, 그조차 금방 잠잠해졌다.

한 달도 지나지 않아, 옛 시간에서처럼 명진의 이름이 학생들 사이에서 나오지 않게 되었다. 그의 이름을 떠올리고 걱정하는 것은 나루와 그녀의 친구들뿐이었다.

명진이 없어도 시간은 계속 흘러갔다.

나루가 명진을 다시 보게 된 것은 11월 말, 불어오는 바람이 차갑게 느껴질 무렵이었다.

딩동—

지후와 데이트를 하느라 미뤄 둔 리포트를 새벽까지 쓰고 있는데, 초인종이 울렸다.

지후가 야식이라도 만들어서 왔나 싶어, 누구냐고 묻지도 않고 문을 열었다. 열린 문 사이로 보이는 명진의 모습에, 나루의 눈이 동그랗게 커졌다.

나루는 저도 모르게 두 팔을 벌려 명진을 끌어안았다.

"명진아!"

명진은 나루를 밀어내지 않았다.

"아, 명진아. 진짜 보고 싶었어."

"그래, 나도."

명진이 부드럽게 대답했다.

"들어와, 명진아. 다른 애들도 부를까?"

"아니, 그냥 널 보러 왔어."

명진이 현관문 안으로 들어왔지만, 신발을 벗고 집 안까지 들어오진 않았다.

"잘 지내고 있나 궁금해서."

"난 잘 지내고 있어. 문자도 보냈잖아."

"그래, 문자도 보냈지."

명진이 희미한 미소를 지었다. 수척해진 명진의 얼굴을 보니 가슴이 미어졌다. 그러나 나루는 밝은 표정을 지으려고 노력했다.

"어떻게 지냈어? 윤영이랑은 이제 많이 친해졌어?"

명진이 물었다. 이런 와중에도 나루의 근황을 궁금해하는 명진의 행동에, 나루는 울고 싶어졌다. 입가의 근육이 울음을 담고 실룩거렸지만, 간신히 참고 고개를 끄덕였다.

"응, 친해졌어. 같이 쇼핑도 하러 가고 편하게 대화도 하고 그래."

"지후랑은 여전히 달달하고?"

"응, 그렇지, 뭐."

"그래, 다행이다."

"넌? 너는 어떤데?"

"나는 그냥. 휴학을 했어. 가족들이랑 시간을 보내는 중이야.

가끔 시간이 맞으면 여행을 가기도 하고, 누나들이랑 집 밖에서 만나서 식사를 하기도 하고, 그래. 가족들은 사람이 변했다면서 징그러워하고 있어."

"그렇구나."

"가족들이랑 시간을 보낼 때마다 새로운 기분이 들어. 가족들을 가장 잘 알고 있다고 생각했는데, 가끔 새로운 면을 발견할 때마다 신기해. 어떻게 보면 내 가족의 사정과 생각은 타인의 것보다 알기 어려운 건지도 모르겠어."

"응."

"내 여동생이 연애를 하다가 실연을 당했고, 내 누나가 조심스럽게 만나는 남자가 있다는 걸, 이제야 알게 됐거든. 그렇게 가족들에 대해서 조금씩 조금씩 알아 가고 있어."

"응."

"알아 갈 시간이 조금 더 많았더라면 좋았을 텐데."

"응."

나루는 이를 악물었다. 금방이라도 울음이 터질 것 같은 나루의 얼굴을 보며, 명진이 싱긋 웃었다.

"그런 표정 짓지 마. 난 이제 조금씩 죽음을 받아들이고 있는 중이니까. 오늘 찾아온 건, 네가 걱정할 것 같기도 했고, 그동안 알아낸 걸 알려 주기 위해서이기도 해."

"알아낸 거?"

"이거."

명진이 옆으로 매고 있던 가방에서 A4용지 뭉치 하나를 꺼냈다.

"생명 연장, 동물 실험, 유전자 조작 등에 반대하는 단체들이랑 그 단체에 대한 간단한 정보들이야."

나루는 그걸 받아 들지 못하고 명진의 얼굴을 물끄러미 응시했다. 명진의 죽음까지 이제 몇 달 남지 않았다. 그런 상황에서 명진은 나루의 일을 걱정해 조사를 하고 있었다. 그저 '감동받았다.'라는 말만으로 표현하기 힘든, 벅찬 감정이 나루의 가슴을 채웠다.

간신히 참고 있었는데, 온 힘을 다해 견디고 있었는데, 눈물이 나루의 볼을 타고 흘러내렸다.

"네가 하고 있던 그 비밀스러운 연구. 널 납치하고 싶어 하고, 널 죽이고 싶어 할 만한 그 연구. 영생에 대한 연구일 거라고 짐작했어. 맞지?"

나루는 고개를 끄덕였다.

"그래, 내가 맞춰서 다행이네. 이걸 보면 알겠지만 극단적인 움직임을 보이는 단체들도 따로 정리를 해 뒀거든. 물론 12년 후에는 사라질 단체도 있을 거고, 새롭게 생길 단체도 있겠지만, 참고하라고 정리해 봤어."

휴학까지 하고 죽음을 대비하는 상황에서도, 나루의 일을 꼼꼼히 조사해 준 명진에게 뭐라 대답해야 좋을지 알 수 없었다.

"나름대로 생각해 봤는데, 지금 시점에서 중요한 건 누가 네 연구를 외부에 발설했는지야. 보통 그런 굉장한 연구라면 훔쳐서 팔아먹지, 완성도 되지 않은 단계에서 외부에 발설하지는 않잖아. 발설한 이유는, 아마도 네 연구를 막고 싶었기 때문이라고 봐. 생명 연장에 반대하는 인물이겠지. 그럴 만한 사람을 한 번 찾아봐. 이 시간에서는 뭘 하고 있을지 모르겠지만, 적어도 대비는 할 수 있잖아."

명진이 나루를 보고 빙그레 웃더니, 엄지로 나루의 눈물을 닦았다. 하지만 몇 번의 손놀림으로 닦아 낼 수 없을 만큼, 나루의 눈에선 눈물이 끊임없이 흘러내리고 있었다.

히끅, 히끅.

흘러나오는 울음소리를 삼키느라, 나루는 어깨를 떨고 있었다.

"콧물 나온다, 연나루."

명진이 놀리듯 웃었다.

"으으…… 흑…… 욱……."

결국 참고 있던 오열이 터져 나와 나루는 두 손으로 입을 틀어막았다. 나루의 손가락 사이로 흘러나오는 서글픈 신음에, 명진의 눈가도 빨개졌다.

"울지 마."

"아…… 아아, 명진아…… 욱…… 으…… 욱…… 미안, 미안해…… 아, 어떻게 해, 미안해……."

울고 싶은 건 너일 텐데.

오열하고 싶은 건 너일 텐데.

바보처럼 울고 있는 자신이 한심스러웠다.

적어도 웃는 얼굴로 명진을 보내 주고 싶었는데.

넌 살 거야. 너는 살아남을 거야.

그렇게 믿는 표정으로 명진을 보내 주고 싶었는데.

견디지 못하고 울음을 터뜨린 자신이 미웠다.

명진은 나루가 울음을 멈출 때까지 기다려 주었다. 이윽고 힘겹게 눈물을 그친 나루가 명진을 올려다봤다.

"나루야."

명진이 담담한 표정으로 나루를 불렀다.

"나는 너한테 아무것도 안 남기고 갈 거야. 오토바이 헬멧이라도 물려줄까 했는데, 안 그러려고. 나는 원래 네 인생에 없던 사람이었어. 옛 시간에서 넌 나를 기억하지도 못했지."

"그건……."

"아니, 널 원망하는 게 아냐. 난 그냥 네게 그런 사람이었어. 그러니까 날 잊어. 날 잊고 네 삶을 살아가. 지후가 12년 후를 살아가게 될지, 살지 못하게 될지, 나도 몰라. 하지만 지후와 함께할 12년을 소중하게 보내. 내 생각으로 힘들어하지 말고. 알겠지?"

다정한 음성이었다.

나루는 눈을 질끈 감았다가 뜨고 명진과 눈을 맞췄다.

"이런 말을 해 주는 사람을 어떻게 잊어? 못 잊어. 기억할 거야. 네가 내게 해 준 것들, 너와 나눴던 대화들, 평생 기억할 거야. 옛 시간의 너는 나와 아무 관계도 아니었지만, 내가 다시 살아갈 이 시간의 너는, 내 인생에 큰 자국을 남기고 간 소중한 존재니까."

나루의 말에 명진이 빙그레 웃었다.

"그래도 잊을 거야. 원래 죽음이란 그런 거니까."

"안 잊어. 그리고 그렇게 자포자기한 듯이 말하지 마."

"물론 나는 살려고 발버둥 칠 거야. 하지만 그래도 죽는다면, 그땐 네가 너무 슬퍼하지 않았으면 좋겠다."

"그 부분은."

나루는 더 이상 질척거리지 않기로 했다.

명진이 뭘 걱정하는지 알고 있었다. 그렇다면 그 걱정이라도 덜어 주는 게 옳았다.

"내가 생각 좀 해 보고 결정할게. 그러니까 넌 가족들이랑 좋은 시간 보낼 생각이나 해."

"그래."

명진이 잠시 망설이다가 나루의 머리를 쓰다듬었다.

"갈게. 잘 자."

"응, 너도."

명진이 나간 후, 나루는 허물어졌다. 혹시라도 명진에게 들릴까 걱정되어, 양손으로 입을 틀어막았지만 흐느낌이 새어 나왔다.

그렇게 한참 동안, 나루는 현관문 앞에 쭈그리고 앉아 오열했다.

* * *

나루는 지독한 감기에 걸려 버렸다. 추운 현관문 앞에서 오들오들 떨며 오열하기도 했고, 정신적으로 큰 충격을 받았기 때문이기도 했다.

온몸에 열이 펄펄 끓었다. 나루는 간신히 침대로 기어가 이불을 끌어당기고 누웠다.

지후에게는 학교에 못 갈 것 같다고 문자를 보내고 잠이 들었다. 그러나 열에 취해 깼다 잠들기를 반복했다. 여러 영상이 눈앞으로 흘러갔다. 옛 시간의 기억들. 이 시간의 추억들.

명진과 함께한 추억들이 떠오를 때마다, 나루는 울었다. 그렇게 울고 잠들고 울고 잠들다 보니, 어느새 저녁이 되었다. 잠을 좀 자서인지 열이 많이 가라앉았다.

나루는 명진이 준 자료를 침대로 가지고 왔다.

열 때문에 두통이 심하긴 하지만, 명진을 생각해서라도 소중한 시간을 그냥 흘려보낼 수는 없었다.

'열심히 살게, 명진아. 네 몫까지 열심히 살게.'

그런 생각이 명진의 죽음을 확신하는 생각이라는 것을 깨닫고 고개를 저었다.

'아니, 명진아. 너는 살아남을 거야. 살아남아야 돼.'

하지만 알고 있었다. 나루 자신도 이제는 운명과 죽음을 피할 수 없다는 걸 조금씩 받아들이고 있음을. 그렇다면 명진이 죽음을 앞둔 와중에도 조사해 준 것들을 확인하고, 파악하고, 살아남아야 했다.

'내 생명의 반은 네 거야, 명진아. 네가 아니었으면 난 아마 이 시간에서 고독사 했을지도 몰라.'

나루는 뿌연 시야로 들어오는 글자들을 머리에 담으려고 노력했다.

명진은 꼼꼼히 준비해 주었다. 생명 유지, 연장, 유전자 조작 등에 반대하는 단체의 이름이 위험도 순으로 나열되어 있었다. 그중 몇 개는 나루도 들어 본 이름이었고, 12년 후에도 존재하는 단체들이었다.

자료를 반쯤 읽었을 때, 초인종이 울렸다.

"나루야, 나 들어간다."

지후의 목소리가 들려왔다.

지후는 나루의 집 열쇠를 하나 가지고 있었다.

찰칵—

문 열리는 소리가 들리고 지후가 들어왔다.

"걱정돼서 왔어. 어디 아픈 건 아니지?"

"아파. 감기에 걸린 것 같아."

지후가 침대 끝에 걸터앉아 나루의 이마에 손을 올렸다. 밖에 있다가 들어온 그의 손은 차가워서 기분이 좋았다.

"열나네. 약은 먹었어?"

"아니."

"밥은?"

"밥도 아직."

"기다려 봐. 약 사 오고 나서 죽이라도 끓여 줄게."

일어나려는 지후의 손목을, 나루는 붙잡았다.

"어젯밤에 명진이가 찾아왔었어."

지후의 눈이 커졌다.

"잘 지내고 있대. 가족들이랑 여행도 다니고 그런대. 학교는 휴학했대."

"그렇군."

"나한테 이걸 줬어."

나루가 자료를 내밀었지만, 지후는 그걸 받아 들지 않고 내려다봤다.

나루는 다시 자료를 내려놓고 말했다.

"생명 연장에 반대하는 단체들이 위험도 순서로 정리되어 있어. 그리고 명진이 말로는, 내 연구를 외부에 흘린 인물을 먼저 찾아내는 게 좋을 것 같대. 그래서……."

열 때문에 충혈된 눈으로 열심히 말하는 나루를, 지후는 가만히 응시하다가 말했다.

"나루야."

"응?"

"일단 좀 쉬어. 이런 건 나중에 생각하고. 아픈 거 낫는 게 우선이야."

"하지만……."

"이건 내가 생각할게. 그러니까 너는 좀 자."

지후가 땀에 젖은 나루의 머리칼을 뒤로 넘겨줬다.

"식은땀 나는 거 봐라."

걱정스럽게 말하는 지후의 모습에, 나루의 가슴이 뭉클했다. 아플 때면, 지후는 항상 이렇게 걱정해 주고 병간호를 해 주었다. 그 어떤 슬픔도 벌어지지 않았던, 그저 사랑만 했던 옛 시간의 기억이 떠올랐다.

그래서 나루는.

"하자."

그에게 안기고 싶었다.

"지후야, 우리 하자."

머리를 쓰다듬던 그의 손이 멈췄다.

지후는 무슨 말이냐는 듯 나루를 내려다봤다. 그의 눈동자만 보아도, 나루는 알 수 있었다. 그가 이제는 정말로 죽음을 받아들였음을. 12년 후, 살아갈 수 없다는 것을 인정하고 있음을.

명진이 죽음을 받아들이듯, 지후 역시 그렇다는 걸 알 수 있었다.

나루 또한 그랬다.

이제 12년. 길다면 길고 짧다면 짧은 시간. 옛 시간에서는 영원할 줄 알고 흘려보냈던 시간을, 이 시간에서는 농밀하게 보내야만 했다.

단 1분 1초도 허투루 보낼 수는 없었다.

나루는 촉촉하게 젖은 눈으로 지후를 올려다봤다.

"너한테 안기고 싶어."

"그런 건 24살 이후로 할 거라며?"

지후가 옅게 웃으며 나루의 볼을 어루만졌다. 나루는 그의 손길을 느끼며 눈을 감았다.

"응, 그러려고 했는데…… 지금 너한테 안기고 싶어졌어."

"후회 안 하겠어?"

"후회할 게 뭐가 있어? 우린 원래 그런 사이였는데."

지후가 작게 웃었다.

"그래, 우린 원래 그런 사이였지."

지후의 몸이 나루의 위로 기울어졌다. 그의 뜨거운 입김이 나루의 귓가에 머물렀다. 그의 입술이 나루의 귓불을 지분거렸다. 나루는 두 팔로 그의 목을 끌어안았다.

지후는 나루의 온몸 구석구석을 알고 있었다. 어떨 때에 그녀가 좋아하는지, 강렬하게 자극받는지 전부 알고 있었다. 그의 느릿한 입맞춤이 나루의 귀에서 볼로, 입술에서 목덜미로, 목덜미에서 좀 더 아래로, 이어졌다.

숨과 숨이 부딪치고, 체온과 체온이 섞였다. 뜨거운 열기가 겹쳐진 연인 주위를 에워쌌다.

조용하고 서글픈 공간 속에서, 나루와 지후는 사랑을 나눴다. 침대의 삐걱거림도, 이불의 바스락거림도, 둘에게는 들려오지 않았다. 둘의 청각을 자극하는 것은 오롯이 서로의 육체에서 흘러나오는 소리뿐이었다.

언제나 둘 사이에 존재하던 분홍빛 공기가 짙은 와인색으로 물들어 갔다. 격렬하고 농밀한 행위가 끝난 후, 둘은 서로를 꼭 끌어안고 누워 숨을 헐떡거렸다.

언제나 그랬듯, 지후는 나루를 안고 그녀의 머리와 목덜미를 쓰다듬었다. 행위가 끝난 후에도 이어지는 그의 손길을, 나루는 늘 사랑했다. 땀에 젖은 그의 가슴에 얼굴을 묻고, 그의 체취를 한껏 들이마셨다.

나루는 이제야 자신의 시간으로 돌아온 기분이 들었다.

'그래, 이건 내 시간이야. 죽음의 것도, 운명의 것도 아니야. 내 거야.'

나루는 그의 넓은 등을 끌어안았다.

'나는 이 시간을 그저 울면서 보내지 않을 거야. 아주 잘 사용해 주겠어.'

* * *

부스럭거리는 느낌에 나루는 잠에서 깨어났다. 지후가 침대에서 내려가려고 하고 있었다.

"어디 가?"

나루의 질문에 지후가 뒤를 돌아봤다.

"아, 이제 아침이라서."

20살 지후의 알몸을 보는 건 처음이었다. 침대 끝에 걸터앉은 그의 넓은 어깨와 단단한 등, 잘록한 허리에서 눈을 뗄 수가 없었다.

지후가 쑥스러운 듯 이불을 끌어다가 몸을 가렸다.

"뭘 그렇게 봐."

"수줍어하긴."

"그만 좀 봐."

"좀 보면 어때? 내 건데."

"왠지 창피하다."

"응, 나도."

지후가 침대 옆에 떨어진 옷가지를 챙겨 입는 동안, 나루는 누워서 그 모습을 지켜봤다.

튼실한 상체와 길쭉한 다리가 옷 아래로 사라지는 것이 아쉬웠다.

"몸은 좀 어때?"

지후가 물었다.

"머리랑 목이 좀 아파. 편도선이 부은 것 같아."

"약 좀 사다 줄까?"

"아니, 그냥 비타민 챙겨 먹고 한숨 더 잘래. 학교 다녀와."
"이따 끝나고 밥 해 주러 올게. 자고 있어. 괜한 생각하지 말고."
"응."
지후가 나가고 나서 나루는 멍하니 누워, 연구에 대해 알고 있던 사람들을 하나하나 되짚어 보기 시작했다.

* * *

윤영은 수업이 다 끝난 후에도 멍하니 강의실에 앉아 있었다. 재경은 뒤쪽에 앉아 윤영의 뒷모습을 지켜보고 있었다. 윤영이 일어나면 같이 나루의 병문안을 갈 생각이었는데, 윤영은 도통 일어날 생각이 없어 보였다.

결국 재경이 먼저 일어나 윤영에게 다가갔다.

"집에 안 갈 거냐?"

어깨를 툭 치는 손길에, 윤영이 소스라치게 놀라며 뒤를 돌아봤다.

"깜짝 놀랐네."

"뭔 생각을 하기에 그렇게 놀라?"

"나루를 죽이려는 게 누군지 좀 생각하고 있었거든."

"흐응, 그래?"

재경이 윤영의 옆자리에 앉았다.

"그래서 답 좀 나왔어?"

"나올 리가 있니? 미래를 살다 온 나루랑 지후도 못 찾는 답인데."

"그러게. 우리가 도울 방법이 없지, 그 부분은. 나루나 지후가 누군지 감이라도 잡아야 뭐든 해 볼 텐데."

"그러게 말이야."

윤영이 정말 걱정스럽다는 듯 미간을 좁혔다. 아직 볼살이 통통한, 귀여운 얼굴이 일그러지는 걸 보며 재경이 말했다.

"그나저나 의외다, 너."

"내가 왜?"

"이렇게까지 적극적으로 나루랑 지후 일에 개입할 줄은 몰랐거든."

"어쩔 수 없잖아. 이 시간의 주인공이 연나루인데."

"이 시간의 주인공?"

"생각해 봐. 나는 나루의 시간에서 나루와 가장 친한 친구였대. 그런데 이 시간에서는 나루를 싫어했어. 그랬더니 꿈을 꾸기 시작했지. 마치 나루를 향한 내 마음을 바꾸려는 듯이."

"아아."

"한 번도 아니고 여러 번. 나루가 미워지면 미워질수록 자주. 그리고 결국 나는 나루에 대한 미움을 버렸고, 이런 사이가 되었어. 이 시간은 나루를 위한 시간이야."

윤영은 그렇게 확신하는 듯했다.

"그렇다면 무엇이 이 시간을 움직이고 있는지 생각할 수밖에 없어. 신이라고 해도 좋고, 신과 같은 힘을 가진 어떠한 존재라고 해도 좋아. 누군가가 나루를 이 시간으로 보냈어. 이유 없이 보내진 않았겠지. 분명 지후를 살리라고 보냈을 거야. 나루의 소망은 그것뿐이니까. 그렇다면."

윤영이 재경과 눈을 맞췄다.

"방법이 있는 거야. 나루도, 지후도 죽지 않을 방법. 안 그래?"

"하지만 네 동생은……."

"나루가 구하고 싶다고 해서 전부 구할 수 있는 게 아니겠지. 나루가 원하는 걸 모조리 이뤄 주면 세상이 엉망진창이 되지 않겠어? 나루가 원한 건 지후를 살리는 거였고, 그 때문에 이 시간으로 돌아온 거니까 다른 사람들을 전부 구하는 건 무리일지도 몰라. 내 동생은 죽었고, 명진이도 죽을지도 모르지. 하지만 지후를 살릴 방법은 분명히 있을 거야."

확신에 찬 윤영의 이야기를 들으니, 그럴 수도 있겠다는 생각이 들었다.

'이래서였나?'

재경은 나루를 싫어하는 윤영이 싫었었다. 나루가 왜 그렇게 윤영을 감싸고도는지, 좋은 애라고 말하는지도 알 수 없었다.

하지만 이제는 조금 알 것도 같다.

나루를 위해 움직이려는 윤영은 거침이 없었다. 윤영은 나루를 손톱만큼도 의심하지 않았고, 최근 모든 생각이 나루를 중심으로 돌아가는 듯했다.

재경은 애가 정말 나루를 시기, 질투하던 그 애가 맞는지 의심이 될 정도였다.

"옛 시간의 우리 가족을, 꿈에서 봤어."

재경과 윤영은 함께 강의실을 나왔다.

"옛 시간의 네 가족?"

"응, 지완이가 죽은 후의 우리 가족. 정말 엉망진창이었어."

"그래."

"엄마랑 아빠는 서로를 비난하고, 욕하고, 가끔 나를 욕하기도 하고. 그러면 나도 소리를 지르면서 엄마랑 아빠한테 대들고. 진짜 엉망이었어."

어떤 상황인지 짐작이 됐다. 갑자기 자식을 잃은 부부는 슬픔과 죄책감을 털어놓을 곳을 찾다가, 결국 서로를 비난하게 된다. 서로를 위로하고 보듬어도 힘들 시간에 싸우고 다투다가, 결국 가정은 파탄이 난다.

윤영의 가족도 그 과정을 밟았었나 보다.

"옛 시간의 나는 굉장히 외로워해. 매일 혼자 울어. 지완이한테 죽어 버리라고 했던 것 때문에 죄책감도 있고, 한편으로는 엄마랑 아빠가 지완이의 죽음만 신경 써서 원망스럽기도 해. 그런 식으로 위험한 곳에 가서 빠져 죽은 지완이를 원망하다가, 지완이를 원망하는 내 자신을 경멸하지. 그러던 때에 나루가 나를 위로해 주기 시작한 거야."

11월 말, 밤바람은 차가웠다. 윤영은 옷깃을 여몄다.

　"그 꿈을 꿨기 때문에, 나는 위로를 받았어. 그리고 부모님의 아픔을 어루만져 주고, 두 분 사이에서 중재를 하는 역할을 할 수 있게 됐지. 지금 우리 가족은 꿈속의 가족들과 다르게 괜찮아. 아직 조금 위태롭긴 하지만, 난 이것도 잘 지나갈 거라고 확신해."

　희망적으로 말하는 윤영은 밝아 보였다.

　"나루 덕분이야. 나루는 내가 나루를 미워하는 상황에서도 날 포기하지 않았어. 그러니까 이제 내가 움직일 거야. 포기하지 않고."

* * *

　한 해가 지나갔다. 연도가 바뀌자 이상한 기분이 들었다.

　한 번 경험했던 연도. 두 번 다시 되돌아올 수 없을 거라 생각했던 젊은 나날. 그 시기를 거의 1년째 보내고 있다는 게 신기했다.

　창문으로 비집고 들어오는 차가운 바람을 막기 위해 비닐을 붙이고, 전기장판을 틀어야만 잠을 잘 수 있는 추위가 시작되었다.

　1월의 추위는 매서워서, 환기를 시키기 위해 잠깐만 창문을 열어도 방 안의 온기를 모조리 빼앗아 갔다.

유독 추운 날, 나루는 창문을 열어 놓고 침대에 앉아 있었다. 침대 옆 창문에서 들어오는 바람에 피부가 아팠지만, 꼼짝도 하지 않고 앉아서 하늘을 응시했다.

차가운 공기와 다르게 하늘은 쾌청했다. 새파란 하늘에 눈이 시렸다.

'여름 방학 이후로 날 죽이려는 시도가 없었어.'

바다에서 빠져 죽을 뻔한 후로, 위험한 일은 없었다. 누군가에게 살해 위협을 받고 있는 게 거짓이라는 생각이 들 정도였다. 물론 나루는 긴장을 풀지 않고 있었지만, 그런 생각을 하는 게 바보처럼 느껴질 만큼 평온한 나날이 이어졌다.

'날 죽이려는 걸 관둔 걸까? 아니면 내가 너무 예민하게 생각했던 걸까? 그저 누구에게나 벌어지는 사고를 가지고.'

그렇지는 않을 거라고, 나루는 생각을 고쳤다.

'아니, 날 방심하게 하려는 걸지도 몰라. 하지만…… 내가 뭐라고?'

나루는 죽이려면 언제든 죽일 수 있을 만큼 힘이 없는 존재였다. 든든한 백도 없고, 보디가드를 고용할 만한 돈도 없었다.

지후가 24시간 지켜 주는 것도 아니고, 설령 지켜 준다 해도 지후 역시 평범한 민간인인 것은 마찬가지였다.

'날 죽이려는 사람한테 무슨 일이 벌어진 걸지도 모르지.'

보이지 않는 적은 사람을 불안하게 만들었다. 있는지 없는지도 확신할 수가 없기에, 하루하루 말라 가는 기분이었다.

'그러고 보니 살이 많이 빠졌네.'

원래는 이렇게까지 마르지 않았었다. 그저 평균 체중에서 조금 아래였는데, 이 시간으로 돌아온 후에 거의 5키로가 넘게 빠졌다.

어제는 엄마가 어디 아픈 거 아니냐며 걱정까지 했다.

'살이 빠질 수밖에 없지.'

명진이 죽을 날이 가까워지고 있다. 나루 자신 역시 언제 죽을지 모른다. 12년 후에는 지후가 죽는다.

그런 여러 가지 생각들 때문에 식욕도 없고 잠도 제대로 자지 못했다. 이런 상황에서 살이 찌면, 그야말로 병에 걸린 것이리라.

'일단 연구를 흘렸을 것 같은 사람들 이름은 정리해 뒀어. 어쩌면 내가 잊고 있는 사람이 몇 명 더 있을지도 모르지만, 다음 달부터는 그 사람들을 조사해서 만나 봐야겠어.'

이 시점에서 그들과 나루는 전혀 모르는 사이였다. 갑자기 찾아온 나루가 이것저것 캐물어 보면 이상하게 생각할 것이 틀림없지만, 어떻게 해서든 정보를 얻어야만 했다.

'단체들에 대해서는 최 교수님한테 더 정확하게 묻고 싶은데.'

나루의 은사였고, 연구소에 입사할 때부터 쭉 도와줬던 최 교수는 올해 안식년이었다.

'기억에 따르면 12월인가부터 해외로 나가 계셨지. 메일로라도 찾아뵙고 싶다고 연락을 넣어 둘까? 시간 나실 때 연락을 달

라고 하고, 어디로든 찾아가면 되는 거니까.'

　최 교수와도 아직은 친한 사이가 아니었다. 정보를 얻으려면 상대의 환심을 사야 하는데, 계획적으로 타인에게 접근해 본 적이 없기에 쉽지가 않았다.

　코끝이 빨개질 때까지 창문을 열어 놓고 고민을 하고 있는데, 방문이 열리고 엄마가 들어왔다.

　"나루야! 이 추운 날에 창문은 왜 열어 놓고 있어?"

　엄마에게 등짝을 맞았다.

　"아파, 엄마."

　"아픈 건 아니? 추운 건 모르고?"

　"환기시키고 있었어."

　"환기를 무슨 냉골이 될 때까지 시켜? 코 빨개진 것 좀 봐."

　나루를 혼내면서도 엄마의 눈에는 걱정이 가득했다.

　"잠깐 졸았나 봐."

　"이 추운데 잠이 오니? 얼른 몸 좀 녹여. 어휴, 몸 차가워진 것 좀 봐라. 동상 걸리겠다, 애."

　엄마가 창문을 닫고, 나루를 이불 속으로 밀어 넣었다. 전기장판까지 켜 준 엄마가 물었다.

　"오늘은 지후 안 만나니?"

　"응, 오늘은. 좀 피곤해."

　"겨울 방학에 어디 놀러 안 가고?"

　"글쎄, 잘 모르겠어. 우리 가족은 어디 가게?"

"아빠가 바빠서 잘 모르겠네. 몸 녹이고 나와. 엄마가 칼국수 해 줄게."

"응."

전기장판에 따뜻하게 열이 올랐다. 차갑게 얼어 있던 몸이 갑작스러운 열기에 따끔따끔 아려 왔다.

나루는 이불을 턱 아래까지 끌어당긴 채로, 아까 하던 생각을 계속하려고 했다. 그때, 베개 옆에 있던 휴대폰이 울렸다.

윤영에게 걸려 온 전화였다.

[나루야, 나 너네 집 근처인데. 들어가도 돼?]

"어. 초인종 누르면 엄마가 문 열어 줄 거야."

겨울 방학이 시작되고 나서 윤영은 일주일에 한두 번 정도 나루의 집에 놀러 오곤 했다.

잠시 후 나루의 방문이 열렸다.

"으아, 추워. 네 방 왜 이렇게 추워?"

윤영이 두 팔로 몸을 감쌌다. 나루가 이불을 들추자, 윤영이 이불 안으로 들어왔다.

"뭘 하고 있었던 거야?"

"그냥 창문 열어 놓고 하늘 구경 좀 하고 있었어."

"하늘 두 번 구경하다가는 얼어 죽겠네."

윤영이 몸을 부르르 떨었다. 둘은 방이 좀 따뜻해질 때까지 이불 안에 있었다.

"오늘 일정 없지?"

윤영이 물었다.

"응."

"그럼 얼른 씻고 나갈 준비해. 우리, 명동에나 가자."

"명동? 갑자기 명동은 왜?"

"놀아야지. 이대로 시간 낭비하기 아깝잖아. 가서 쇼핑하자."

윤영의 등살에 떠밀려 욕실로 향했다. 따뜻한 물로 샤워를 하는 동안, 옛 기억이 떠올랐다.

'그러고 보니, 이 무렵에 윤영이랑 같이 명동에 쇼핑하러 갔었지.'

그때는 먼저 쇼핑하러 가자고 청한 쪽이 나루였다. 집안의 험악한 분위기 때문에 밖으로 나돌던 윤영에게, 여기저기 놀러 다니자고 제안을 하곤 했었다.

'윤영이도 이때의 일을 꿈으로 꿨었나 보네.'

나루를 신경 써서 찾아와 준 윤영의 마음이 고마웠다.

'그래. 오늘은 다른 거 신경 안 쓰고, 윤영이랑 놀아야지.'

마음가짐을 다잡고 나갈 준비를 했다.

윤영이 옆에서 이것저것 지적을 했다.

이걸 좀 발라 봐라, 눈 화장도 조금 하자, 머리는 고데기를 하자.

윤영의 잔소리를 들으며 나갈 준비를 마칠 때쯤에는, 하루 종일 쇼핑을 한 듯 지쳐 버렸다.

지후와 재경은 지후의 집 거실에 나란히 앉아 게임을 하고 있었다.

외출을 하던 누나가, "작작들 좀 해라. 눈에 핏발이 섰네."라고 잔소리를 했지만, 둘의 눈동자는 TV 화면에서 떨어지지 않았다. 적장을 물리치며 적진을 향해 나아가고 있을 때, 지후의 휴대폰이 울렸다.

지후는 게임할 때 다른 걸 하지 않지만, 나루에게 온 문자일까 싶어 휴대폰을 들었다.

윤영에게 온 문자였다.

[나루랑 나랑 명동에 간다.]

지후는 답장하지 않고 휴대폰을 내려놨다.
"나루야?"
재경이 적들의 목을 베며 물었다.
"아니, 윤영이. 나루랑 명동에 갈 거래."
"흐응. 그런 걸 왜 일일이 보고한대? 네가 나루 아빠라도 돼?"
"그러게. 어, 거기. 뒤에."
"아, 죽을 뻔했네. 피 좀 채워야 할 것 같은데."
"좀 돌아서 와. 여기 치고 있을게."

몰려 있는 적들을 베던 지후가 갑자기 벌떡 일어났다. 재경이 지후를 올려다봤다.

"왜 그래?"

"제길."

"왜? 보물 상자 못 열었냐?"

"명동이라니."

지후는 인상을 찌푸렸다. 이 시기에 명동에 가서 생긴 일을, 지후는 기억하고 있었다.

옛 시간에서 이 시기에, 나루는 윤영을 위로하기 위해 매일 윤영과 만났고 명동에 갔다. 그리고 거기서 꽤 괜찮은 남자에게 헌팅을 당했다.

그 당시엔 나루와 사귀는 사이가 아니었기 때문에, 헌팅으로 만난 남자에 대해 재잘재잘 떠들어 대는 나루에게 뭐라고 할 자격이 없었다.

개강 후에도 그 남자와 연락을 하는 나루를 보며, 속이 새까맣게 탔던 일이 기억났다.

"가 봐야겠다."

지후가 게임패드를 내려놓으며 말했다. 사정을 모르는 재경은 '이건 또 뭔 의처증이야?'라는 표정으로 지후를 올려다봤고, 실제로도 지적했다.

"너, 그거 의처증이다? 나루도 윤영이랑 밖에 나가서 놀 수 있는 거지. 그런 거 일일이 간섭하고 따라다니면……."

"헌팅을 당할 거야, 오늘."

"어?"

"S대 다니는 훈남한테."

"훈남? 훈남이 뭔데?"

이 시간에 없는 단어를 썼더니, 재경이 걱정스러운 표정을 지으며 따라서 일어났다.

"훈훈하게 생긴 남자."

"뭐야, 그건?"

"그런 게 있어. 하여간 상당히 나루 취향인 남자한테 헌팅을 당할 거야. 윤영이는 그걸 알면서 나루를 데리고 간 거고, 나한테 경고 문자를 보낸 거겠지."

"오오. 주리녁 내던힌데? 탐정인 줄."

비아냥거리면서도 재경은 지후를 따라 나왔다. 유독 추운 날이라, 두꺼운 점퍼를 걸치고 나왔는데도 코가 얼었다.

재경은 빠르게 걷는 지후의 뒤를 따라 걸으며 투덜거렸다.

"야, 그래도 이젠 걱정할 거 없지. 그때야 너랑 나루가 사귀는 사이가 아니었지만, 지금은 사귀고 있잖아. 그런 헌팅남한테 나루가 걸려들 리 있겠냐?"

"물론 없겠지."

"그런데 왜 이런 추운 날에 명동을 가려는 건데."

"싫으니까."

"뭐가?"

"딴 놈이 나루한테 치근거리는 게."

재경이 콧등을 찡그렸다.

"너, 원래 그렇게 질투가 많았냐? 아니면 12년이란 시간을 더 살면서 그렇게 변한 거냐?"

"원래 이랬어. 티를 안 냈을 뿐."

"연기력 대단하시네."

"그래, 뭘 해도 먹고 살겠지."

이럴 때마다 재경은 지후가 '성재경의 민지후'가 아니라는 걸 실감한다. 그가 재경은 모르는 12년을 살다가 왔음을, 이럴 때에 실감하게 된다.

재경은 경이로운 눈으로 지후의 뒤통수를 응시했다.

'대체 12년간, 이 녀석한테 무슨 일이 있었던 거지?'

* * *

너무 추워서 그런지, 명동에는 생각보다 사람이 많지 않았다. 추억 속의 명동 거리를 보니 그리움이 밀려왔다. 20대 초반에는 명동에 참 자주 왔었는데, 대학을 졸업하고 나서는 명동에 오게 될 일이 별로 없었다.

"12년 후에는 여기에 길거리 음식이 엄청 발달하게 돼."

"응, 그래?"

윤영은 신경이 다른 데로 간 듯 보였다. 계속 두리번거리는 윤영에게 물었다.

"여기서 누구 만나기로 했어?"

"아니, 그런 건 아니고. 아, 너무 춥다. 저기 들어가자."

윤영이 쇼핑센터를 가리켰다. 옷이 저렴해서 중, 고등학생들이 자주 찾는 쇼핑센터였다.

나루는 안으로 들어갔다. 이 시간에 유행인 옷들이 진열되어 있었다. 그녀는 유행 패션이 아닌, 언제든 입을 수 있는 평범한 옷을 몇 벌 골랐다. 싸구려 액세서리도 구경하고, 신기한 옷들을 골라 입어 보니 시간이 훌쩍 흘러갔다.

"배고프다. 뭣 좀 먹을까?"

윤영이 먼저 말을 꺼냈다.

"응, 그리지. 뭐 먹을까?"

"겨울이니까 따뜻한 거 먹자. 우동이나 칼국수 어때?"

"칼국수 좋아. 칼국수 먹자."

명동에서 유명한 칼국수 가게로 향했다. 칼국수 두 개와 만두를 하나 시키고 가게 안을 둘러봤다.

"그러고 보니 여기 진짜 자주 왔었는데. 여기는 김치가 맛있어."

"맞아. 김치 맛있지."

"흐음. 너 오늘 좀 이상해."

"내가? 왜?"

"뭔가 좀 딴 데 정신이 팔린 것 같다고 해야 하나?"

"에이, 아냐. 오랜만에 쇼핑 나오니까 살 거 많아서 그러지."

"그래?"

"응, 신난다. 같이 이렇게 쇼핑 나오니까."

윤영이 즐거운 듯 웃는 모습에, 나루도 미소를 지었다. 윤영의 기분이 좋아 보여서 다행이었다. 옛 시간에서 이 시기의 윤영은 무척 어두웠다. 쇼핑을 하다가도 몇 번이나 "이거, 지완이가 가지고 싶어 했는데"라고 말하며 눈물을 흘리곤 했다.

"아, 우리 이따가 재경이랑 지후도……."

만나고 들어갈까, 라는 뒷말은.

"저기요."

테이블 옆에서 들려오는 목소리에 끊겼다.

나루는 고개를 돌렸고, 옆에 서 있는 낯익은 얼굴을 보는 순간, 윤영이 왜 이렇게 정신이 딴 데 팔린 듯 굴었는지 알 수 있었다.

추억 속의 얼굴이 눈앞에 있었다.

'우와.'

이 시간으로 돌아와 한동안 느끼지 못했던 신선한 충격에, 나루는 잠시 대답하지 못했다.

그런 나루의 표정을 오해한 듯 그가 어색한 미소를 지으며 말했다.

"방해해서 죄송해요. 그냥…… 음, 너무 제 스타일이라서요."

그의 입술 사이로 추억 속의 멘트가 흘러나왔다.

"제가 원래 이런 걸 잘 안 해 봐서…… 아, 무슨 말을 해야 하지? 음, 실례했어요."

얼굴이 터져 나갈 듯 빨개진 그는 주절주절 말을 하다가 돌아서려 했다. 그때, 윤영이 그를 불러 세웠다.

"왜 그냥 가려고 해요? 얘, 마음에 들어서 오신 거 아니에요? 남자가 한 번 말을 걸었으면 번호라도 따야지."

이것도 옛 시간과 같았다.

다른 게 있다면.

'김윤영, 뭐 하는 거야! 난 지금 지후랑 사귀는 중이라고!'

옛 시간에서와 달리, 나루는 지후와 연애를 하는 중이었다.

―아, 그렇지. 번호 좀 알 수 있을까요?

그는 그렇게 말했었다.

―나중에 연락할게요.

그 날의 만남은 짧았지만, 바로 그날 밤 연락이 왔고 문자로 시작된 연락은 통화가 되었고, 며칠 후 실제로 만나기도 했다. 수줍음이 많고, 다정한 사람이었다. 박학다식해서 대화를 하면 이야기가 끊이질 않았다.

그는 점점 적극적이 되었고, 그의 적극성에 나루의 마음도 조금씩 그를 향하기 시작했다.

―우리, 사귈래? 내가 행복하게 해 줄게.

늦봄, 어느 날 그는 커다란 꽃다발과 향수를 준비해 왔다.

―네가 참 좋아.

고백을 하는 목소리는 긴장한 듯 떨렸지만 따뜻하고 다정했다. 참 좋은 사람이라고, 이런 남자와 사귀면 행복할 거라고, 나루는 생각하고 있던 참이었다.
그런데 왜였을까.

―미안해.

그의 고백을 거절하고 말았다.
충격으로 굳어지던 그의 표정이 생생하게 떠올랐다.

―생각할 시간을 줄게. 한 번 더 생각해 보고 말해 주면 안 될까?

그의 조심스러운 제안을, 나루는 거절했다.

―미안해, 오빠. 한 번 더 생각해도 마찬가지야. 오빠는 정

말 좋은 사람이지만, 나는 오빠랑 사귈 수 없어.

사귈 수 없었다. 그의 고백을 듣는 순간, 지후의 얼굴이 떠올랐기 때문이었다.

어느 날부터인가 나루의 속도를 맞춰 걷기 시작하고, 나루가 허둥대다가 넘어지려 하면 붙잡아 주고, 윤영이 걱정된다고 말하면 몇 시간이고 진지하게 들어주는…… 지후의 얼굴이 눈앞을 가려, 그의 고백을 받아 줄 수가 없었다.

"아, 그렇지. 번호 좀 알려 줄 수 있을까요?"

그의 목소리에 회상에서 벗어났다.

나루는 난처한 표정으로 윤영을 돌아봤고, 윤영은 재미있다는 듯 이 광경을 지켜보고 있었다.

나루가 어째야 할지 고민하고 있는 그때, 지후는 재경을 데리고 명동 거리를 헤매는 중이었다.

"어디서 헌팅을 당했는지를 듣지 못했어!"

* * *

그가 축 처진 어깨로 친구와 함께 가게를 떠나는 모습을 지켜봤다. 그 사람이 나가고 가게 문이 닫힌 후에, 나루는 젓가락으로 윤영의 그릇을 톡 두드렸다.

"너, 정말 못됐어."

윤영이 웃었다.

"못되긴. 한 번 마주쳐야 할 인연이긴 했잖아."

"하지만 지금은 상황이 다르잖아. 나는 지후랑 사귀는 사이인데……."

미안하다고, 거절했다.

미안해요, 애인이 있어요.

그랬더니 그는 당황한 표정으로 고개를 꾸벅 숙이며 죄송하다 말하고 자리로 돌아갔다.

나루는 그를 가지고 논 것 같아서 마음이 불편했지만, 윤영은 그렇지도 않은 모양이었다.

"생각을 좀 해 봤거든. 널 죽이려는 사람들에 대해서."

윤영이 주제에서 벗어난 말을 했기에, 나루는 젓가락을 내려놨다.

"날 죽이려는 사람들이랑 저 오빠가 무슨 상관인데?"

"네 시간에서 이 시간으로 돌아온 사람이, 그래서 널 죽이고 싶어 하는 사람이 꼭 네 연구 때문이 아닐 수도 있는 거잖아. 안 그래?"

"그거야 그렇지만……."

"저 오빠는 널 좋아했었고, 너한테 차였어."

"하지만 그런 걸로 사람을……."

"죽일 수도 있어. 사람은 아주 사소한 걸로도 사람을 죽일 마음을 품기도 하는 법이야. 그래서 난 네가 지금껏 만났던 인연들을 하나, 하나 만나 보는 게 좋을 거라고 생각했어."

나루가 미처 생각하지 못한 부분을, 윤영이 짚어 주고 있었다.

"뭐가 어떻게 돌아가는지 확실히 알 수 없는 상황에서는, 과거를 그대로 답습해 보는 게 최고야. 똑같이 밟아가다 보면 틀린 점이 발견될 테니까. 아, 슬슬 나가자. 명동 거리를 헤매고 있는 불쌍한 늑대를 구해 주러."

"불쌍한 늑대? 그런 게 있었나?"

의아해하는 나루를 보며 윤영이 씩 웃었다.

"응, 오늘은 그런 게 있을 거야."

* * *

가게를 나선 지 얼마 되지 않아, 단번에 지후를 발견했다. 키가 큰 지후와 재경은 사람들 사이에 있어도 눈에 띄었다.

'하지만 키가 작았어도.'

나루는 단번에 지후를 찾아냈을 것이다. 이 눈은 그를 보기 위해 존재하니까.

지후 역시 곧바로 나루를 발견하고는 황급히 달려왔다. 그가 허둥대는 일은 거의 없기에, 그의 다급한 모습이 놀라웠다.

"불쌍한 늑대."

나루의 앞에 멈춘 지후를 보며 윤영이 작게 중얼거렸다.

지후가 인상을 찌푸리고 윤영을 노려봤다.

"김윤영, 너."

"왜? 난 네 편이야."

윤영이 생긋 웃었다.

"내 편은 무슨."

"네 편이 아니었으면 너한테 미리 문자도 안 보냈지."

"너……."

그제야 나루는 돌아가는 상황을 알 수 있었다. 나루가 옅은 미소를 지으며 지후의 뺨에 살며시 손을 얹자, 지후가 나루를 돌아봤다.

"걱정했어? 헌팅 당할까 봐?"

"그래."

"네가 있는데 그럴 리가 없잖아."

"넌 그 사람을 꽤 마음에 들어 했어."

"그랬었나?"

"개강하고 나서도 그 사람 얘기만 했었지. 따로 만나서 데이트도 하고."

"하지만 결국 안 사귀었잖아."

"그렇긴 하지만……."

"속이 새까맣게 탔겠지."

윤영이 지후의 말을 이었다.

"그랬어?"

"응."

"그럼 말하지. 좋아하니까 그 사람 만나지 말라고."
"어떻게 그래? 나는 군대를 가야 하는데."
"아……."
"너한테 군대를 기다려 달라고 할 수 없었어. 그거, 힘든 일이잖아."
"지후야."
그의 깊은 마음 씀씀이에 감동받았다.
"난 네가 힘든 거 싫어."
"응, 나도 그래."
꿀이 뚝뚝 떨어지는 눈으로 서로를 마주 보는 둘의 모습에, 뒤늦게 도착한 재경이 오만상을 찌푸렸다.
"얘들은 왜 또 때와 장소를 못 가리고 이 난리야?"
"힘든 게 싫대."
"힘든 게 싫지, 그럼. 힘든 걸 좋아하는 사람도 있나?"
"얘네 세상에서는 있나 보지."
"그나저나 윤영이 너, 헌팅 꿈까지 꿨던 거야?"
"응, 꿨었어. 꽤 사소한 부분들까지 꿨어."
"진짜? 아, 좋겠다. 나도 그런 꿈 꿨으면 좀 더 힘을 내서 지후를 놀려 줄 수 있었을 텐데."
재경이 아쉬운 듯 입맛을 다셨다.
"걱정 마. 내가 다 알고 있으니까. 놀림 포인트가 있을 때마다 알려 줄게."

"거참 든든하네. 앞으로는 이런 일 있을 때 꼭 말해 주기다?"
"그래. 나 혼자 하는 것보단 둘이 하는 게 더 효과가 좋겠지."
 재경과 윤영이 지후를 놀려 줄 계획을 세우든 말든, 지후와 나루는 여전히 둘만의 세상에서 서로를 바라보고 있었다.

*   *   *

 윤영의 가설에 따라, 이 시기에 했던 일들을 비슷하게 밟아갔다. 최근에 옛 시간의 꿈을 꾼 윤영은 나루보다 기억을 잘 하고 있었다.
 1학년 겨울 방학 때 큰 사건이라면, 과 친구들과 다함께 스키장에 놀러 갔던 일이었다. 1월 말, 윤영이 과 친구들에게 연락을 돌렸고 10명 정도가 모여서 스키장을 다녀왔다.
 시간이 흘러가고 추위도 조금씩 가시기 시작했다.
 나루는 겨울을 싫어했다. 그러나 올해는 이 겨울이 끝나지 않았으면 좋겠다고 생각했다.
 이 겨울이 끝나고 봄이 오면, 봄이 깊어져 벚꽃이 흩날리는 계절이 되면, 명진은 죽는다. 친구들과 놀면서도, 지후와 데이트를 하면서도, 가족들과 시간을 보내면서도, 나루는 명진에 대한 생각을 거둘 수가 없었다.
 잘 지내고 있을까.
 혼자 울고 있진 않을까.

무서워서 잠을 못 자고 있는 건 아닐까.
몇 번이나 문자를 보낼까 하다가 관뒀다.
만약 잘 지내고 있다면, 괜히 문자를 보내서 명진을 뒤흔들고 싶지 않았다.
개강을 하루 앞둔 날, 자취방에 돌아와 한숨을 짓고 있을 때에, 명진에게서 문자가 왔다.

[잘 지내지? 나는 잘 지내고 있어. 너도 잘 지냈으면 좋겠다.]

혹시라도 나루가 힘들어할까 걱정스러워 하는 명진의 마음이 느껴져서, 나루는 휴대폰을 부여잡고 한참을 울었다.

[나는 잘 지내. 앞으로도 잘 지낼 거고. 너도 그랬으면 좋겠어.]

나루의 답장을 받은 명진은, 휴대폰을 꽉 잡고 고개를 숙였다.
해가 바뀌고 추위가 물러나기 시작했다. 달이 바뀔 때마다 심장이 죄여 왔다. 괜찮고 싶은데, 의연하고 싶은데, 쉽지 않았다.
이제 한 달 후, 나는 죽는다.
명진은 베개에 얼굴을 묻고 한참을 울었다.

죽고 싶지 않았다.

* * *

대학생 시절 벚꽃이 피는 계절에는 항상 설렘과 압박감을 동시에 누렸다. 분홍빛 봄이 왔다는 설렘과 중간고사를 잘 봐야 한다는 압박감.

대학생들에게 봄은 그런 계절이었다. 그러나 나루는 설렘도, 압박감도 느끼지 못했다.

나루의 가슴에 가득한 것은 불안함과 슬픔뿐이었다. 명진이 죽을 날이 가까워질수록 나루도 잠을 잘 수가 없었다. 이대로 놓아두는 것이 과연 옳은 일인지 알 수 없었다.

"방법이 있을지도 몰라."

학생 식당에서 점심을 먹던 나루가 말했다. 주어가 없어도, 다들 무슨 말인지 안다는 듯 나루를 응시했다.

"명진이를 구할 방법, 분명 있을 거야."

"관둬."

재경이 단호하게 말했다.

"윤영이 일 기억하잖아. 지후가 개입하려고 하면 할수록 일이 점점 더 엉망이 되어 가. 명진이를 구하려고 하다가 네가 위험해질 수도 있고, 그런 널 구하려다가 지후가 죽을지도 몰라. 괜한 위험에 발을 들여놔선 안 돼. 명진이도 그걸 원하지 않을 거고."

"그거야 그렇지만…… 그래도……."

"네 마음 모르는 거 아니야."

윤영이 입을 열었다.

"우리도 명진이 구하고 싶어. 하지만 아무리 생각해도 너나 지후가 개입하는 건 좋지 않을 것 같아."

윤영까지 그렇게 말하니, 나루도 더는 말할 수가 없었다.

지후의 태도는 안 봐도 뻔했다. 그는 죽음을 받아들였으니, 명진의 죽음 또한 순리라고 생각하고 받아들일 것이다.

'하지만.'

눈물이 흐를 것 같아서, 나루는 눈을 질끈 감았다.

'하지만 명진이는.'

죽음을 앞에 둔 상황에서도 나루 걱정을 해 주었다.

'내가 여기로 돌아와서.'

가장 먼저 나루의 상황을 알고, 믿어 주고, 도움을 준 사람이었다. 나루의 고민을 진지하게 들어 주고, 지후와의 관계를 위해 중간에서 노력해 준, 둘도 없는 친구였다. 그런 사람이 곧 죽으리라는 걸 알면서 아무것도 할 수 없는 건 괴로웠다.

'명진이가 죽으면 난 아마도 내 자신을 용서할 수 없을 거야.'

평생 명진을 가슴에 품고 살아갈 것이다.

내 인생에서 가장 고독한 순간에 곁에 있어 주었던 친구를, 평생 기억하며 살아갈 것이다.

"날짜를 알려 주는 정도는 괜찮겠지?"

다시 눈을 뜬 나루가 누구에게랄 것도 없이 물었다.

"죽는 날짜? 너, 그걸 기억해?"

지후가 놀랍다는 듯 물었다.

"응, 방금 기억났어."

"날짜 정도는 괜찮지 않을까?"

윤영이 재경을 돌아봤다.

"글쎄. 날짜를 알면 명진이가 더 불안하지 않겠어? 하루하루 다가올수록."

"봄에 죽는다는 걸 이미 알고 있어. 차라리 어느 날짜에 죽는지 알면 명진이도 스스로 뭔가 할 수 있을지도 몰라."

"나는 알려 주지 않는 편이 좋다고 생각하지만, 그래, 그럼. 거기까지는 말리지 않을게."

* * *

명진이 사는 아파트에는 벚나무가 딱 한 그루 있었다.

명진은 창가에 서서 아래를 내려다봤다. 흐드러지게 핀 벚꽃이 눈에 들어왔다. 벚꽃놀이를 좋아하거나, 꽃피는 계절을 기다린 적은 없지만, 싫어한 적도 없었다. 하지만 지금 명진의 눈에는 연분홍빛 벚꽃이 죽음의 사자로만 보였다. 떨어지는 꽃잎이, 명진의 죽음을 알리는 카운트다운으로만 보였다.

저 잎이 다 떨어지기 전, 나는 죽을 것이다.

'마지막 잎새 같군.'

한 잎, 한 잎, 이파리가 떨어질 때마다 자신의 죽음이 닥쳐오는 기분을 느꼈을 여류 화가의 심정을, 명진도 이해할 수가 있었다.

'차라리 죽는 날짜라도 정확히 알면 좋을 텐데.'

그러면 매일 밤 잠이 들 때마다 심장이 선득하지는 않을 것이다.

나루에게 물어볼까 하다가 관둔 이유는, 그녀가 기억하지 못할지도 모른다는 생각 때문이었다.

나루는 이 시간으로 돌아와 명진을 볼 때까지, 명진의 존재를 잊고 있었다.

옛 시간에서 명진은 나루와 아무런 관계도 아니었고, 그런 관계의 대학 동기가 죽은 날짜를 나루가 정확하게 기억할 리 없었다.

괜히 질문을 해서 나루를 곤란하게 만들고 싶지 않았다. 나루는 아마도 이 질문에 답해 주지 못한 걸, 평생 괴로워할 것이다.

'나 때문에 괴로워할 필요 없어.'

나루가 이 시간으로 돌아온 덕에, 죽음을 미리 알았다. 가족들과 좋은 추억을 쌓을 기회가 있었고, 죽음에 대비해 신변 정리도 해 두었다.

가족들 앞으로 편지도 써 놨다. 명진이 죽은 후, 가족들은 명진의 물건을 정리하다가 그 편지들을 발견할 것이다.

'네 덕에 나는 많은 걸 준비할 수 있었어. 그러니까 나루야, 미안해할 것도, 죄책감을 품을 것도 없어. 너는 그냥 네 인생을 살아가.'

그런 생각을 하고 있을 때, 침대에 던져두었던 휴대폰이 울렸다. 문자가 한 통 들어와 있었다.

[명진아. 네가 죽는 날은 4월 7일이야. 그날은 절대로 오토바이 타지 마.]

나루에게 온 문자였다.

*　　*　　*

나루에게 문자를 받은 날짜 4월 7일. 운명의 그날이 되기까지 딱 일주일 전이었다. 죽는 날짜를 정확하게 알게 되니, 오히려 마음이 편했다.

명진은 책상을 정리하고, 책상 서랍의 잘 보이는 곳에 편지를 놔두고, 컴퓨터의 기록들을 삭제했다.

4월 6일 저녁, 가족들이 모두 모였을 때, 명진은 말했다.

"나는 우리 가족이 정말 좋아. 엄마랑 아빠한테서 태어나서 진짜 행운이었어."

명진의 말에 누나들은 황당하다는 표정을 지었고, 여동생은 진저리를 쳤다.

"오빠, 진짜 왜 이래, 요새? 징그러 죽겠네."

"그냥. 좋아서. 감사하기도 하고. 다들 내 마음 알지?"

"명진이 너, 죽을병이라도 걸린 거 아냐?"

큰 누나가 수상쩍다는 듯 물었다.

"아냐, 그런 거."

내일 죽긴 하지만, 병 때문에 죽는 건 아냐.

나는 내일 죽어.

일단은 집에 있을 거지만, 죽음이란 녀석이 나한테 무슨 짓을 할지 모르지. 윤영이라는 애 동생도 죽었거든.

그러니까 아마도 나는 내일 죽을 거야.

무서워. 정말로 무서워.

준비를 충분히 해 뒀다고 생각했는데 역시 무서워.

조금 더 오래 살면 좋았을 텐데.

하고 싶은 게 많았거든.

오래 살 줄 알고 미뤄 둔 것들이 정말로 많았거든.

대학을 졸업해서 취직이라도 한 후에 죽었으면 좋았을 거란 생각을 해. 그러면 부모님께 선물이라도 하나 사 드렸을 텐데. 누나들이랑 동생한테 뭐라도 해 줄 수 있었을 텐데.

아무것도 해 주지 못한 채로, 좋은 것만 받다가 가 버려서 미안하고 아쉽고, 그래.

하지 못하는 말로 인해 눈물이 날 것만 같았다.

명진은 일어나 방으로 들어갔다. 침대 위에 우두커니 앉아 방 안을 둘러봤다.

이곳에 앉아 숨 쉴 수 있는 날이 이제 24시간도 남지 않았다.

죽는다. 죽는다. 죽는다. 죽는다.

그 생각에서 벗어날 수가 없었다. 천장과 벽이 덮쳐 오는 듯한 기분이 들어 숨이 턱턱 막혔다.

나는 내일 죽는다.

"안 죽을 거야."

4월 6일 밤.

나루의 집에 재경과 지후, 윤영이 함께 있었다. 죽음을 맞이할 명진만큼이나 나루도 절박한 표정이었다.

"명진이는 안 죽을 거야."

나루가 곱씹듯이 말했다. 하지만 그 말에 대답하는 사람은 아무도 없었고, 나루 또한 자신의 말을 믿는 표정은 아니었다.

* * *

한숨도 자지 못한 채로 날이 밝았다. 창문으로 들어오는 햇살에 온몸이 부들부들 떨렸다.

명진은 이불 속에서 숨을 죽였다.

'이러고 있으면 죽지 않을 거야. 오늘은 꼼짝도 하지 말고 집

에만 있자.'

윤영의 동생이 죽은 건, 나루의 경고를 무시하고 계곡에 갔기 때문이다. 만약 계곡에 안 갔더라면 죽지 않았을지도 모른다.

'죽음의 원인이 되는 걸 하지 않으면 안 죽을 수 있어. 집에 있는데 무슨 방법으로 죽겠어?'

천장이 무너지거나 불이 나지 않는 한, 집에 있다가 죽을 일은 없다.

"명진아. 아직도 자니? 벌써 점심이야."

벌써 점심 먹을 시간이 되었나 보다. 방문 밖에서 들려오는 엄마의 목소리에 왈칵 눈물이 흘러나왔다.

"명진아. 어디 아픈 거 아니지?"

"응, 괜찮아."

오열을 참으며 간신히 대답했다.

"정말 괜찮은 거 맞아? 어제도 계속 안 좋아 보이던데. 엄마가 뭐 맛있는 거라도 해 줄까?"

"……괜찮아, 엄마."

"괜찮다는 녀석이 방문을 열어 보지도 않아? 엄마가 시장에 가서 갈비 사다가 갈비찜 해 줄게."

"응."

엄마, 나는 그 갈비찜을 먹지 못할지도 몰라.

명진은 베개에 얼굴을 파묻었다.

나는 이제 엄마를 못 볼지도 몰라.

'죽어 버린 나는 괜찮겠지. 아무것도 느끼지 못하게 될 테니까. 하지만 엄마는……'

가족들이 마음에 걸렸다.

'아빠는…….'

내 가족들이 너무 많이 슬퍼하지 말아야 할 텐데.

* * *

나루와 지후, 재경과 윤영은 어두운 표정으로 나루의 집에 둘러앉아 있었다.

오늘은 네 명 다 학교에 가지 않았다. 학교에 갈 만한 상황이 아니었다. 어젯밤부터 네 사람은 한숨도 자지 못한 채로 앉아 있었다.

시간이 흘러갈수록 모두의 얼굴에 초조함과 불안이 깃들었다. 죽음을 받아들인 지후조차도 괴로운 표정이었다.

나루는 울고 싶었지만 이를 악물고 눈물을 참았다. 명진은 아직 죽지 않았다. 벌써부터 울어서는 안 된다.

'안 죽을 거야.'

집 밖에만 안 나가면 된다.

'명진이는 무사할 거야.'

명진의 죽음은 상상조차 하기 싫은 일이었다.

"아!"

그때, 윤영이 벌떡 일어났다. 고요한 침묵 속에서 울리는 목소리에, 다들 화들짝 놀라 윤영을 올려다봤다.

"야, 깜짝 놀랐다. 왜 그래?"

재경이 물었다.

윤영은 경악한 표정으로 눈을 부릅뜨고 있었다.

"생각났어. 그 꿈, 그래. 생각났어."

"그 꿈이라니? 뭐가 생각난 건데?"

"명진이가 죽은 이유!"

"뭐? 뭔데? 왜 죽은 건데? 오토바이 사고 아냐?"

재경이 다급하게 물었다.

나루도 숨을 멈추고 윤영의 입술을 뚫어져라 응시했다.

"오토바이 사고는 사곤데…… 그 이유가…… 아, 그래. 사고 때문이었어."

"어?"

"아, 그러니까."

윤영은 답답한 듯 고개를 휙휙 젓더니, 한결 차분해진 목소리로 말했다.

"학교에서 애들이 명진이 죽은 일로 떠들어 댈 때 들은 건데, 걔네 어머니가 먼저 사고가 났다고 했어. 그래서 명진이가 경찰 연락을 받고 병원으로 급하게 가다가 난 사고라고 그랬어. 그래, 그런 꿈을 꿨었어."

윤영은 말을 끝내고 두 손으로 입을 가렸다.

왜 이런 중요한 걸 잊고 있었을까.

아마도 꿈을 중요하게 생각하지 않을 때에 꿨기 때문일 것이다. 나루와 친해지기 전, 자주 꾸는 그 꿈들이 이상하다고 생각하기 전에 꿨던 꿈이었다. 그래서 개꿈이라고 생각하고 잊고 있었다.

"더 슬픈 게 뭐냐 하면. 걔네 어머니, 큰 사고가 아니었어. 차에 살짝 치인 정도? 그래서 다들 걔네 어머니가 죄책감이 크겠다고, 그런 얘기들을 했었어."

윤영의 말이 끝나기도 전에, 지후가 휴대폰을 집어 들었다.

*　　*　　*

휴대폰이 울렸다.

이불 속에서 시간을 초 단위로 세고 있던 명진은, 누군지 확인하지도 않고 전화를 받았다.

[정한숙 씨 아들 되십니까?]

낯선 남자의 목소리가 들려왔다. 정한숙은 명진의 어머니 이름이었다.

"네, 그런데요."

[정한숙 씨가 사고를 당해 병원에 입원했습니다. 다른 보호자 분들이 전화를 받지 않아서······.]

설명을 다 듣기도 전에, 명진은 벌떡 일어났다.

"엄마가…… 엄마가 사고를 당했다고요?"

[네, 그게…….]

"어디예요? 어딥니까, 병원."

상대가 병원 이름을 말했고, 명진은 전화를 끊었다. 휴대폰을 든 손이 부들부들 떨렸다.

'내가 죽음을 피하려고 해서, 죽음이 우리 엄마한테로 간 건가?'

그럴 가능성이 높았다.

'안 돼, 그건 안 돼.'

집에만 있을 작정이었다. 오늘은 정말로 집에만 있으려고 했다. 하지만 엄마가 사고를 당했다.

어쩌면 오늘이 엄마와 대화할 수 있는 마지막 날인지도 몰랐다.

'내가 엄마한테 가다가 죽으면…… 엄마는 살지도 몰라. 설령 오늘 엄마가 죽더라도, 엄마 얼굴도 못 본 채 보낼 수는 없어.'

가야만 한다.

명진은 휴대폰을 침대 위에 놔두고 내려와 헬멧을 집어 들었다. 얼른 엄마에게 가야 한다. 자신이 피하려고 해서 화가 난 죽음이 엄마를 집어삼키기 전에, 엄마를 보러 가야만 한다. 마음이 급해서 휴대폰을 챙기는 것도 잊었다.

명진은 뛰어나와 오토바이로 향했다.

'아니지.'

오토바이 시동까지 걸었다가 생각을 바꿨다.

'택시를 타자.'

명진은 대로변을 향해 달려갔다. 어차피 이 시간이면 오토바이를 타든, 택시를 타든 시간은 비슷하게 걸린다.

'피할 수 있는 건 최대한 피해 봐야지.'

택시에 올랐다.

"XX 병원으로 가 주세요."

택시가 출발했다. 차창 밖으로 흘러가는 거리를 보며 주먹을 꽉 쥐었다.

택시는 달렸고, 사거리가 나왔고, 빨간 신호에 걸려 멈췄고, 파란 신호로 바뀌었고, 다시 달렸고, 그리고 오른쪽에서 신호를 지키지 않은 트럭이…….

"아…….."

달려오고 있었다.

"아아."

트럭의 속도는 빨랐고, 거대한 트럭이 작은 택시를 들이받기까지는 긴 시간이 걸리지 않았다.

그러나 그 짧은 찰나의 순간이, 명진에게는 영원처럼 길게 느껴졌다.

'그렇군.'

명진의 입가에 쓴웃음이 맺혔다.

'죽음, 너는 나를 어떻게든 집어삼킬 예정이었군.'

그렇다면 엄마는 무사할지도 모른다.

큰 사고가 아니었으리라.

'나는 아무리 발버둥을 쳐도 널 피할 수 없는 거였군.'

나루의 얼굴이 떠올랐다. 이상한 힙합 스타일의 옷을 입고, 명진을 붙잡으러 달려오던 모습.

—잊어서 미안해. 미안해, 명진아.

그녀의 첫 마디.

그녀가 시간을 돌아왔음을 고백하던 순간.

지후를 그리워하며 슬퍼하던 표정.

그리고.

지후를 얻은 후 환하게 웃던 얼굴.

'그래. 누가 이런 경험을 해 보겠어?'

시간을 돌아왔다는 여자를 만나, 그녀의 사랑을 응원하기도 하고, 그녀를 지키려고 하기도 했다.

시간을 돌아온 나루가 아니었다면 경험하지 못했을 일. 짧은 삶에서 어느 누구도 경험하지 못할 일을 경험했다.

'끝까지 돕고 싶었는데.'

그래도 꽤 도움이 되었을 것이다.

'넌 살아남아라. 난 먼저 갈게.'

이 삶에서 마지막으로 보이는 것이 그녀의 웃는 얼굴이라 다행이었다. 썩 괜찮은 삶이었다.

그리 생각하는 순간, 명진의 시야가 까맣게 변했다.

* * *

눈을 떴을 때 가장 먼저 보인 건 새하얀 천장이었다. 눈을 끔뻑거리며 멍하니 천장을 응시했다. 머릿속도 눈에 보이는 천장만큼이나 하얗게 비어 있었다.

"오빠? 오빠, 깨어난 거야?"

그때, 옆에서 새된 비명 같은 목소리가 들려왔다. 천천히 고개를 돌리자, 눈물이 가득 고인 여동생의 얼굴이 보였다.

얘가 왜 여기 있을까.

왜 우는 거지?

여긴 어디고?

무슨 일이 벌어진 거지?

많은 질문들이 오가는 가운데, 엄마와 아빠가 들어오고, 누나들도 들어왔다. 부둥켜안고 우는 가족들의 목소리를 듣자, 천천히 기억이 되살아났다.

'아, 그래. 나 죽었지.'

그런데 왜 가족들이 함께 있는 걸까?

'설마······.'

명진은 몸을 일으켰다. 몸을 움직이자 머리가 깨질 듯이 아팠다.

"나, 안 죽었어?"

쉰 목소리가 흘러나왔다. 여동생이 명진의 팔을 아프게 때렸다.

"죽긴 뭘 죽어? 가벼운 뇌진탕인데 일주일이나 안 깨어나서 얼마나 걱정했는지 알아?"

명진은 여동생에게 맞은 팔을 문질렀다. 확실히 아팠다. 믿을 수가 없는 현실에 정신이 말끔해지지 않았다.

이 상황을 진짜로 받아들여도 되는 걸까?

아니면 나는 죽어 가는데, 죽기 전 내가 원하는 광경을 보고 있는 건 아닐까?

언젠가 보았던 만화의 내용이 떠올랐다. 산속에서 얼어 죽어 가다가 구출돼서 행복하게 살아가는데, 정신을 차리고 보니 여전히 산속이었다는 내용이었다.

'아니, 그렇게까지 부정적으로 생각할 건 없어.'

명진은 곧 생각을 바꿨다.

살아났다.

나는 살아남았다.

"엄마는 괜찮아? 전화를 받았어. 엄마가 사고가 나서 병원에 입원했다고."

"자전거에 부딪쳐서 계단을 구른 것뿐이야. 뼈가 부러진 곳도 없고, 팔에 상처가 조금 난 건데 뭘 그리 호들갑들인지."

쯧쯧 혀를 차는 엄마는 정말로 괜찮아 보였다.

"트럭에 치였던 것 같은데. 택시 기사 아저씨는 괜찮고?"

"택시랑 부딪치긴 했는데 트럭이 속도를 줄이기도 했고, 택시가 옆으로 방향을 틀어서 크게 사고가 나진 않았어. 택시 아저씨는 완전 멀쩡해. 오빠가 엄살 부리면서 며칠이나 깨어나지 않았던 거지."

"맞아. 하, 진짜 큰 사고도 아닌데 호들갑은. 내가 말했잖아. 곧 멀쩡하게 깨어나서 바보 같은 소리 할 거라고."

막내 누나가 고개를 저었다.

"뭔 소리야. 언니가 제일 많이 울었으면서."

"내가 울긴 언제 울었다고 그래? 운 적 없거든?"

"학교도 안 가고 밤새 오빠 옆에 붙어 있었잖아."

투닥투닥 말다툼을 하는 자매들을 보자, 살아 있다는 것이 실감됐다. 이것은 현실이다.

'나는 죽음을 이겼어.'

가슴이 벅찼다. 직전에 느꼈던 무거운 공포와 두려움, 슬픔들이 전부 거짓인 것만 같았다.

명진은 주먹을 쥐었다가 펴기를 반복하며, 육체가 무사하다는 것을, 감각도 멀쩡하다는 것을 확인했다.

"아, 밤샘 얘기하니까…… 복도에 네 친구들이 있어. 걔네, 너 입원했을 때부터 지금까지 아무 데도 안 가고 병실 앞에서 네가 깨어나길 기다렸어."

둘째 누나가 말했다. 묻지 않아도 누군지 알 수 있었다.

"네가 제일 많이 연락한 사람한테 연락한 건데…… 연나루인가? 그런데 왜 그런 문자를 주고받은 거야? 너 꼭 죽는 사람처럼 문자를 보내 놨더라."

그때 보냈던 문자들을 떠올리자 얼굴이 화끈거렸다.

"걔도 그렇고, 너도 그렇고. 뭔 시한부 인생 사는 사람들처럼 연락을 주고받아? 걔가 네 여자 친구야?"

"아니야. 아, 누나는 왜 남의 문자를 훔쳐보고 그래?"

"그럼 어떻게 해? 어쨌든 네 친구들한테도 사고 소식을 알리긴 해야 할 거 아냐."

"아씨. 걔네, 아직도 밖에 있어?"

"있지, 그럼. 그런데 걔네 좀 이상하던데?"

"뭐가?"

"아니, 뭐…… 복도 지나다니다가 걔네 하는 얘기가 들렸거든. 그런데 무슨 죽음이 어떻고, 운명이 어떻고, 그런 소리를 하더라. 좀 이상한 종교 믿는 애들 아냐?"

"아냐, 그런 거."

그 상황을 떠올리니 웃음이 나왔다. 아무것도 모르는 가족들의 눈에는 분명 사이비 종교에 심취한 아이들로 보였을 것이다.

"그러고 보니, 오빠 최근에 되게 이상했잖아. 이상한 종교 믿는 거지? 그렇지?"

"아, 그런 거 아니라니까."

명진은 투덜거리며 침대에서 내려오려고 했다. 하지만 오래 누워 있어서인지 빈혈 때문에 어지러워 휘청거렸다.

"너 일주일이나 아무것도 못 먹고 누워 있었어. 갑자기 일어나려고 하지 마."

"친구들 만나고 싶어."

"너, 이상한 종교에 빠지고 그런 거면 가만 안 둔다?"

"아, 진짜. 그런 거 아니라고, 좀!"

* * *

침대에 앉아 씩 웃고 있는 명진을 보자마자 눈물이 터져 나왔다.

나루는 코를 훌쩍이며 침대 옆으로 다가갔다.

"결국 살아남았구먼."

재경이 명진의 어깨를 툭 치며 말했다.

"그러게, 결국 살아남았네. 진짜 죽는 줄로만 알았는데."

"다행이다, 정말."

"응, 다행이지."

명진이 나루를 돌아봤다. 눈물로 흠뻑 젖은 나루의 얼굴을 보니, 여러 가지 감정이 밀려왔다.

그중 가장 큰 감정은······.

"야, 나 좀 민망하다."

민망함이었다. 죽을 줄로만 알고 했던 모든 행동들이, 살아남고 나니 민망하고 쑥스러웠다. 너무 오버 했던 게 아닌가 싶어서 얼굴이 달아올랐다.

  하지만 나루는 그렇지도 않은지, 두 팔을 벌려 명진을 끌어안았다. 달콤한 향기가 명진의 코를 간질였다.

  "다행이야, 명진아. 정말로 다행이야."

  "어, 다행이긴 한데."

  명진이 시선을 들었다. 지후가 무시무시한 눈빛을 보내고 있었다.

  "네 남친이 곧 나를 죽일 것 같은데."

  "정말 죽는 줄로만 알고…… 전화도 안 받아서 죽은 줄로만 알고…… 정말로……."

  나루는 그런 건 아무래도 좋다는 듯 말했다. 명진이 피식 웃으며 나루의 등을 토닥토닥 두드렸다. 물론 그럴수록 지후의 표정은 점점 무시무시해졌지만, 그런 건 무시하기로 했다.

  "나는 살았어, 나루야. 죽음이 잠깐 물러났을 뿐일지도 모르지만, 인간은 언젠가 죽는 법이니까. 일단 나는 운명을 바꿨어."

  "응, 맞아."

  "지후도 그럴 거야."

  "지금은 그런 얘기하기 싫어."

  '그런' 얘기라니.

  지후는 충격을 받은 표정이었고, 재경과 윤영은 그의 얼굴에 생생하게 드러나는 표정을 보며 즐거워했다.

명진도 유쾌해졌다.

"그래, 그럼. 그런 얘기는 관두고 일단 나의 삶을 축하하자."

* * *

"'그런' 얘기는 너무했어."

병원을 나오며, 지후가 볼멘소리로 말했다.

"하지만 명진이가 살아났잖아. 완전 기뻤단 말이야."

"그래, 나도 기뻐. 하지만 '그런' 얘기는 너무했어."

"징징거리지 좀 마, 민지후. 징그러우니까."

뒤따라오던 재경이 투덜거렸다.

윤영이 고개를 끄덕였다.

"응, 덩치는 산만 한 게, 그런 걸로 칭얼거리다니. 너무 별로다."

애인에게도, 친구들에게도 버림받은 지후가 상처받은 표정을 지었지만, 아무도 그를 신경 쓰지 않았다.

윤영의 동생을 구하지 못해서 죽음은 피할 수 없을 거라고 확신하고 있었다. 그러나 명진은 죽음을 벗어났다.

어둡게만 보였던 미래에 빛이 비치기 시작했다.

바꿀 수 있다. 끝을 정해 두고 불안함과 슬픔에 휩싸여 살아가지 않아도 된다.

처음으로 그들 사이에 '희망'이라는 꽃이 피어났다. 죽음의 메신저로만 보였던 벚꽃이 이제야 해사한 빛을 띠고 시야에 들어왔다.

나루는 고개를 한껏 뒤로 젖히고, 흩날리는 벚꽃을 감상했다. 시리도록 아름다운 광경에, 괜히 눈물이 나왔다.

* * *

가족들은 "깨어났으니 됐어."라며 매정하게 돌아가 버렸다.

병실에 혼자 남은 명신은 침대에 누워 살아남았다는 벅찬 감동의 시간을 즐겼다. 하지만 그조차도 밤이 되니 사라졌다.

명진은 침대에서 내려와 창문을 열고 어두운 거리를 내려다봤다.

달칵―

문 열리는 소리에 소스라치게 놀라 뒤를 돌아보니, 지후가 서 있었다.

"야, 깜짝 놀랐다."

"뭘 그리 놀라?"

"놀라지, 그럼. 아직은 죽음을 완전히 벗어났다는 실감이 안 난다고."

"겁쟁이군."

"지는 아닌 것처럼 말하네."

지후가 피식 웃으며 안으로 들어와 음료수를 테이블에 내려놨다.

"퇴원은 언제 해?"

"2, 3일 더 있어 보라더라."

"아픈 데는?"

"아까는 두통이 심했는데 이젠 괜찮네."

"그래, 다행이다."

"다행이지. 살면서 이렇게까지 기쁜 순간이 없었어. 정말 죽는 줄 알았거든. 트럭이 확 덮쳐 오는데, 아, 역시 죽음은 못 피하는구나, 그런 생각이 들더라고."

"하지만 피했지."

"오토바이를 타지 않아서인가?"

"글쎄. 돌아가는 상황을 우리가 어찌 알겠냐."

"그런데 이 시간엔 어쩐 일이야?"

"막 죽음을 벗어난 너한테는 미안하지만, 의논을 좀 하고 싶어서."

"어떤 의논?"

명진은 1인실에 입원해 있었고, 1인실에는 소파가 있었다. 둘은 소파로 가서 마주 보고 앉았다.

"네가 나루에게 정리해서 전해 준 자료 있잖아. 그걸 좀 봤어."

"아, 그래. 그거 진짜 열심히 조사했다. 이제 내가 죽지 않았으니 좀 더 제대로 파 봐야지."

"해외 단체들도 많더라."

"응. 나루 얘기로는 외국에서도 스카우트가 많이 들어왔다고 하던데."

"응. 애초에 KOB 자체가 세계적인 연구소이기도 하고, 각 나라에 있는 연구소끼리는 연구를 공유하니까."

"하지만 나루는 그 연구를 공개하지 않았지."

"아는 사람만 알았을 거야. 같이 연구하는 연구자들도 연구 내용에 대해 제대로 아는 사람은 없었으니까."

"하지만 대충 분위기를 봐서 눈치를 채지 않았을까? 눈치 빠른 사람들은."

"그렇겠지."

"그렇다면 문제는 스카우트를 떠나서, 나루의 연구를 반대하는 극단적인 단체들인데."

명진은 입을 다물고 소파 앞에 있는 테이블을 내려다봤다. 복도에서 간호사들이 두런두런 대화를 하며 지나가는 소리가 들려왔다.

명진은 잠시 그 소리에 귀를 기울이고 살아 있음을 실감했다.

"가까운 인물일 것 같아."

지후가 침묵을 깨고 말했다.

명진이 시선을 들어 지후의 얼굴을 응시했다. 여전히 근사한 얼굴이었다. 표정이 거의 없는 편이지만, 나루의 이야기를 할 때면 아주 풍부한 감정이 얼굴 위에 새겨졌다.

지금 지후의 얼굴을 덮은 것은 오롯이 연나루라는 한 여자를 향한 걱정이었다.

명진은 그 사실이 신기했다. 아직 지후의 죽음을 벗어나지 않은 상황인데도, 지후는 오롯이 나루만을 걱정했다.

죽음을 확신했을 때에도 그랬다. 지후는 자기가 죽는다는 것보다는 그저 나루를 걱정하는 마음으로 가득했다.

'저런 식으로 사랑하는 것도 가능하구나.'

단 한 여자만을 바라보고 생각하는 그의 행동은, 때때로 주인만 아는 충성스러운 강아지처럼 보일 때가 있었다.

모든 세상이 주인의, 주인에 의해, 주인을 위해, 이루어졌다고 생각하는 강아지.

그래서 좋고, 그래서 슬펐다. 한 치의 벗어남도 없는 사랑을 지켜보는 건, 경이로우면서도 슬픈 일이다.

"생각을 좀 해 봤어. 누가 이 시간으로 돌아와 나루를 죽이려고 하는지. 물론 극단적인 단체들에서 보낸 사람일지도 몰라. 하지만…… 그들이 과연 나루에 대해 이렇게까지 잘 알고 있을까?"

지후가 설명했다.

명진은 정신을 차리고 물었다.

"무슨 뜻이야, 그게?"

"지금은 그때로부터 12년 전이야. 나루를 살해하려는 자들이, 과연 나루의 12년 전 거취를 자세히 알고 있었을까?"

"아아, 그거."

명진도 그 부분을 의심하고 있었다.

"나루가 12년 전 이 대학을 다녔다는 걸, 이 근처에서 자취를 했다는 걸 아는 사람이 아닐까, 하는 게 내 생각이야."

"나루의 출신 학교는 이미 알려져 있지 않나?"

"보통 어느 대학에서 박사 학위를 땄는지 알려지지. 나루는 다른 대학에서 박사 학위를 따."

"그래? 하지만…… 나루를 죽이려고 마음먹었다면 그런 부분도 미리 조사하지 않았을까?"

"나도 그런 생각을 해 보긴 했어. 그런데…… 나루는 죽이기 어려운 인물이 아니야."

나루는 평범한 연구원에 불과했다. 국가에서 보호를 해 주는 것도, 배경이 든든해서 늘 보디가드가 따라다니는 것도 아니었다. 그저 남들보다 머리가 좋은, 평범한 소시민이었을 뿐이다.

"누구도 과거로 돌아가리라는 생각을 하지 않아. 표적이 현재 어디서, 어떻게 살고 있는지, 어떤 생활 습관을 가지고 있는지 정도로만 조사를 하겠지."

"그건 그래."

"그럼 여기서 그림을 그려 보자. 나루는 지속적으로 협박을 받았어. 그 와중에 누군가 나루를 죽이려고 했지. 하지만 내가 나루를 구했고, 나루는 살아남았어."

"그리고 과거로 돌아왔지. 어쩌면 나루를 죽이려던 그 인물도."

"그래. 그럼 그 인물은 이곳에서라도 나루를 죽여야 한다고 생각했을 거야. 그 연구를 막기 위해."

"만약 그 인물이 나루에 대해 잘 모르고 있다면."

"20살의 나루가 이 대학에 다니고 있다는 걸 몰랐겠지."

"하지만 그, 혹은 그녀는 알고 있었고, 나루를 죽이려고 했어."

"그러니까 그 인물은."

"나루가 다녔던 대학을 알 만큼."

"나루의 정확한 나이를 알고 있을 만큼."

"나루와 친했던 사람."

"그래, 나루가 그런 이야기를 할 만큼 친했던 사람이라는 거야."

명진이 미간을 좁혔다.

"물론 100퍼센트는 아니지. 하지만 상당히 가능성이 있어. 그렇다면 나루 성격이 문제인데…… 나루가 재잘대는 성격이야?"

"아니. 나루는 선을 분명하게 그어. 활발하고 친구도 많지만, 모두에게 자기 이야기를 하지는 않지."

"연구원들은 나루가 다닌 대학을 알고 있었을까?"

"팀원들은 알고 있었을걸. 그 정도 얘기는 주고받을 테니까."

"유독 친한 팀원은 있었고?"

"몇 명쯤 있기는 한데, 이 시간에서는 전혀 모르는 사이였을 거야."

"그럼 그들을 중심으로 지켜봐야겠네."

"그래, 그래야겠지."

고개를 끄덕이는 지후를, 명진은 가만히 지켜보다가 물었다.

"그런데 넌 괜찮냐?"

"죽음이라면……."

"아니, 그거 말고."

죽음에 대한 이야기 이외에 다른 걱정거리는 없기에, 지후는 무슨 말이냐는 듯 명진을 쳐다봤다.

그런 지후를 향해, 명진은 뼈아픈 질문을 던졌다.

"너, 곧 군대 가야 하는 거 아냐?"

15장
있는 힘껏 미워하겠습니다

군대 이야기가 나오자마자 지후의 표정이 굳었다. 지후는 명진을 한 대 때리고 싶다는 듯 응시하다가 중얼거렸다.

"하아. 생각하지 않으려고 노력 중이었는데."

"생각해야지."

명진이 얄미운 표정으로 말했다.

"중요한 문제잖아. 군.대."

"너는 안 갈 것 같냐?"

지후가 으르렁거리는 듯한 표정으로 묻자, 명진이 씩 웃었다.

"난 가족 중에 국가유공자가 있어서 면제거든."

지후의 참패였다.

"게다가 넌 두 번이나 가는 거고. 진짜 지옥이 따로 없겠다."

"하아."

지후가 깊은 한숨을 내쉬는 걸, 명진은 재미있다는 듯 지켜봤다. 12년 후 죽으리라는 걸 확신했을 때보다 군대에 가야만 한다는 걸 지적한 지금이, 지후는 더 괴로워 보였다.

군대를 가 보지 않아서 잘은 모르지만, 어마어마하게 괴로운 곳인가 보다. 시간을 돌아오는 바람에, 그런 곳엘 두 번이나 가게 됐으니 얼마나 싫을까.

한동안 고개를 숙이고 있던 지후가 그 어느 때보다도 비통하게 중얼거렸다.

"군대 제대하는 시점으로 돌아왔더라면 좋았을 텐데."

* * *

명진이 죽음을 벗어난 후에야, 나루는 대학 생활에 집중할 수 있었다. 그동안 나루와 윤영, 재경, 지후는 학과 모임뿐 아니라, 수업에도 제대로 나가지 않던 차였다.

명진이 살아남은 후 며칠 지나지 않아 중간고사가 있었고, 수업을 제대로 듣지 못한 재경과 윤영은 그 여파에 힘겹게 시험 준비를 해야 했다.

"기억나는 것 좀 없냐? 시험 문제!"

시험을 하루 앞둔 날, 재경이 더는 안 되겠다는 듯 지후에게 매달렸다. 윤영도 그 어느 때보다 간절한 눈으로 지후를 올려다봤다.

두 친구의 애절한 시선을 한 몸에 받은 지후는, 친구들을 물끄러미 응시하다가 입을 열었다.

"미안. 이 시기엔 나도 시험을 잘 못 봐서."

"대체 왜! 학생이라면 공부를 해야지, 공부 안 하고 뭘 한 거야?"

"나루한테 정신이 팔려 있었거든."

"하?"

"기억나는 게 없다. 나루 얼굴 말고는."

"됐다, 너한테 뭔가를 기대한 내가 잘못이지."

"게다가 나는 졸업하고 관련 직종이 아니었다고. 누가 10년도 더 된 시험을 기억하겠냐?"

"나루는 기억하잖아. 명진이가 아주 나루 덕을 톡톡히 봤다던데."

"나루야, 관련 직종이기도 했고 머리 하나는 좋았으니까."

"머리는 좋은 게 왜 그렇게 둔탱이람."

"재경이 너, 나루 욕하지 마."

윤영이 재경의 옆구리를 쿡 찔렀다. 약한 부위를 찔린 재경이 불 위의 오징어처럼 몸을 배배 꼬았다.

"야, 여기 건드리지 말아 줄래?"

"뭐야, 성재경."

윤영의 눈이 가늘어졌다.

"여기가 약해?"

윤영이 손가락으로 옆구리를 찌르려고 하자, 재경이 황급히 뒤로 물러났다. 하지만 윤영은 멈추지 않았고, 결국 재경은 윤영의 손목을 낚아챘다.

"하지 마라."

짐짓 심각한 표정으로 경고하는 재경을 보며, 윤영이 피식 웃었다.

"옆구리 약한 주제에 센 척은."

"아씨, 이 여자랑은 진짜 말이 안 통하네."

재경이 짜증 난다는 듯 윤영의 손을 놔줬다.

지후는 흥미롭다는 듯, 그런 둘의 모습을 지켜보고 있었다.

"아, 진짜. 나루는 바빠서 이런 걸 물어볼 수도 없고. 답답하다."

나루는 옛 시간에서 친하게 지냈던 연구원들을 하나, 하나 만나고 다니는 중이었다.

원래는 지후도 함께하려고 했지만, 나루는 거대한 몸집의 지후가 같이 다니면 상대가 경계를 할 거라며 거절했다.

—위험한 일은 없을 거야. 멀찌감치 서서 수상한 점이 있는지, 혹시 이 시간으로 돌아온 기색이 없는지만 체크해 보고 돌아올 거니까.

옛 시간에서 나루는 과거사를 나눌 만큼 친하게 지냈던 연구원이 많지 않았다. 하지만 수상한 점이 없다는 걸 한 명, 한 명 체크하는 건 꽤 시간이 걸리는 일이었다.

"아, 그러고 보니 어제 명진이 만났는데, 명진이가 그러더라."

재경이 입을 열었다. 명진은 이번 학기를 휴학한 김에, 학교 앞 PC방에서 아르바이트를 하고 있었다.

"지후 너, 내년 봄에 군대 간다며?"

"하, 그 자식을 그냥……!"

지후는 당장 PC방으로 달려갈까 하다가 관뒀다.

"어쩌냐, 예쁜 나루 누구고. 원래 여자들은 대학 3, 4학년 때가 가장 예쁘다던데."

윤영이 놀리듯 말했다.

"맞아. 선배들 보면 예쁜 선배들 진짜 많잖아. 화장도 잘하게 되고, 꾸미기도 잘 꾸며서."

"후배들이랑 복학생 선배들이 졸졸 따라다니겠네."

"지후보다 멋있는 놈이 있을 수도 있고."

윤영와 재경은 이럴 때만 죽이 착착 맞았다.

"니들은 요새 나 놀리는 재미로 사냐?"

"응!"

"당연하지!"

둘이 동시에 대답했다.

"대체 왜? 내가 너희한테 뭐 잘못한 거라도 있냐?"

지후의 말에 윤영이 눈을 동그랗게 떴다.

"너, 나한테 잘못한 거 있잖아."

윤영의 지적에 지후가 곧바로 꼬리를 내렸다.

"그래, 너한텐 큰 잘못 했지. 더 놀려도 좋아."

"나한테도 잘못한 거 있잖아."

재경이 자신을 가리키며 말했다.

"너한테 무슨 잘못을……."

"결국 네가 나루랑 사귈 거면서 나랑 잘되라고 등 떠밀었잖아. 잠시나마 품었던 희망이 산산조각 나서 가슴이 쓰리다, 나는."

"……그래, 너한테도 내가 죽을죄를 졌네. 더 놀려라."

어깨를 축 늘어뜨리고 사과하는 친구를 보면 안쓰럽게 생각하며 용서해 줄 법도 하건만, 재경과 윤영은 고개를 끄덕이며 대답했다.

"걱정 마. 그런 말 안 해도 온 힘을 다해서 놀려 줄 생각이었으니까."

* * *

불안할 정도로 아무 일도 벌어지지 않는 나날이 이어졌다. 또다시 여름이 찾아왔고, 또다시 겨울이 되었다.

옛 시간과 달라진 점이 있다면, 2학년 2학기 때 학교에 윤명진이 존재한다는 것이었다. 2학기 때 복학한 명진은 1학년 때보다 더 열심히 학교를 다니고 사람들과 어울렸다. 그런 명진을 보는 게, 나루도 지후도 즐거웠다.

"아들이 성장하는 걸 지켜보는 기분이야."

"그러게. 잘 자라서 다행이야."

나루와 지후는 아들을 키우는 부부 같은 대화를 나누며, 겨울 방학을 맞이했다. 이번 겨울 방학은 조금 긴 이별을 준비하는 기간이었다. 지후에게 영장이 나왔고, 방학이 끝나기 전 군대에 갈 터였다.

옛 시간에서 지후가 군대에 갈 때에는 사귀는 사이가 아니었다. 나루는 연인으로서 지후를 군대에 보낸다고 생각하니, 이상한 기분이 들었다.

2년 몇 개월만 지나면 다시 만나게 되는데, 아니, 면회도 갈 수 있고 휴가 때도 만날 수 있는데. 아주 먼 타지에 보내는 기분이 들어 가슴이 허했다. 하지만 그런 기분을 드러내면 지후가 걱정할 것이 뻔하기에, 나루는 애써 아무렇지도 않은 척하고 있었다.

이윽고 지후가 군대에 가는 날이 되었고, 나루와 친구들은 지후를 배웅하기 위해 훈련소에 따라갔다.

나루는 그곳에서 지후의 부모님과 그의 누나를 처음으로 만나 인사했다.

"네가 지후 여자 친구구나? 맞지?"

나루를 보자마자 지후의 누나인 지연이 말했다.

—너 때문이야! 너만 아니었어도! 네가 우리 지후를 죽인 거야! 네가 내 동생을 죽였다고!

옛 시간에서 마지막으로 보았던 지연의 표정이 떠올라, 아주 오랜만에 가슴이 아렸다.

"네, 언니. 안녕하세요."

나루가 꾸벅 인사하자, 지연이 웃었다.

"우와, 진짜 예쁘다. 지후가 집에 붙어 있질 않아서, 연애하는 게 분명하다고 생각은 했었는데. 우리 지후, 잘 부탁해."

"네."

"아, 군대 기다리는 거 보통 일이 아닐 텐데, 지후 진짜 이기적이네. 잘 부탁한다는 말 취소. 그냥 걷어차 버리고 다른 남자 만나다가, 얘 제대할 때쯤에 다시 사귀든가 해."

"아, 누나."

지후가 볼멘소리를 냈고.

"옳으신 말씀입니다, 누님."

재경이 거들었다.

좋은 사람이었다. 지연은 늘 나루에게 좋은 사람이었다. 항상 상냥하게 대해 주었고, 친언니처럼 챙겨 주었다.

하지만.

'옛 시간에서, 나 때문에 언니의 동생이 죽었어요. 이 시간에

서는 절대 그런 일 없을 거예요.'

지연의 밝은 미소를 보며, 나루는 다시 한 번 결심을 굳혔다.

넓은 훈련장에 모인, 앞으로 나라를 지키는 군인이 될 남자들 사이에서 유독 키가 큰 지후가 눈에 들어왔다.

구령에 맞춰 가족들에게 경례를 하고, 훈련병들은 훈련장을 빙 돌아 어딘가로 사라졌다. 그 모든 과정을, 나루는 울지 않고 지켜봤다.

지후의 어머니가 훌쩍훌쩍 우는 소리가 들려서 나루도 울고 싶어졌지만, 미소를 지으며 어머니의 손을 잡아 주었다.

지후의 가족들과 헤어져 친구들과 서울로 돌아오는 버스를 탔다. 옆자리에 앉아 있던 윤영이 나루의 손을 잡았다.

"잘 참았어. 이제 울어도 돼."

윤영의 다정한 음성을 듣자마자, 꾹 참고 있던 눈물이 툭툭 떨어졌다.

"진짜 기분 이상해."

나루는 손등으로 눈물을 닦으며 말했다.

"영원히 못 보는 것도 아닌데, 왜 이렇게 눈물이 나지?"

"떨어져 있는 시간이 없었잖아, 너희는."

"그건 그래."

지후가 간혹 일 때문에 외국에 나갈 때를 제외하고는, 나루는 늘 지후와 붙어 있었다. 이렇게 장기간 떨어져 있게 된 건 처음이었다.

"그래도 조금은 기대돼. 옛 시간에서는 못 했던 걸 해 볼 수 있잖아."

"응. 고무신 카페도 있는 것 같더라. 그런 데 가입해 봐."

"그래야겠어. 이럴 때 아니면 언제 그런 걸 해 보겠어."

나루와 윤영이 재잘거리는 동안, 두 사람의 앞자리에 앉은 명진은 생각에 잠겨 있었다.

재경이 명진의 어깨를 툭 쳤다.

"무슨 생각을 그렇게 해?"

"나루 생각."

"뭐야, 위험한 생각이냐?"

"위험하다면 위험하지."

명진이 목소리를 낮췄다.

"지후가 나한테 나루를 부탁하고 갔어."

"어, 나한테도."

"재작년 여름 이후로, 나루를 죽이려는 시도는 없었어. 다행이지."

"그래."

"그게 그저 사고였을 뿐이라면 다행이지만, 만약 정말로 나루를 죽이려는 사람이 있을 경우엔 아무 일도 벌어지지 않는 게 더 위험해."

"응. 이렇게 지내다 보면 경계심을 늦추게 될 거고, 경계를 늦쳤을 때야말로 정말 위험한 거니까. 차라리 공격을 해 오면 편할 텐데."

"그런데 그것도 문제야."

명진이 인상을 찌푸렸다.

"우리가 나루를 죽이려는 놈을 잡았다고 쳐. 그놈을 어떻게 할 수가 없잖아."

"그 현장을 목격하고 증거를 남겨야 경찰에 넘길 수 있겠지."

"하지만 나루는 죽지 않았으니까 처벌이 크진 않을 거고, 그놈은 곧 자유로워져서 다시 나루를 노리게 될 거야."

"하아."

재경은 좌석에 머리를 기대고 눈을 감았다.

"진퇴양난이네."

"응. 진퇴양난이지."

* * *

경계를 풀 거라는 명진, 재경의 걱정과 달리, 나루는 마음의 준비를 단단히 하고 있었다. 경계심을 풀었을 때야말로 가장 위험한 순간이다.

지후가 군대에 가자마자, 나루는 호신술을 배우기 위해 체육관을 등록했다. 위험한 상황에서 얼마나 쓸모가 있을지는 알 수 없지만, 적어도 자신의 몸 하나 지킬 힘은 가지는 게 좋을 것 같왔다.

몸을 혹사시키며 호신술을 배우는 틈틈이 옛 시간 함께 실험했던 연구원들의 행적을 조사했다.

바쁜 시간이 지나갔고, 지후에게서 첫 편지가 도착했다.

잘 지내고 있지? 나는 잘 지내.

편지는 그렇게 시작되었다.

이미 군대에 한 번 다녀온 경험이 있는 지후는, 그때의 경험을 되살려 좋은 평가를 받고 있는 모양이었다.

나루를 안심시키려는 마음이 가득 담긴 첫 편지를 읽으며, 나루는 조금 울었다. 잘 지내고 있다는데 왜 눈물이 나는지 모르겠다.

지후의 편지를 받은 그 날부터, 나루의 일과에 '지후에게 편지 쓰기'가 포함되었다. 나루는 집 근처 팬시점에 달려가 편지지 한 뭉텅이를 샀고, 매일 밤 편지지를 한 장씩 뜯어 일기처럼 편지를 썼다. 아침에는 우체통에 편지 봉투를 넣고 하루를 시작했다.

"매일 편지를 쓸 때마다 지후랑 같이 있는 기분이 들어서 좋아."

해맑게 웃으며 말하는 나루를, 재경은 눈부시다는 듯 응시했다.

3학년 개강을 이틀 앞두고, 나루는 다시 자취방으로 돌아왔다. 재경은 이번 학기엔 자취를 하지 않는다고 했다. 룸메이트였던 지후가 없어서 자취 비용이 부담되기 때문이었다. 명진에게 같이 자취를 하는 게 어떠냐고 제안했지만, 매몰차게 거절당했다고 했다.

─*미쳤냐? 난 남자랑 둘이는 안 살아.*

그래도 나루가 자취방으로 돌아온다고 하니, 재경은 짐 옮기는 걸 도와주러 왔다. 늘 같은 방이기에 옮길 것은 많지 않지만, 한 달 넘게 비워 둔 방을 청소하느라 짐 정리하는 데까지는 시간이 꽤 걸렸다.

정리를 끝내고, 둘은 한성 식당에서 저녁을 먹는 중이었다.

"요새 주변에 수상쩍은 인물은 없고?"

재경이 물었다.

"응, 없어. 걱정 마. 충분히 주의를 기울이고 있으니까. 나, 태권도랑 검도도 배우고 있어."

"흐응. 그런 걸 배운다고 쓸모가 있긴 하겠냐?"

"할 수 있는 건 다 해 봐야지. 아, 다음 주에 지후 면회 갈 건데, 너도 같이 갈래?"

"내가 거길 왜 가? 연인 사이에 끼기 싫다."

"지후 안 보고 싶어?"

"나루야, 네가 뭔가 오해하는 모양인데. 지후랑 나는 서로를 그리워하고, 그럴 사이는 진짜로 아니거든?"

"정말? 너랑 지후랑 거의 연인이잖아. 작년에 신입생 애들은 너랑 지후가 그렇고 그런 사이인 줄 알았다더라."

"대체 왜? 네가 있는데! 나랑 지후, 이젠 공개 연애하잖아."

"하지만 지후랑 전부 같은 수업 듣고, 점심 같이 먹고, 같이 하교하는 건 내가 아니라 너였잖아. 난 다른 수업 들었으니까."

"망했네. 그런 이미지에서 벗어나고 싶었는데."

재경이 고개를 절레절레 저었다.

"절대 못 벗어날걸. 옛 시간에서도 너랑 지후는……."

나루가 갑자기 말을 멈추고 뒤를 휙 돌아봤다.

나루는 한동안 한성 식당 입구 쪽을 노려보다가 다시 고개를 돌렸다.

"왜 그래?"

재경이 의아하다는 듯 물었다.

"아니, 누가 쳐다보는 것 같아서…… 넌 뭐 본 거 없어?"

재경은 한성 식당 입구 쪽을 볼 수 있는 위치에 있었다. 하지만 아무것도 보지 못했다.

'네 얼굴이 너무 눈부셔서 다른 걸 볼 새가 없었어.'

라는 말은, 물론 할 수 없었기에 재경은 고개를 저었다.

"아니, 아무것도 못 봤는데."

"그래? 내가 너무 예민한가?"

나루가 목덜미를 쓸며 다시 젓가락을 들었다.

그 시간, 시간을 돌아온 한 남자가 빠른 속도로 한성 식당 앞을 벗어나고 있었다.

* * *

새 학기가 시작되었다.

3학년 1학기에는 안 보이는 얼굴들이 많았다. 군대를 가거나 휴학을 한 학생들이 있기 때문이었다. 그래서인지 오랜만에 보는 얼굴들이 더 반가웠다.

신입생 환영회를 하며 신입생들의 긴장한 모습에 즐거워하기도 하고, 조금 이른 3학년 MT를 다녀오기도 했다. 그러던 와중에 한 남자를 보았다. 벚꽃도 다 지고 반팔을 입은 사람들이 하나, 둘 늘어나는 시기였다.

그때 나루는 명진과 함께 동아리방에 가는 중이었다. 맞은편에서 걸어오는 남자는 평범한 키에, 평범한 외모였다. 면바지에 스프라이트 셔츠를 걸친 남자는, 무심히 나루를 스쳐 지나갔고, 그 순간 나루는 걸음을 멈췄다.

낯익은 얼굴이라고 생각했는데, 누군지 떠올랐기 때문이다.

"왜 그래?"

나루가 따라오지 않자, 명진이 걸음을 멈추고 나루를 돌아봤다. 나루는 고개를 돌려 지나간 남자의 뒷모습을 지켜보고 있었다.

"연나루."

명진이 다시 한 번 부르자, 정신을 차린 나루가 그 남자의 뒤를 따라 걷기 시작했다.

나루의 수상쩍은 행동에, 명진도 나루를 따라 걸었다.

"왜 그래?"

"저 남자, 나랑 같은 연구소에 있던 남자야."

"어? 그래? 친했어?"

"아니, 이름만 아는 사이. 아니다, 지금은 이름도 기억이 안 나네."

"네 기억력은 대체 어떻게 되먹은 거냐? 남들은 못 외우는 전공 서적은 그렇게 잘 외우면서."

"그러게 말이야. 나도 이 시간으로 돌아와서 내 지능에 대해 다시 한 번 생각해 보는 중이야. 그런데 저 남자가 뭔가 엮여 있을 거란 생각은 안 들어. 연구 분야가 유전 쪽이 아니었거든."

"그러니까 더 엮여 있을 수도 있는 거지. 유전자 조작을 전면적으로 반대하는 사람일 수도 있잖아."

"아, 그런가?"

그러는 동안 남자는 계속 걸어가고 있었다. 두리번거리는 기색도 없었는데, 그게 나루를 의식했기 때문인지 아니면 아무 생각이 없어서인지 파악할 수가 없었다.

남자가 멈춘 곳은 실험실 건물 앞이었다. 나루와 명진도 멀찌감치 떨어진 곳에 멈춰 서서 남자를 지켜봤다. 잠시 후, 실험실 건물에서 나오는 여자를 향해 남자가 손을 흔들었다. 여자는 환하게 웃으며 달려가 남자의 팔짱을 끼었다.

나루와 명진은 멍하니 두 남녀가 걸어가는 모습을 지켜봤다.

"방금 그거……."

두 사람이 멀어지자, 명진이 입을 열었고.

"선미 맞지?"

나루가 말을 받았다.

"선미가 저 남자랑 사귀는 건가?"

"그러고 보니, 저번 주였나? 다른 학교랑 미팅 했다는 얘기가 있었는데. 거기 선미가 나갔던 것 같아."

"호오."

명진이 눈을 가늘게 떴다.

선미와 남자의 모습은 거의 안 보일 정도로 멀어졌다. 명진이 그들을 따라 걸음을 옮겼다.

"어디 가?"

"따라가야지."

"따라가서 어쩌게?"

"저 남자가 선미랑 사귀게 된 게 우연인지, 필연인지는 알아봐야지. 쟤네 데이트하는 데 가서 내가 떠볼게."

"그런 거라면 나도 같이 가."

"넌 안 돼. 만약 저 남자가 시간을 돌아온 거라면, 네가 표적인 거잖아. 얼굴을 보여서 좋을 게 없어."

"만약 저 남자가 날 죽이려는 사람이라면 살인마라는 건데, 네 얼굴을 보이는 건 괜찮고?"

"글쎄. 과연 살인마일까?"

명진이 중얼거리며 나루의 어깨를 꾹 눌러 세웠다.

"아무튼 넌 기다려. 내가 다녀올 테니까."

* * *

선미는 눈을 휘둥그레 뜨고 맞은편을 응시했다.

'대체 이놈이 왜 이럴까?'

선미의 눈에는 의문과 경악과 당혹감과 분노가 담겨 있었다. 지난번 미팅에서 꽤 괜찮은 남자를 만나, 좋은 만남을 갖는 중이었다.

오늘 보고 싶다며 학교로 찾아온 그 덕분에 행복으로 가슴이 뛰었다. 그의 팔짱을 끼고 나와 쌀국수 가게에 들어올 때만 해도, 설렘으로 가득 차 있었다.

메뉴를 주문하고 도란도란 대화를 나누고 있는데, 불청객이 난입했다. 명진이었다. 1학년 때보다 많이 밝아지긴 했지만, 여전히 불량한 차림새의 명진은 선미에게 불편한 사람이었다.

가게로 들어오는 명진의 모습에 눈을 피하려고 했는데, 명진이 선미를 향해 손을 들고 아는 체를 했다.

"여어, 선미. 이런 데서 다 만나네?"

이렇게 아는 체를 할 만큼 친한 사이도 아니었다. 하지만 선미는 함께 있는 남자를 생각하며, 애써 미소를 지었다.

　그게 사달이었다.

　명진이 선미의 테이블에 와서, 남자의 옆자리에 앉은 것이다.

　'얘가 원래 이렇게 싹싹했나?'

　명진은 남자와 통성명을 했고, 이것저것 물어보기 시작했다. 전공은 뭐냐, 선미는 어떻게 만났느냐, 삶의 철학이 뭐냐, 생명공학이란 학문에 대해 어떻게 생각하느냐.

　친하지 않은 친구의 연인에게 던질 만한 질문이 아니었다. 어안이 벙벙해져서, 말릴 생각도 못 하고 명진이 하는 꼴만 지켜봤다.

　사람 좋은 선미의 연인은 당황스러워하면서도 웃는 얼굴로 진지하게 대답을 해 주었다.

　명진의 질문은 이윽고 '장래 희망'에 도달했다.

　"야, 윤명진."

　두 살 많은 선미의 애인에게,

　"형님, 그런데 장래 희망이 뭡니까? 생각해 둔 일은 있어요?"

　라고 묻는 명진을 보다 못해, 선미가 입을 열었다.

　"너, 지금 뭐 하는 거야?"

　"뭐 하는 거긴. 친한 친구가 만나는 남자가 제대로 된 인간인지 확인하는 거지."

　"친한 친구?"

선미가 콧등을 찡그렸다.

"너랑 나, 하나도 안 친하잖아."

"에이, 넌 나루랑 친하잖아. 나도 나루랑 친하고."

그렇게 말하며, 명진은 선미 연인의 표정을 뚫어져라 응시했다. 남자의 얼굴엔 다른 표정이 떠오르지 않았다. 그저 난처한 미소뿐이었다.

"나는 그냥 나루랑 친한 거지, 나루 친구들이랑 친한 건 아니거든?"

"그래, 그래. 그래도 뭐, 앞으로 잘 지내면 좋지. 아무튼 방해해서 미안했다."

명진이 일어났다.

"야, 방해해서 미안하면 진즉에 좀 미안해하든가."

"하하하하. 우리 사이에 무슨."

"그런 말은 내 쪽에서 해야 하는 거거든. 방해한 네가 아니라!"

"우리 선미, 잘 부탁합니다, 형님."

명진은 선미의 투덜거림을 무시하고 남자에게 인사를 한 후, 가게를 나왔다.

가게에서 나오자마자 생각을 정리한 후, 나루에게 전화를 걸었다.

"나루야. 이 사람은 아닌 것 같긴 해. 하지만 경계심을 풀지는 마."

* * *

 명진이 말로는 그 사람은 아닌 것 같다고는 하지만, 그래도 계속 긴장하고 있을 생각이야.

 이번엔 태권도에서 1단을 땄어.

 도복을 입고 검은 띠를 맨 내 모습을 보면, 너는 나한테 다시 한 번 홀딱 빠질걸? 나, 요새 진짜 멋지거든.

 사범님이 돌려차기를 이렇게 완벽하게 해내는 사람은 많지 않다고 칭찬해 줬어.

 나는 잘 지내고 있고, 늘 네가 그리워.

 너는 어떻게 지내? 두 번이나 하는 군대 생활이 많이 지겨울 것 같아서 걱정이야.

 보고 싶어.

 다음 주에는 면회를 갈게. 외박 신청할 수 있으면 해 둬.

—네 사랑—

 지후는 나루에게 온 편지를 몇 번이나 읽었다. 나루는 매일 편지를 보냈다. 하루 일과를 마치고 나루의 편지를 읽을 때면, 피곤이 싹 풀렸다.

 '이러다가 나루 편지 읽어야만 잠을 잘 수 있는 게, 새로운 습

관이 되겠군.'

지후는 피식 웃으며 편지를 사물함에 집어넣었다. 군대에서의 시간은 참으로 느릿하게 흘러갔다. 영원 같은 시간이 흘렀다고 생각을 했는데도, 손가락을 꼽아보면 겨우 2, 3일이 지나 있을 뿐이었다.

'하아. 진짜 길기도 기네.'

얼른 군 생활을 끝내고 싶었다. 옛 시간에서는 군 생활하는 내내, 제대 후 나루에게 고백해야겠다는 생각뿐이었다.

이 시간으로 돌아온 지후의 머릿속은, 그때와 비슷하지만 다른 생각으로 가득 차 있었다.

'제대하자마자 프러포즈를 해야지.'

나루는 학생 식당에서 혼자 밥을 먹고 있었다.

오늘의 점심은 불고기 덮밥.

지후가 좋아하는 메뉴였다. 시간을 돌아온 것까지 합치면 지후와 사귄 지 벌써 14년. 참으로 오랜 기간을 함께했는데도, 항상 그를 생각하게 되는 것이 신기했다.

지후도 그럴까?

지금 내 생각을 하고 있을까?

지후가 무척 그리웠다. 지금 지후가 맞은편에 앉아 있다면, 식판 위의 불고기를 한 숟가락 떠서 그의 밥 위에 얹어 줄 텐데.

3학년이 되니, 친구들과 겹치는 수업이 많지 않았다. 특히 졸업 후 의대로 편입하려는 재경은, 나루보다 듣는 수업도 많고 바빠서 얼굴 보기가 힘들었다.

"나루야. 여기 자리 비어?"

선미의 목소리가 들려와서 고개를 들었다. 식판을 든 선미가 맞은편에 서 있었다.

"응, 비어."

선미가 식판을 내려놨다. 선미의 메뉴는 튀김 우동과 볶음밥이었다. 튀김 우동에 든 튀김을 반 잘라 나루의 반찬 접시 위에 놓아 주며 선미가 물었다.

"나루야, 윤명진 있잖아."

"응."

"걔, 좀 이상하지 않아?"

"응?"

"아니, 며칠 전에 내 남자 친구가 학교로 찾아왔었거든. 아, 혹시 들었나? 나, 남자 친구 생긴 거?"

"응, 들었어."

"그래, 오빠랑 데이트하는데 갑자기 와서 오빠 옆에 앉더니, 막 이상한 거 물어보더라."

"이상한 거?"

어떤 걸 물어봤는지 알고 있지만, 전혀 모르겠다는 듯 되물었다. 선미는 그 날의 일이 떠오른다는 듯 오만상을 찌푸리고, 그 날 있었던 일을 설명했다.

"아, 명진이가 좀 엉뚱한 구석이 있기는 해."

"너랑 지후랑 사귈 때도 그랬어? 그렇게 지후한테 이상한 것들 물었어?"

"응. 그랬지."

"걔, 안 그렇게 생겼는데 오지랖이 진짜 넓다."

"아하하하. 그런가? 그래도 좋은 애야. 정도 많고."

"뭐, 그러니까 네가 친하게 지내는 거겠지만."

"네 남자 친구는 명진이에 대해서 뭐래? 기분 많이 상했지?"

"아니. 좀 당황하기는 했는데, 별로 기분이 상한 것 같지는 않았어. 무서워 보이는 친구래."

나루는 명진의 스타일을 떠올리고 웃었다.

"남자 친구랑은 잘 지내고 있어?"

옛 시간에서 선미와 지영은 재경에게 푹 빠져 있었다. 3학년 1학기, 둘은 크게 싸웠고 얼굴만 보면 으르렁거리는 사이가 되었다. 하지만 이 시간에서 선미와 지영은 여전히 친했고, 재수생이었던 지영의 남자 친구는 의대 입학에 성공했다. 거기다 선미에게는 새로운 남자 친구가 생겼다.

"응, 잘 지내지. 여름방학 때 같이 일본에 가기로 했어. 남친이 수능 끝나고 일본에 갔었는데 되게 재미있었나 봐."

일본 여행.

그 말에, 지후와 함께했던 첫 일본 여행이 떠올랐다.

지후가 제대할 무렵, 나루는 대학원을 다니고 있었다. 대학 때와는 달리 눈코 뜰 새 없이 바쁜 나날이 이어졌다.

실험을 하랴, 교수에게 잘 보이랴, 조교를 하랴…… 바쁜 와중에 불면증까지 겹쳐서 하루하루가 지옥 같았다.

더 짜증 나는 건, 대학원에 2년 먼저 들어온 유동하라는 인물의 행동이었다. 동하는 두 학년 선배이긴 하지만, 나이는 8살이 더 많았다. 졸업 후 회사를 다니다가 대학원에 들어왔다고 했다.

어디서 못된 것만 배워왔는지, 나루가 입학했을 때부터 치근거리기 시작했는데 슬슬 그 도가 지나치다는 생각이 들고 있었다.

사회생활을 해 봤기 때문인지, 동하는 교수에게 싹싹하게 굴 줄 알았고, 교수는 동하를 예뻐했다. 교수에게 예쁨을 받는 사람과 척을 져서 좋을 건 없기에, 나루는 동하 때문에 받는 울분을 꾹 참는 중이었다.

"나루, 오늘 저녁에 뭐 하나? 모처럼 일찍 끝나는데."

연구실에서 실험 준비를 하고 있는데, 뒤로 다가온 동하가 나루의 어깨 위에 슬그머니 손을 얹으며 물었다.

나루는 몸을 옆으로 피하며 말했다.

"데이트가 있어요."

"아, 그 대학생 남친?"

"네."

"공부하랴, 데이트하랴 힘들겠네."

동하가 나루의 어깨를 주물주물 주물렀다. 나루는 동하의 뺨을 한 대 때려 주고 싶었지만 참으며 몸을 옆으로 틀었다. 하지만 어깨에 얹어진 동하의 손은 떨어질 생각을 하지 않았다.

이 인간은 늘 아무도 없을 때만 이런 짓을 한다. 사람들이 많은 곳에서는 정중하게 행동하기 때문에, 나루가 동하에 대해 투덜거려 봐야,

"에이, 그 오빠가 그럴 리 없지."

"그 형, 되게 매너 좋아."

라는 대답만 돌아올 뿐이었다.

"나루, 오코노미야끼 먹어 봤어?"

동하가 물었다. 나루는 뭔가 필요한 척 일어서며 동하의 손길에서 벗어났다.

"아니요."

그게 뭔지도 모르겠다, 이 자식아.

"그래? 신촌에 오코노미야끼 전문점이 생겼던데, 오빠랑 같이 먹으러 갈래? 오빠가 사 줄게."

동하가 항상 자기 얘기를 할 때 '오빠가'라고 붙이는 걸 듣는 게 역겨웠다.

"아뇨, 괜찮습니다. 나중에 남친이랑 같이 먹으러 가 볼게요, 선. 배."

"에이, 딱딱하게 왜 그래. 그냥 오빠라고 부르라니까. 우리 사이에."

우리 사이가 어떤 사인데!

버럭 외치고 싶은 걸 나루는 꾹 참았다. 짜증을 참느라 아랫입술을 잘근잘근 깨물었다. 지후가 봤다면, '입술 피나겠다.'라고 말했을 것이다.

지후를 떠올리자 나루는 기분이 조금 나아졌다.

"주말에 교수님한테 식사 대접하기로 했어. 6시니까 기억해 둬."

동하의 말에 나아졌던 기분이 다시 안 좋아졌다.

'빌어먹을 식사 대접.'

동하 때문에 점점 성격이 안 좋아지고 있었다. 동하는 이 핑계, 저 핑계 대서 회식 자리를 만들었다. 원래 이렇게 회식이 많은 과가 아니었다고 하는데, 동하가 들어오면서 한 달에 두세 번씩 회식을 하게 되었다며, 선배들이 수군거리는 소리를 들었다.

교수 입장에선 떠받들어 주는 자리니 기분이 좋을 것이다. 하지만 어려운 교수와 함께 식사를 하는 학생들의 마음은 그렇지 않았다.

피할 수 있다면 피하고 싶은 회식 자리. 교수는 보통 1차까지만 하고 돌아갔지만, 때때로 2, 3차까지 함께할 때도 있었다. 그럴 때면 아주 죽을 맛이었다.

"그냥 죽여 버리고 싶어."

나루가 으르렁거리는 모습을 보고, 재경이 눈을 크게 떴다.

"우와, 연나루. 무서워졌네."

"농담 아냐. 나, 진짜로 그 자식을 죽일지도 몰라."

"관둬. 그런 놈 때문에 교도소 들어가면, 네 인생이 너무 아깝잖아."

"그 자식이랑 같이 대학원 생활을 하느니, 교도소에 들어가는 게 낫겠어. 그놈의 오코노미야끼 타령은 왜 그렇게 하는지."

"아, 그거 맛있지."

재경이 싱글싱글 웃으며 말했지만, 나루의 기분은 조금도 풀리지 않았다.

"그거 철판에 구워 먹는 거라며? 그 철판에 그 자식 얼굴을 굽고 싶다."

"하하하하."

나루의 과격한 언행에 재경이 웃음을 터뜨렸다. 가만히 듣고 있던 지후가 입을 열었다.

"오코노미야끼, 먹으러 갈까? 일본으로."

분위기와 전혀 어울리지 않는 질문에, 나루는 어안이 벙벙한 표정으로 지후를 쳐다봤다.

군인이라서 빡빡 깎았던 머리가 두 달 새에 많이 길어 있었다. 평소 지후의 헤어스타일은 군대에 가기 전까지만 해도 눈을 살짝 가릴 정도의 길이었다. 그때도 멋있기는 했지만, 이마를 드러내는 짧은 머리 또한 지후에게 잘 어울렸다.

사귀기 전에도 종종 멋있다는 생각은 했지만, 사귀고 나니 지후가 어지간한 남자 배우들보다도 잘생겨 보였다.

내 남자라고 생각해서일까.

그를 향한 마음이 하루, 하루 커지는 것을 나루는 매번 느꼈다.

"나는 지금 오코노미야끼를 먹고 싶다는 얘기를 하는 게 아니야."

정신을 차린 나루가 말했다.

"응, 하지만 맛있을 거야. 일본 본토에서 먹는 오코노미야끼는."

지후의 부드러운 음성에, 지금껏 가슴에 차올라 있던 동하를 향한 분노가 가라앉았다.

"맛있을까? 빈대떡이라던데."

"맛있어. 빈대떡이랑은 달라."

먹어 본 적 있는 재경이 말했다.

"넌 이것저것 잘도 먹고 다닌다?"

"인기 많은 남자잖아, 나는."

재경이 씩 웃었다. 왕자처럼 화려한 얼굴에 번지는 해사한 미소는 언제 봐도 근사했다. 본인 입으로 인기 많다는 말을 하는 것만큼 얄미운 게 없는데, 재경이 말하는 건 용서가 됐다. 그만큼 잘난 얼굴이기 때문이다.

"주말에 회식한다고?"

지후가 물었다.

"응, 정말 싫어. 교수님 1차 끝나고 가면 다들 가고 싶어 하는 분위기거든. 그런데 그것도 못 가게 막아. 그 자식, 진짜…… 하, 됐어. 너네랑 있는데 괜히 분위기 망치기 싫다. 걔 얘긴 그만해야지."

"흐응. 이미 충분히 분위기 망쳤는데."

"야, 성재경. 그렇게 콕 집어서 말하지 좀 말아 줄래?"

연인과 친구와 툭탁거리는 시간은 즐거웠다. 동하 때문에 하루 종일 받은 스트레스가 싹 풀렸다.

지후와 사귀게 되었어도, 재경과 셋이 어울릴 때의 분위기는 전과 다름없었다.

지후는 사귀기 전에도, 후에도 항상 다정했고, 재경은 늘 짓궂었다. 달라진 점이 있다면, 자리가 파한 후 지후가 나루를 집 앞까지 데려다주게 되었다는 것이었다.

나루는 대학원에 들어가면서 자취하는 장소를 대학원과 가까운 곳으로 옮겼다.

집 앞에서 헤어지기 전, 지후가 나루의 머리를 쓰다듬었다. 말없이 쓰다듬어 주는 그의 손길이 위로가 되었다.

지후야, 나는 네 손길이 참 좋아.

그런 말을 해 주고 싶은데, 아직은 조금 쑥스러웠다.

"데려다줘서 고마워."

나루의 말에 지후가 후, 하고 바람이 불듯 웃었다.

"얼마든지."

"들어가면 연락해."

"그래. 갈게."

"응."

지후를 꼭 끌어안고 싶은데, 먼저 그런 행동을 하기는 아직 수줍었다.

언젠가는 편하게 손을 잡고 포옹할 수 있는 사이가 될까?
멀어지는 지후의 뒷모습을 보며 생각했다.
언젠가는 '자기'라고 부르고, 사랑한다는 말을 언제나 주고받고, 키스하고 싶을 때 키스를 하는 그런 사이가 될까?

그때의 일을 떠올리다가, 나루는 피식 웃었다.
'맞아, 그렇게 수줍고 설렐 때도 있었지. 손잡고 걷고 싶은데 잡아도 되나, 안 되나 망설이기도 했고.'
그때의 나루에게 말해 주고 싶었다.
그런 사이가 되었다고. 안고 싶을 때 마음껏 안고, 키스하고 싶을 때 마음껏 키스할 수 있는 그런 사이가 되었다고. 내 몸처럼 자연스럽게 만질 수 있고, 언제든 손을 꼭 잡고 걷는 그런 사이가 되었노라고, 말해 주고 싶었다.

회식을 하는 주말이 되었다. 그날 아침부터 나루는 기분이 안 좋았다.
교수 앞에서 아양을 떨어낼 동하를 생각하는 것만으로도 속이 매스꺼웠다.
"아, 오늘은 집에 가서 쉬고 싶은데."
동하가 자리에 없을 때, 나루와 같이 대학원에 입학한 동기가 중얼거렸다.
"나도. 진짜 지긋지긋해."

"아니, 대체 왜 우리 연구를 하는데 교수한테 잘 보여야 하는 거야? 연구만 잘하고, 성과만 좋게 나오면 되는 거 아냐?"

"그러게 말이야."

다른 사람들까지 끼어들어서 한참 동하 욕을 했지만, 기분은 나아지지 않았다.

무거운 몸을 이끌고 회식 자리에 나갔고, 예상대로 교수에게 아양을 떠는 동하의 모습을 지켜봤다.

다행히 교수는 저녁만 먹고 선약이 있어서 가 봐야 한다고 했다. 딸의 생일이라나?

본 적도 없는 교수의 딸에게 고마웠다. 얼른 1차가 끝나기를 기다리고 있는데 지후에게 문자가 왔다.

[잘 먹고 있어?]
[잘 먹을 수 있겠어? 다행히 교수님이 1차 끝나고 집에 간대.]
[2차 갈 거야?]
[빠지면 그 자식이 난리 칠걸. 2차에 술 잔뜩 먹이고 은근슬쩍 빠져야지.]
[2차 장소 얘기해 주면 데리러 갈게.]

8시쯤이 되자 교수가 그만 가 봐야겠다며 일어났고, 교수가 떠난 후 동하가 2차를 가자고 부르짖었다.

"다 같이 가야지. 단합 알지, 단합."

빌어먹을 단합.

'대학원생들 사이에 단합이 왜 필요한 거야? 누구랑 싸우는 것도 아닌데!'

둘러보니, 다른 사람들도 같은 생각을 하는지 오만상을 찌푸리고 있었다. 모두가 한뜻으로 싫어하는데, 그걸 눈치채지 못하는 동하도 대단하다는 생각이 들었다.

놀랍게도 동하는 자신이 꽤 인기가 많다고 생각하고 있었다. 다들 동하를 싫어하면서도 입을 다무는 이유는, 동하와 담당 교수가 친하기 때문이었다.

동하는 자기 마음에 들지 않는 인물이 있으면 이간질을 했고, 그 때문에 교수님의 눈 밖에 나서 좋은 평가를 받지 못한 학생이 몇 명 있었다.

'하아. 그냥 나도 외국으로 대학원을 갈 걸 그랬나.'

2차 장소로 향하며 진로에 대해 진지하게 고민했다. 나루의 성적이라면 외국의 대학원에 진학하는 것도 어려운 일은 아니었다. 그저 한국을 떠나기 싫어서, 가족들, 친구들과 가까운 곳에 있고 싶어서 이 대학원을 선택했을 뿐이다.

'외국 대학원도 비슷하려나?'

그런 생각을 하며 지후에게 2차 장소가 어딘지 문자로 보내줬다.

2차로 간 곳은 해물찜을 파는 곳이었다. 동하는 사람들의 의

향을 묻지도 않고 해물찜과 회를 멋대로 시켰다.

동하와 친한 몇 명을 제외하고는 다들 표정이 좋지 않았지만, 동하는 사람들의 표정이 전혀 눈에 들어오지 않는지 신나게 그 자리를 즐겼다.

나루는 먼저 일어나 보겠다고 말할 적당한 기회를 노리고 있었다.

"나루, 술 한잔 따라 봐."

동하가 구석에 앉아 있던 나루에게 다가가며 말했을 때였다.

가게 안이 조용해진 것은.

손님들이 한곳을 응시하고 있었다.

대학원생 무리들도 갑자기 조용해진 가게의 분위기가 의아한 듯 입구 쪽으로 시선을 돌렸고, 나루도 술병을 들려던 손을 멈췄다.

모두의 시선이, 방금 가게 안으로 들어선 지후와 재경을 향해 있었다.

'쟤들이 왜……?'

생각지도 못한 두 남자의 등장에, 나루는 어안이 벙벙해졌다. 나루를 당황하게 만든 건, 둘의 등장뿐만이 아니었다.

지후와 재경은, 평소에 잘 입지도 않는 검은색 슈트를 쫙 빼입고 있었다. 훤칠한 키에 어깨가 넓은, 심지어 외모까지 눈부신 두 남자가 검은 정장을 입고 등장했으니 당연히 눈에 띌 수밖에 없었다.

지후와 재경은 연예인이라도 되는 듯 모두의 시선을 받으며, 가게 안을 쭉 둘러봤다. 그러다가 나루와 눈이 마주쳤다.

재경이 해사한 미소를 지었고.

"아……!"

가게 안의 여자들은 감탄사를 내뱉었다.

"우와, 연나루. 이런 데 있었네."

재경이 반갑다는 듯 말하며 나루가 있는 자리로 다가왔다. 지후도 그 뒤를 따랐다. 그제야 나루는 이게 어떤 상황인지 짐작할 수 있었다.

'동하를 죽여 버리고 싶다.'는 나루의 투덜거림에, 진짜로 그런 일이 벌어지기 전 지후와 재경이 선수를 친 것이다.

"우리 잠깐 일 때문에 나왔다가 저녁 먹으러 들른 건데, 이런 데 네가 있을 줄이야."

지후가 책을 읽듯 말했다. 하지만 둘의 외모에 홀린 사람들은 그 어투가 이상하다는 생각은 조금도 하지 못했다.

나루만이 '지후는 연기를 진짜 못하는구나.'라고 생각했을 뿐이다.

'그래, 연기. 정말 못했었지.'

그날 지후가 지었던 어색한 표정이 생생하게 떠올라 웃음이 나왔다. 그런 지후가 이 시간으로 돌아온 후에는, 감쪽같이 나루를 속였다.

'그만큼 절박했던 거구나, 날 행복하게 해 줘야 한다는 생각 때문에.'

나루가 있는 힘껏 지후를 사랑하지 않으려고 했듯, 지후 또한 그랬다. 가슴에 품은 사랑이 칼날이 되어 심장을 찌르게 되더라도, 나루와 재경이 사랑할 수 있도록 도우려 했다.

새삼스레 그의 큰 애정이 느껴져 콧등이 찡했다.

"누구야?"

나루의 옆에 있던 학생이 물었다.

"아, 그게."

뭐라고 대답을 해야 하나 고민하는데, 지후가 빙그레 미소를 지으며 말했다.

"민지후라고 합니다. 나루의 남자 친구죠."

지후는 무표정한 얼굴이 기본이었지만, 미소를 지으면 황송할 정도로 예뻤다. 연하게 번지는 지후의 미소에, 모두가 눈을 떼지 못했다.

"아, 나루 남자 친구. 얘기 많이 들었어요."

평소 나루와 친하게 지내던 학생이 말했다.

"네, 우리 나루 잘 부탁드립니다. 그럼 저희는 이만……."

"아니, 그러지 말고 같이 마시자."

"아, 그래요. 같이 마셔요. 이것도 인연인데."

"나루랑 어떻게 만났는지도 좀 들어 보고 싶고."

누군가의 제안에, 다들 찬성했다. 재미없는 자리였는데 마침 잘됐다 싶었던 것이다.

재경과 지후가 모두의 주목을 받자, 동하는 심기가 불편한 표정으로 투덜거렸다. 그러거나 말거나 사람들은 지후와 재경에게 질문을 퍼붓고, 웃고, 마셨다.

재경이 특유의 진행과 개그로 좌중을 즐겁게 만들어 주어서, 회식 분위기가 유쾌해졌다. 못마땅하게 그 모습을 지켜보던 동하가 담뱃갑을 집어 들었다.

동하가 밖으로 나가는 걸 지켜보던 지후가 슬그머니 일어나려 하기에, 나루가 지후를 붙잡았다.

"뭘 하려고?"

지후가 싱긋 웃으며 나루의 머리를 쓰다듬었다.

"있어 봐."

그래서 나루는 있어 보기로 했다.

가게 옆 골목에서 담배에 불을 붙이는 동하에게, 지후는 천천히 다가갔다.

마음대로 흘러가지 않는 회식 분위기에 욕설을 읊조리던 동하는, 뒤늦게 지후가 따라 나왔음을 깨닫고 고개를 들었다.

검은 정장을 입은 지후는 어둠 속에서 더욱 거대해 보였다. 동하의 앞에 선 지후는 가만히 동하를 내려다봤다.

지후보다 머리 하나 작은 동하는 얼굴을 위로 들어야 지후와 눈을 맞출 수 있었고, 그것이 무척이나 자존심 상하는 듯 보였다.

"왜? 뭐?"

동하가 시선을 똑바로 맞추지도 못하고, 아니꼬운 어조로 물었다. 지후는 대답하지 않고 가만히 동하를 내려다봤고, 그럴수록 동하는 초조해졌다.

대학원 연구실에서 동하는 왕처럼 굴었지만, 지후는 연구실 사람이 아니어서 함부로 대할 수가 없었다.

"뭐, 뭐 할 말 있어…… 요?"

동하가 꼬리를 내리고 물었다. 지후는 그래도 말없이 동하를 내려다봤다. 동하가 차마 피우지 못한 담배가 필터까지 타들어 갔고, 손을 덴 동하가 "앗뜨!" 하며 담배를 내던졌다.

바로 그 순간, 지후가 동하의 멱살을 잡아 벽에 밀어붙였다.

"큭!"

동하는 소리도 지르지 못하고 겁에 질린 눈으로 지후를 쳐다봤다.

"유동하. 맞습니까?"

"마, 맞습니다."

"임자 있는 여자 몸에 손대면 어떻게 되는지 안 배웠습니까?"

"아, 안 배웠…… 아니, 나는 그런 적이……."

"배우지 않았다면 오늘 한 번 배워 보겠습니까?"

지후의 검은 눈동자가 무섭게 빛났다. 동하는 침을 꿀꺽 삼키며 고개를 저었다. 차라리 건달처럼 건방진 말투를 사용하면 덜 무서울 텐데, 지후의 정중한 말투가 소름 끼치도록 위압적이었다.

"애인 있는 여자 몸에 손대고 치근대면 단명하십니다. 알겠습니까?"

"아, 알겠습…… 니다……."

"한 번만 더 나루 입에서 유동하라는 이름이 나와도 단명하십니다. 알겠습니까?"

"네, 알겠습니다……."

"나루가 회식 때문에 피곤해해도, 단명하십니다. 알겠습니까?"

"네, 알겠습니다."

"좋습니다. 잘 알아들은 거 같으니, 오늘은 그냥 돌아갑니다. 이제 가게에 들어가서 우아하게 웃으며 자리를 파하도록 합니다. 알겠습니까?"

동하는 고개를 끄덕였고, 지후는 흡족한 듯 동하의 멱살을 놔주었다.

'지후가 그 자식한테 뭔 짓을 한 걸까?'

그 날 동하는 가게로 돌아와, 사람 좋은 미소를 지으며 다들 수고했다고, 그만들 일어나자고 말했다. 그리고 그 날 이후, 동하가 먼저 회식을 주도하는 일도 없었고, 나루의 몸에 손을 대거나 말을 거는 일도 없었다.

그 놀라운 변화가 신기해서 지후에게 물어봤지만, 지후는 그저 "그래서 있어 보라고 했잖아."라고 말할 뿐, 무엇을 어떻게 했는지는 말해 주지 않았다.

그리고 약속대로 일본 여행을 가게 되었다.

나루에게도, 지후에게도 첫 해외여행이었다. 준비하는 과정에서 여러 가지 문제가 있긴 했지만, 그래도 즐겁게 계획을 세우고 일본으로 향했다.

제주도 갈 때 비행기를 타 본 적이 있어서, 비행기는 무섭지 않았다. 2시간여의 시간이 흐른 후, 비행기가 공항에 도착했다.

"공기가 달라."

비행기에서 내려 짐을 찾은 후 공항 밖으로 나온 나루가 말했다.

"그러게, 다르네."

확실히 한국과는 다른 냄새가 났다.

낯선 땅에 왔다는 설렘에 나루는 들떠 있었다. 그 설렘은 호텔에 도착해서 체크인을 할 때 다른 방향으로 바뀌게 되었다.

"싱글 룸 두 개를 예약했는데요."

호텔 직원에게, 지후가 능숙한 영어로 항의했다. 더블 룸, 더블베드 타입의 방이 예약되어 있었던 것이다.

직원은 난처한 듯 다른 사람을 불렀고, 지후는 다시 한 번 항변했다. 호텔 측에서는 죄송하다며, 남아 있는 방이 없으니 이번만 이대로 이용해 주실 수 없느냐고 물었다.

이제 와서 다른 호텔을 구하기도 힘들 것 같고, 호텔에서 1박을 무료로 해 주겠다고 하기에, 지후와 나루는 그러마 하고 수락했다.

만약 첫 여행이 아니었으면, 더 항의해서 다른 방을 받아 내거나 다른 호텔을 알아봐 달라고 했을 것이다.

첫 여행이라 지후도, 나루도 어수룩한 부분이 있었다. 호텔 직원에게 카드키를 받아 들고 올라가는 두 사람은, 대화를 나누지 않았다. 바짝 긴장해 있었기 때문이었다. 함께 잠을 자 본 적이 없는 건 아니었다. 하지만 그때는 항상 재경이나 윤영이 둘과 함께했다.

단둘이 한 방을 사용하는 건, 이번이 처음이었다. 생각지도 못한 상황이 벌어지는 바람에, 나루는 숨도 쉬기 힘들 만큼 긴장해 있었다.

방에 도착해, 짐을 풀고 창가로 다가갔다.

"우와, 경치 좋다."

감탄하는 나루의 옆에 와서, 지후가 고개를 끄덕였다.

"그러게, 경치 좋네."

창밖에는 건물들밖에 안 보였지만, 긴장한 두 사람은 무슨 말이라도 해야만 했다. 경치가 보이지도 않는 창밖을 보며 바보 같은 대화를 나누다가, 일단 저녁을 먹기로 하고 호텔을 나왔다.

사람 많은 낯선 거리를 걷다 보니, 한방에서 자게 생겼다는 생각은 사라지고 구경에 집중했다.

낯선 거리, 낯선 언어, 낯선 냄새와 낯선 먹거리.

새로운 문화가 시야 안에 쉴 새 없이 들어왔다. 맛있는 걸 먹고, 거리를 구경하고, 작은 선술집에 들어가 이름 모를 꼬치를 시켜서 사케를 한 잔 마시고 나니 늦은 시간이 되었다.

그제야 다시 '동침'으로 생각이 옮겨졌다.

선술집에서 계산을 하고 나와 호텔로 가는 내내, 둘은 긴장한 표정이었다. 뭔가 말하고 싶은 듯 입술을 달싹이다가 아무 말 안 하고 입을 다물기를 반복했다.

호텔에 도착했고, 엘리베이터를 탔다. 방 앞에 도착했고, 카드키로 방문을 열었다.

아까 들어왔을 때보다 농밀한 설렘과 긴장감이 둘 사이에 내려앉았다.

나루는 아랫입술을 잘근잘근 깨물었다. 지후가 엄지로 나루의 아랫입술을 꾹 눌렀다.

"입술 피 나겠다."

"아, 응."

입술에 닿은 그의 손가락이 지독히도 뜨겁게 느껴졌다. 나루는 마른침을 꿀꺽 삼키며 촉촉하게 젖은 눈으로 지후를 올려다봤다.

지후 또한 나루의 아랫입술에 엄지를 댄 채로 나루를 내려다봤다. 조금은 긴장된, 뜨거운 시선이 허공에서 부딪쳤다.

얼마나 그렇게 서로를 응시하고 있었을까.

지후가 천천히 허리를 굽혔다. 그의 얼굴이 가까워지자, 나루는 자연스럽게 눈을 감았다. 입술과 입술이 겹쳐졌고, 살짝 벌어진 나루의 입술 안으로 달콤한 타액이 흘러 들어왔다.
 지후가 나루의 둥근 어깨를 살며시 붙잡았고, 나루는 지후의 양쪽 허리를 손으로 붙잡았다.
 길고 부드럽고 다정한 키스였다.
 이윽고 지후가 입술을 떼어 냈을 때, 나루는 아쉬움을 느꼈다. 지후가 강아지처럼 올려다보는 나루의 머리를 쓰다듬었다.
 "나는 나가서 잘게."
 "어? 응?"
 생각지 못한 말에, 나루가 눈을 동그랗게 떴다.
 "호텔 로비에 소파가 있더라. 거기서 잘게."
 "아니, 왜……."
 "안 그러면 위험한 짓을 하게 될 것 같아서."
 평소보다 한 톤 낮은 지후의 음성에, 나루의 몸이 굳었다.
 위험한 짓. 그것이 어떤 행위인지 모를 만큼 어리진 않았다.
 나루는 지후를 아주 많이 좋아했지만, 그와 몸을 섞을 만큼인지는 아직 확신할 수 없었다.
 뻣뻣하게 굳은 나루를 보며, 지후는 빙그레 웃었다.
 "그럼 나갈게. 잘 자."
 나루가 잡을 새도 없이, 지후는 방에서 나갔다.

 '그때의 나는 정말 순진했구나.'
 그때의 나루에게 첫 경험은 어떤 기분일지 짐작조차 할 수 없는 은밀하고도 두려운 행위였다. 그것을 하는 순간 아주 많은 것을 잃게 될 것 같았고, 약간의 죄책감도 있었다.

'그래서 지후를 붙잡지 못했지. 지금이라면 내가 먼저 눕히고 덮쳐 버릴 텐데.'

지후는 로비의 소파에 다리를 꼬고 앉아 있었다. 한참 그러고 있는 지후의 옆에, 나루는 슬며시 다가가 앉았다.

"왜 안 자고 내려왔어?"

지후의 질문에 나루는 작게 웃었다.

"나도 여기서 너랑 같이 밤새려고."

"내일 피곤할걸."

"응, 그래도."

나루는 지후의 손을 잡았다. 오늘 내내 이 손을 잡고 싶었다. 용기를 내서 잡았더니, 지후도 나루의 손을 맞잡아 주었다. 그의 손은 따뜻하고 커서, 그와 함께하게 될 시간이 늘 든든하고 즐거우리라는 것을 짐작할 수 있었다.

그 날, 둘은 호텔 로비에서 도란도란 대화를 나누며 밤을 지새웠다.

이튿날 여정은 조금 졸리긴 했지만 아주 피곤하진 않았다.

'그게 전부 20대라서 가능한 일이었지. 32살 때 그랬으면 지쳐서 쓰러졌을 거야.'

"뭔 생각을 하기에 그렇게 웃어?"

선미의 말에 정신을 차렸다. 너무 오랫동안 추억에 젖어 있었나 보다. 이미 선미는 자기 몫의 식사를 끝낸 후였다.

"지후 생각."

나루의 대답에 선미가 웃었다.

"아주 달달하다, 달달해. 너도 힘들겠다. 사귀자마자 지후가 군대 가 버려서. 보고 싶지 않아?"

"보고 싶지. 주말에 지후 보러 가기로 했어."

"아, 그래? 지후는 잘 지낸대?"

"응, 밥 잘 먹고 잘 지내나 봐."

"다행이네. 하여간 난 다음 수업 있어서 가 봐야 하거든. 명진이한테 꼭 좀 전해 줘. 이상한 짓 좀 하지 말라고."

"응, 알겠어."

나루는 웃으며 대답했다. 선미가 손을 바이바이 흔들고 자리를 떠났다.

나루도 남은 음식을 먹고 있는데 윤영에게서 전화가 걸려 왔다. 수업 한 시간 비니까 산책이나 하자는 전화였.

윤영과 학생 식당 앞에서 만났다. 나루는 윤영의 팔짱을 끼고 교정을 걸으며, 방금 선미와 만난 이야기며, 지후 이야기를 하고 있는데 맞은편에서 최 교수가 걸어오고 있었다.

작년 안식년을 끝내고 학교에 돌아온 최 교수는, 안식년을 너무 즐겁게 보냈는지 살이 많이 빠져 있었다.

"어, 안녕하세요."

"안녕하세요."

나루와 윤영이 인사를 하자, 최 교수가 걸음을 멈췄다.

"오오, 연나루 양, 김윤영 양."

최 교수가 다정한 미소를 지었다. 나루는 최 교수가 누군가를 부를 때 늘 '양', '군'을 붙이는 말투가 좋았다.

최 교수는 교수라는 자리에 있으면서도 학생들에게 항상 정중했다.

"교수님, 안식년 잘 보내셨어요?"

나루는 올해 최 교수의 수업을 듣지 않았다.

"그래요. 가족들이랑 여행을 다녀왔어요."

"아, 그래서 이렇게 살이 빠지셨구나."

최 교수는 건강이 걱정될 정도로 후덕한 인물이었는데, 안식년을 끝내고 돌아온 최 교수는 걱정될 정도로 말라 보였다.

'원래 이랬던가?'

옛 시간에서 어땠는지 기억이 나지 않았다.

"나루 양이랑 윤영 양은 내년에 졸업이지요? 진로 계획은 잘 세워 놨나요?"

"네, 잘 세웠어요."

"저도요."

"그래요. 아, 나루 양한테 진로 문제로 할 이야기가 있었는데, 언제 시간이 되겠어요?"

"저, 오늘 5시에 수업 다 끝나요."

"음, 나는 6시에 수업이 끝나는데."

"제가 그럼 6시에 찾아뵐게요."

"그래요. 제2연구동에서 만나요."

"네."

최 교수와 헤어져 걸어가며, 윤영이 말했다.

"그러고 보니, 너랑 최 교수님이랑 되게 친했던 것 같은데, 이 시간에서는 별로 안 그러네?"

"응, 아무래도 내가 이미 진로가 정해져 있으니까."

옛 시간에서는 진로와 교과 과정을 놓고 최 교수와 상담을 자주 했었다.

―연나루 양은 정말 호기심이 많네요.

궁금한 게 있을 때마다 교수실로 찾아오는 나루에게, 어느 날엔가 최 교수가 웃으며 말했다.

―우리 8살 딸도 이렇게까지 호기심은 없는데.
―아, 죄송해요. 제가 너무 귀찮게 해 드렸죠?
―그렇지 않아요. 교수가 비싼 돈 받으면서 하는 일이 뭐겠어요? 학생들 궁금증 풀어 주는 거라도 해야지.

최 교수는 똑똑한 나루를 아꼈고, 언제나 미소를 지으며 맞아 주는 최 교수를, 나루는 좋아했다. KOB와 다른 연구소를 두고 고민을 할 때도, 잘 풀리지 않는 연구 때문에 지쳐 있을 때도, 최 교수는 늘 좋은 상담사가 되어 주었다.

'이 시간으로 돌아와서 제일 먼저 상담하고 싶었던 사람이 최 교수님이었는데. 어느새 이렇게 멀어져 버렸네.'

옛 시간에서와는 달리 소원한 관계가 되었다. 역시 이 시간은 옛 시간과 같으면서도 다르다.

윤영과 수업을 듣고, 5시에 강의가 끝이 났다.

윤영이 기다려 주겠다고 했지만 괜찮다고 먼저 보내고, 나루는 도서관에 들러 시간을 때웠다.

이윽고 최 교수를 만나기로 한 시간이 다가와 나루는 제2연구동으로 향했다. 제2연구동은 증축 공사를 하는 중이어서, 주위가 공사 자재들로 지저분했다. 다행히 저녁이라 인부들이 돌아갔는지 시끄럽진 않았다.

나루는 안으로 들어가 생물 연구실로 향했다. 실험을 끝내고 나오던 아는 얼굴들이 보였고, 그중에 지영도 있었다.

"최 교수님은?"

"담배 피우신다고 위층에 가셨어."

"아, 거기 공사 중 아냐?"

"흡연은 할 수 있게 해 놨나 봐. 교수님 보러 왔어?"

"응."

"이따 술 한잔할래? 선미가 남친 소개시켜 준대."
"아, 그래? 그럼 윤영이랑 같이 갈게."
"오케이. 이따 봐."

나루는 연구실에서 기다릴지, 위로 올라갈지 고민하다가 위층으로 올라가는 계단을 밟았다.

두 층 올라간 곳에, 흡연 구역이 있었다. 흡연 구역에서 나오던 최 교수가 나루를 보고는 눈을 크게 떴다. 당황한 듯한 그의 모습에, 나루는 괜히 흡연 구역까지 따라왔다고 후회했다.

"죄송해요, 교수님. 여기 계시다는 얘기를 들어서."
"아니에요, 괜찮아요. 이왕 올라온 김에 여기서 얘기할까요?"
"네, 좋아요."

최 교수가 다시 몸을 돌려 흡연 구역 쪽으로 나갔고, 나루도 그 뒤를 따랐다. 흡연 구역은 증축 공사 중인 지역에 포함되어 있었다. 원래는 벽으로 막혀 있는 테라스였는데, 벽을 뚫어 놓고 나무로 대충 막아 놓았다.

허리 높이까지 듬성듬성 쳐 놓은 나무판자 사이로 반대쪽이 보였고, 가까이 가면 아래가 내려다보였다.

지영이 막 건물을 빠져나가는 모습을 보고 나서, 나루는 난간에서 한 발 뒤로 떨어졌다.

"어쩐 일로 보자고 하셨어요?"
"요새 수업은 잘 듣고 있어요?"
"네, 그럼요. 출석도 열심히 한답니다."

"그렇군요. 1학년 때 너무 자주 빠져서 걱정했었어요."
"아하하하."
그때는 그랬다.
다른 일로 정신이 없었으니까.
"이제는 열심히 듣고 있어요. 교수님, 건강은 괜찮으신 거죠? 너무 마르셨는데."
"괜찮아요, 괜찮아요. 그런 것보다…… 나루 양은 1학년 때부터 쭉 수석이었지요?"
"네. 맞아요."
"아주 훌륭해요."
최 교수가 빙그레 웃었다.

―*훌륭하네요.*

옛 기억이 떠올랐다. 언젠가 이런 미소를 본 적이 있었다. 어쩐지 등골이 서늘해지는 미소.
'아, 그래. 그때였어.'
나루가 최 교수에게 생명 연장과 관련된 연구에 대한 이야기를 했을 때였다. 그때, 최 교수는 이렇게 웃으며 말했다.

―*역시 나루는 훌륭하구나.*

그때와 마찬가지로 그저 최 교수님은 칭찬을 해 주었을 뿐이다. 그런데 왜 이게 소름 끼친다는 생각이 드는 걸까?

나루는 저도 모르게 팔뚝을 쓸었다.

'그래, 내 연구에 대해 아는 사람이 한 명 더 있었어. 최 교수님.'

KOB의 연구원들만이 아는 게 아니었다.

'아니, 그럴 리가 없잖아. 예민하게 받아들이지 말자.'

나루는 문득 든 생각을 억지로 떨쳐냈다. 왜 갑자기 이런 기분이 드는지 모르겠다.

"나루 양은 졸업을 하면 어느 쪽으로 일을 해 볼 생각인가요? 대학 졸업하고 바로 취업할 예정인가요?"

"아니요. 대학원에 가서 박사 학위까지 따려고요."

"호오, 박사 학위. 어느 전공을 하려고 하죠?"

"유전 공학이요."

"유전 공학. 그거 좋지요."

"네, 교수님을 존경하거든요."

나루가 헤헤 웃자, 교수도 웃었다.

"그럼 우리 대학의 대학원으로 가나요?"

"고민 중이에요. 외국으로 갈지, 한국 대학원으로 갈지."

"나루 양 성적이라면 어디라도 입학할 수 있겠지요. 정말 훌륭해요."

왜일까?

대화가 왜 이렇게 불편하게 느껴지는 걸까?

이 시간으로 돌아와 최 교수와의 관계가 소원해지기는 했다. 그렇다고 해서 대화가 이렇게까지 불편하게 느껴질 이유는 없었다. 그저 교수님과 학생의 대화일 뿐이니까.

그런데도 나루는 이 대화가 마치 묘한 탐색전처럼 느껴졌다. 예민한 생각이라고 떨쳐내고 싶지만, 쉽지 않았.

팔뚝에 돋은 소름이 가라앉지 않았다. 가라앉기는커녕, 등에 식은땀까지 맺히고 있었다.

—유전 공학이란 말일세. 신의 뜻에 반하는 학문이야.

언젠가 최 교수가 했던 말이 떠올랐다.
언제였지? 언제 이런 말을 들었지?
그래, 동기 모임 때였다.
동기 모임을 할 때, 최 교수를 초대했고, 최 교수는 그날따라 기분이 좋은지 술을 많이 마셨다.
그리고 옆에 앉은 나루에게 말했다.

—나는 연구를 할 때마다 고민해. 이 연구는 괜찮은 걸까? 신께서 내게 벌을 내리시진 않을까?

나루는 마른침을 꿀꺽 삼켰다. 그날 나루도 취해 있어서 그 일을 제대로 기억하지 못하고 있었다.

―유전 공학은 참으로 아름답지만 위험한 학문이야. 선악과와도 같지. 잘못 건드리면 신의 분노를 사게 되는 것이야. 그러니까 우리 유전 공학자들은 선을 지켜야만 해.

나루는 최 교수가 눈치채지 못하도록 주먹을 꽉 쥐었다.
'아니야, 아니야.'
일단은 부정했다. 최 교수는 나루의 가장 좋은 조언자였다. 그런 사람이 나루를 죽이려고 할 이유가 없었다.

　　―역시 나루는 훌륭하구나.

'그 대화 후에 무슨 말을 했었지?'
나루는 눈앞의 최 교수가 눈치채지 못하기를 바라며 기억을 짜냈다.
'어떤 대화를 나눴지?'

　　―그 연구에 대해 아는 사람이 많은가?
　　―아니요. 일단은 비밀로 하고 있어요. 몇 명은 대충 눈치를 챘을 테지만, 완전히 알지는 못할걸요. 제가 하는 연구가 생명 연장뿐 아니라, 영생에 관한 연구라는 걸.

'영생.'

그 단어를 사용한 건, 최 교수의 앞에서가 처음이자 마지막이었다. 어느 누구에게도 나루가 유전자를 변형해 생명 연장뿐 아니라 '불사'를 발견하려고 한다는 걸 알지 못했다.

─잘했네. 워낙 큰 연구이니, 알려져서 좋을 게 없을 게야. 반드시 함구하고 믿을 만한 사람한테만 말하도록 하게.

그래서 나루는 아무에게도 말하지 않았다. 지후에게조차도.
"헌데 하나 제안하고 싶은 게 있어요."
그때, 최 교수가 입을 열었다.
"제안이요?"
나루는 긴장을 갈무리하며 되물었다.
"그래요. 얼마 전에 우리 학교랑 교류 중인 미국 쪽 대학에서 제안에 들어왔어요. 교환 학생을 받고 싶다고."
"교환 학생…… 이요."
"그래요. 장학금을 받게 될 거고, 생활비와 기숙사도 제공이 될 거예요. 학생들에게는 아주 좋은 기회지요."
"그렇겠네요. 그런데 어떤 분야예요?"
"미생물학이요."
"아……."
"어때요? 좋은 기회인데, 나루가 가 보는 건."

나루는 주먹을 꽉 쥐었다.

나루 '양'이 아니라 나루였다. 옛 시간에서 나루와 아주 친해지기 전까지, 최 교수는 단 한 번도 나루의 이름을 부르며 '양'을 빠뜨린 적이 없었다.

친해진 이후에야 '나루'라고 불렀다.

게다가…… 거대한 무언가가 뒤통수를 강하게 내리친 기분이었다.

나루는 눈을 질끈 감았다가 뜨고, 최 교수와 눈을 똑바로 맞췄다.

"최 교수님이셨군요."

"네?"

"교수님이 시간을 돌아와, 저를 죽이려고 하신 거군요."

최 교수가 미소를 지었다. 아까 보았던 그 소름 끼치는 미소였다.

"무슨 말을 하는 거지요?"

"그건 최 교수님이 더 잘 아실 텐데요?"

나루는 손톱이 손바닥을 파고들 만큼 세게 주먹을 쥐었다. 그러지 않으면 울음을 터뜨릴 것만 같았기 때문이다. 이 시간으로 돌아와 관계가 소원해지긴 했어도, 최 교수는 나루가 신뢰하는 은사였다. 그런 사람이 나를 죽이려고 하던, 내 사랑하는 남자를 죽인, 그리고 이 시간까지 따라서 돌아와 나를 죽이고 싶어 하는 사람이었다니.

믿을 수가 없었다. 그러나 최 교수뿐이었다. 지금 최 교수는 미생물학 쪽으로 전공을 바꿔 보라고 권유하고 있었다.

"절대 안 할 일이잖아요. 학생의 의사를 무시하고 다른 전공을 권유하는 건."

"나루 양. 나는 그저 미생물학 쪽이 앞으로 더 발전을 할 거란 생각에⋯⋯."

"절대 안 할 일이잖아요. 저를 이름으로만 부르는 거."

"아, 그건 실수로⋯⋯."

"아니요. 실수가 아니에요. 교수님은 그런 실수 안 해요."

"나루 양."

최 교수가 다가오려 하기에, 나루는 뒷걸음질을 쳤다. 뒤가 허술하게 막아 놓은 나무 난간이라는 것도 잊고 있었다. 충격에 머리가 아파, 슬픔에 목이 메어, 이성적인 생각을 할 수가 없었다.

"교수님은 유전 공학 박사지만, 생명 연장에 대해서는 회의를 가지고 있었어요."

"그렇지 않아요."

"아뇨, 그래요. 술자리에서 교수님이 하신 말씀을 잊고 있었어요. 그땐 저도 취해 있었거든요. 그런데 이제 기억나요. 교수님은 신의 분노를 살 거라고 하셨어요."

"나루 양."

"저는 교수님을 믿었어요. 아빠처럼 따랐어요. 그래서 제가 하는 연구에 대한 이야기도, 교수님한테만 했어요."

"나루 양과 같은 연구소에 있는 연구원들도 나루 양이 무슨 연구를 하는지 대충은……."

변명처럼 말하던 최 교수는 자신이 무슨 말을 하는지 깨닫고 입을 다물었다.

나루의 얼굴이 일그러졌다.

"무슨 연구소와 무슨 연구원들을 말씀하시는 거죠, 교수님?"

"나루 양."

"어째서…… 어째서죠? 차라리 저한테 연구를 그만두라고 설득을 하시지 그랬어요? 그랬으면 저는 망설였겠지만 그만뒀을 거에요. 그만큼 교수님을 믿었으니까. 그런데 왜…… 왜 절 죽이려고 하셨어요? 왜…… 왜 지후를 죽인 거예요?"

"나루 양, 그건……."

콰직―!

그때였다.

나루가 기대고 있던 난간이 떨어져 나간 것은.

나루의 몸이 휘청, 허공으로 뜨려고 하는 순간, 최 교수가 손을 뻗었다. 최 교수의 손이 나루를 손목을 잡아채 안쪽으로 끌어당겼고, 그 반동에 최 교수의 가벼운 몸이 부서진 난간 쪽으로 향했다.

"교수님!"

새된 목소리로 외치는 나루를, 최 교수는 응시했다.

최 교수의 몸이 난간에서 바닥으로 떨어지기까지는 아주 짧은 시간이었다. 그러나 최 교수에게는 아주 길게 느껴졌고, 고통스러운 표정으로 자신을 부르는 나루의 얼굴 또한 아주 오랫동안 응시한 느낌이 들었다.

문득 이 시간으로 돌아왔을 때의 일이 떠올랐다.

현관문 사이로 흐느끼는 소리가 새어 나왔다. 최 교수는 나루의 집 앞에 우두커니 서 있었다.

초인종을 눌러 볼까?

위로를 해 주어야 하는 걸까?

어떻게 해야 하는 걸까?

나루는 해서는 안 될 연구를 했고, 거의 성공 단계에 접어들고 있었다. 지후가 죽은 일은 넘보아서는 안 될 일을 넘보았기에 벌어진 일이었다.

신의 분노를 산 것이다.

그러나…… 나루는 최 교수의 소중한 제자였다. 항상 밝게 웃으며 질문을 쏟아 내던 나루를, 최 교수는 딸처럼 아꼈다.

'그래, 일단 연인의 죽음에 대한 위로는 해 주자.'

그리 생각하며 초인종을 향해 손을 뻗었는데.

깜—빡—

눈을 감았다가 뜬, 찰나의 순간.

최 교수는 서재에 앉아 있었다.

'어떻게 된 거지?'

어리둥절한 기분으로 주위를 둘러봤다. 방금 전까지만 해도 분명 나루의 집 앞에 있었다. 복도의 냉기와 현관문 사이로 흘러나오던 나루의 울음소리가 아직도 생생했다. 그런데 지금 최 교수는 자신의 저택 서재에, 그것도 3년 전 팔아 버린 저택의 서재에 앉아 있었다. 창문으로 들어오는 햇살과 오래된 서적의 냄새가 그리움을 자아냈다.

최 교수는 며칠 지나지 않아, 자신이 시간을 돌아왔다는 걸 깨달았다.

왜 시간을 돌아온 걸까.

어째서 이런 일이 벌어진 걸까.

그 답 또한 오래지 않아 알아냈다.

이것은 신이 주신 기회이자 시련이다. 신의 권능에 도전하려는 이를, 그 싹부터 뽑아 없앨 기회. 또한 신을 위해 네 애제자를 죽일 각오가 되어 있냐는 시련.

물론 신을 위해 이 손에 피를 묻힐 각오는 있었다.

시간을 돌아온 것으로 신의 존재가 증명되었다. 신이 아니라면 이런 일이 가능할 리가 없다. 그러니 신을 위해 이 몸을 바쳐야만 한다.

하지만 아무것도 모르는 20살의 나루를 보면 마음이 무뎌졌다. 나루를 죽일 기회는 얼마든지 있었지만, 손을 뻗는 것이 쉽지 않았다.

해야만 해. 반드시 내가 해야 하는 일이야. 그러지 않으면 신의 분노가 나를 향하게 될 거야.

옛 시간에서 신의 권능에 도전하려던 나루를 대신해, 그녀의 소중한 연인인 지후가 죽었다. 그렇듯 신의 분노를 사면, 최 교수 본인이 아닌 최 교수의 가족들이 위험해질지도 몰랐다.

내 딸을, 내 아내를 지켜야만 한다.

대학 축제 날, 아무것도 모르고 사람들 사이에 섞여 횡단보도에 서 있던 나루의 뒷모습을 보았을 때, 저 멀리서 속도를 내고 달려오는 버스를 보았을 때, 최 교수는 바로 이 순간이 기회라는 걸 알았다.

탁—

그는 그녀의 등을 밀었고, 차와 차가 부딪쳤고, 비명 소리가 울렸다.

최 교수는 도망치듯 그 장소를 빠져나왔다. 온몸이 덜덜 떨렸다.

사람을 죽였다.

나루를 죽였다.

자신의 손으로 타인의 목숨을 빼앗았다. 그 무게는 최 교수가 견디기 힘들 만큼 무거웠다.

'하지만 난 해냈어. 신께서는 나를 굽어살피실 거야.'

그렇지 않았다. 몇 시간 후, 그 사고로 나루가 죽지 않았다는 걸 알게 되었다. 죽은 건, 아무 죄 없는 사람들이었다. 예상치 못한 희생이었다.

얼굴도 모르는 사람들이었지만, 그들의 죽음이 최 교수를 잠식해 가기 시작했다. 죽음의 무게는 크고 무겁고 어둡고 아팠다.

하루, 하루가 지옥을 걷는 것만 같았다. 매일 끔찍한 악몽에 시달렸다. 모르는 사람의 죽음에도 이토록 두려운데, 과연 나루를 죽일 수 있을까?

소중하게 아끼고 사랑해 주던 애제자를 죽이고 견딜 수 있을까?

못 하겠다.

그리 생각했을 때, 기다렸다는 듯 딸이 사고를 당했다. 공사 중인 건물 아래를 지나가다가, 위에서 철근이 떨어진 것이다. 큰 사고는 아니었지만, 하마터면 죽을 뻔했다.

최 교수는 그 사고를 신의 경고로 받아들였다.

'해야만 해. 피할 수는 없어.'

평생 죄책감을 품고 살아가게 되더라도, 평생 꿈속에 나루가 찾아오더라도, 해야만 하는 일이었다. 하지만 내 손으로는 무리였다.

사람을 고용했다. 돈 몇백으로 살인도 불사하는 사람이, 세상에는 많았다. 정체를 드러내지 않고 살인을 의뢰했다. 여름 방학이 끝날 무렵, 실패했다는 보고를 받았다.

'결국 내 손으로 해야만 하는 건가?'

결심을 굳히는 것이 쉽지 않았다.

'반드시 죽여야만 하나?'

안식년을 고통과 고뇌 속에서 보냈다. 이 시간으로 돌아온 후, 단 하루도 마음이 편한 날이 없었다.

안식년이 끝났고, 최 교수는 결정을 내려야만 했다. 우선은 나루에게 제안을 해 볼 생각이었다. 유전 공학이 아닌 다른 학문을 연구해 보는 쪽으로 유도할 셈이었다. 만약 그것을 받아들인다면, 나루를 죽일 필요도 없을 것이다.

착오가 있었다면, 나루도 이 시간으로 돌아왔을 거란 생각을 못 했다는 점이었다.

떨어지는 최 교수를 응시하는 나루의 얼굴에는 의문과 경악과 슬픔이 깃들어 있었다. 그런 나루를 보며, 최 교수는 빙그레 웃었다.

최 교수 또한 의문이었다. 그대로 나루를 내버려 뒀더라면 나루는 죽었을 것이다. 그런데 나는 왜 저 아이를 살린 것일까.

고민해 볼 필요도 없었다.

저 아이를 아끼니까.

언제나 수많은 질문을 던지던 저 아이를, 좋은 성과를 거두면 쪼르르 달려와 보고했던 저 아이를, 마지막 순간까지 이 못난 선생을 믿은 저 아이를…… 아주 많이 아끼니까.

나는 사실 단 한순간도 저 아이를 죽이고 싶지 않았으니까.

신의 분노를 사더라도, 그리하여 이렇게 죽게 되더라도, 저 아이의 세상을 무너뜨리고 싶진 않았으니까.

그러니까.

최 교수는 마지막 힘을 짜내어 입을 열었다. 죽기 전, 나루에게 알려 줘야만 하는 것이 있었다.

힘겹게 내뱉었고.

강한 충격을 받았고.

암흑이 찾아왔다.

* * *

나루는 멍하니 아래를 내려다보았다. 눈앞에서 벌어진 일을 믿을 수가 없었다. 인형처럼 너부러진 최 교수의 아래로 붉은 선혈이 번졌다.

"꺄아아아아아!"

"사람이 떨어졌어!"

"으아아! 뭐야? 어떻게 된 거야?"

"누구야? 누가 떨어진 거야?"

"어디서 떨어진 건데?"

아래에 있던 사람들이 비명을 지르려 위를 올려다봤다.

"저기 사람이 있어."

"저 사람이 민 거 아냐?"

"저거 누구야?"

사람들이 나루를 향해 손가락질을 하는데도, 나루는 벗어날 생각을 하지 못했다.

온몸이 굳어서 움직일 수가 없었다.

'왜?'

최 교수는 나루를 죽이려고 한 사람이다.

그런데 나루를 구하고 대신 아래로 떨어졌다.

게다가.

'무슨 말씀을 하려던 거였지?'

최 교수가 무어라 외치는 소리를 들었다.

아마도.

―*지후를 죽인 건……!*

거기까지만 들었다.

말을 끝내기 전, 최 교수는 땅과 부딪쳤다. 그가 바닥에 떨어지면서 낸 소리가 나루의 귓가에 생생했다. 구급차가 오고, 경찰이 오고, 그 경찰들에게 사람들이 나루를 가리키며 무어라 말하고, 경찰들이 올라와 나루를 데리고 갈 때까지.

나루는 석상처럼 그 자리에 서 있었다.

* * *

경찰서에서는 고된 시간을 보냈다.

경찰들은 2년 전의 버스 사고를 기억하고 있었다. 그래서일까. 두 번이나 사건에 휘말린 나루를, 그들은 의심스러워했다.

경찰들은 나루에게 설명을 듣고 싶어 했지만, 나루는 넋이 나간 사람처럼 멍하니 앉아 있기만 했다.

나중에 소식을 듣고 온 부모님과 친구들이 경찰들에게 항의를 했고, 나루는 그들의 손에 이끌려 집으로 돌아왔다.

"이게 다 무슨 일이래니."

침대에 가만히 누워 있는 나루의 머리를, 엄마가 쓰다듬어 주며 말했다.

"우리 딸이 사람을 밀었을 리가 없잖아! 아주 이유 없이 사람을 의심하고 있어!"

아빠가 화를 냈다.

재경과 윤영, 명진도 제각각 한마디씩 거드는 가운데, 나루는 가만히 눈을 감았다.

최 교수가 떨어지던 장면이 눈앞에 생생하게 떠올랐다.

―*지후를 죽인 건……!*

그 뒤에 무슨 말을 하려고 했을까?

최 교수님은 왜 나를 구한 걸까?

날 죽이려고 했을 텐데, 어째서 구했을까? 그냥 놔뒀으면 손을 더럽히지 않고 날 죽일 수 있었을 텐데.

많은 의문이 실타래처럼 엉켜 머릿속이 소란스러웠다.

'정신을 차리자.'

나루는 다시 눈을 떴다.

'우선 누명을 벗어야 돼.'

그 장소에는 최 교수와 나루뿐이었다. 경찰들이 나루를 의심하는 것이 당연했다.

나루가 침대에서 일어나자 가족들과 친구들이 걱정스러운 표정으로 다가왔다.

"전 괜찮아요."

나루는 엄마와 아빠에게 말했다.

"경찰서에 가서 제대로 진술하고 와야겠어요. 엄마랑 아빠는 우선 돌아가세요. 제가 연락드릴게요."

함께 가야 한다고 말하는 부모님을 어렵게 설득해서 돌려보냈다.

"무슨 일 있으면 꼭 연락하고. 알겠지?"

"응, 그럴게요. 아빠."

"너 혼자 두고 가는 게 괜찮을지 모르겠다."

"괜찮아요. 친구들도 있고. 이따 연락드릴게요."

부모님이 떠나는 걸 확인한 후, 나루는 경찰서로 향했다.

* * *

"담당 형사에게 진술을 했어. 믿어 주는 눈치는 아니었지만, 내가 민 게 아니라고 증언을 해 준 사람이 있다더라. 누구냐고 물었더니 지영이래. 정지영. 지영이가 증언을 해 주려고 일부러 경찰서에 다녀간 거야."

나루는 테이블을 응시하며 담담하게 말했다. 많은 사람들이 사용한 아이보리색 테이블은 많이 낡았고, 청소를 제대로 하지 않았는지 고추장 국물 같은 것이 묻어 있었다. 그 테이블 맞은편에 지후가 심각한 표정으로 앉아서 나루의 이야기를 듣고 있었다.

"형사는 현장을 조사한 후에 답을 줄 거라고, 멀리 가지 말고 기다리라고 했어. 예전에, 이런 사건에 휘말린 적이 있었지. 버스 사고. 기억나?"

"당연히 기억하지."

"나는 그때처럼 과 애들이 나를 향해 비난의 시선을 던질 줄 알았어. 그런데 아니더라. 이튿날 학교에 갔을 때는 지영이랑 선미가 분위기를 바꿔 둔 후였어. 내가 민 게 아니고 떨어질 뻔한 나를 구하려다가 최 교수님이 대신 떨어진 거라고. 분명히 봤다고."

왜 그런 데를 올라간 거야?

조심 좀 하지.

놀랐겠다.

과 동기들은 그런 이야기를 건넸다.

최 교수가 떨어진 데에 어느 정도 나루 탓은 있지만, 완전히 나루만 나쁜 사람으로 몰아가는 분위기는 아니었다.

"지영이랑 선미는 옛 시간에서 나랑 소원한 관계였어. 그리고 3학년 때는 두 사람이 싸워서 얼굴도 마주치지 않았었지. 그런데 이 시간에서는 그 두 사람이 적극적으로 나를 돕더라."

"다행이네."

"응."

나루는 옅은 미소를 지었다.

"최 교수님은 어때?"

"수술은 성공했지만 깨어나지는 못하고 계셔. 병원 측에서는 앞으로 평생 못 깨어날 수도 있다고 했나 봐."

"최 교수님 가족들이 널 비난하진 않고?"

지후의 질문에 나루는 다시 고개를 숙였다. 비난은 물론 받고 있었다. 최 교수의 부인은 학교까지 찾아와 나루의 머리채를 잡았다. 너 때문이라고, 네가 죽었어야 했다고, 그렇게 외쳤다.

옛 시간에서는 남편의 애제자인 나루를, 우리 집 장녀라며 아껴 주던 분이었다. 하지만 이 시간에서는 아마도 평생 나루를 미워하리라. 남편 대신 살아남은 나루를, 있는 힘껏 증오하리라.

16장
세상에서 제일 행복한 사람

나루는 쓴웃음을 지었다.
"그런 건 받아들일 수 있어."
견딜 수 있다.
옛 시간에서 지후의 누나인 지연의 증오도 견뎌냈으니까. 참으로 사랑했던 남자의 가족, 그리하여 내 가족이라고 생각했던 여인의 비난도 이 몸으로 오롯이 받아들였으니까.
"참 지독한 생명이야, 난."
다른 때와 달리 바싹 말라 갈라진 나루의 입술 사이로, 낮게 가라앉은 음성이 흘러나왔다.
"옛 시간에서는 네가, 이 시간에서는 최 교수님이. 나 때문에 목숨을 잃었어."

"최 교수님은 안 돌아가셨잖아."

"하지만 돌아가신 거나 마찬가지지. 아니, 돌아가신 것보다 더 나빠. 병원비가 장난이 아닐 텐데, 최 교수님의 가족들은 어떻게 해. 병원에서는 이대로 생명 유지 장치를 떼어 내는 게 나을지도 모른다고 했대."

"……."

"정말로 지독한 생명이야."

"그렇지 않아. 네가 있어서 나는 살아가. 네가 있기에 나는 숨을 쉴 수 있고. 나한테는 네가 빛이고 공기고 생명이야. 네 삶은 한 남자의 세상이야, 나루야."

그의 감미로운 위로에, 나루는 힘없이 웃었다.

"이게 지난주에 편지도 못 보내고, 면회도 오지 못했던 이유야. 그저께가 돼서야 경찰에서 연락을 받았어. 최 교수님이 날 구하려다가 떨어진 걸 본 사람이 몇 명 더 있다더라."

"그래, 다행이네."

"이유를 모르겠어. 최 교수님은 나를 죽이고 싶어 했는데, 왜 구한 걸까? 그냥 놔뒀으면 죽었을 텐데. 그냥……."

죽게 내버려 두지, 라는 말을 지후의 앞에서는 할 수가 없었다.

지난 며칠간, 끊임없이 생각했다. 그냥 죽게 내버려 두지. 나는 죽는 편이 나을지도 모르는데. 내가 죽으면 10년 후, 지후가 죽지 않을지도 모르는데.

그런 이야기는 지후에게 당연히 하지 못했다.

옛 시간에서도, 이 시간에서도 타인의 생명을 딛고 살아남은 목숨이다. 가치 없는 것으로 여기고 던져둘 수는 없었다.

나는 또 살아남았다. 그러므로 또 살아가야 한다. 희생으로 얻어 낸 이 목숨을, 있는 힘껏 제대로 사용해야만 한다.

나루는 맞은편에 앉아 있는 지후의 얼굴을 물끄러미 응시했다. 사랑하는 남자의 참으로 잘생긴 얼굴을, 가만히 살펴보았다.

반듯한 이마와 짙은 눈썹, 긴 속눈썹으로 장식된 기름한 눈과 오뚝한 코, 때로는 고집스럽게 보이는 붉은 입술과 갸름한 턱선.

이 얼굴을 옛 시간에서도, 이 시간에서도 끊임없이 사랑해 왔다.

그리고 앞으로도 끊임없이 사랑하겠지.

"지후야."

그의 이름을 불렀다.

"응."

지후가 엷은 미소를 지으며 대답했다.

나루는 이곳에 오기 전에 챙겨 온 것을, 가방에서 꺼냈다. 검은색 작은 상자를, 지후는 의아한 듯 응시했다.

"나랑 결혼해 줘."

나루가 상자를 열며 말했다. 상자 안에는 똑같은 모양의 금반지 두 개가 들어 있었다.

예상 못 한 프러포즈에 지후의 눈이 커지는 것을, 나루는 즐거운 기분으로 감상했다.

"어…… 뭐라고?"

"평생 행복하게 해 줄게. 나랑 결혼해 줘, 지후야."

"아……."

뒤늦게 이것이 프러포즈라는 걸 깨달은 지후의 눈가가 붉어졌다. 지후는 커다란 손으로 자신의 입가를 가렸다.

"이런. 내가 제대하고 하려고 했는데."

"옛 시간에서는 네가 했잖아. 이 시간에서는 내가 하려고. 너의 매시간을 행복하게 해 줄게. 1분, 1초도 우울한 일 없게 해 줄게. 이 세상에서 가장 행복한 남자로 만들어 줄게."

면회실에는 나루와 지후만 있는 게 아니었다. 군인들의 가족들, 연인들, 친구들이 이쪽을 돌아봤다. 그들의 시선은 느껴지지 않았다.

지후와 함께하는 이 시간은, 언제나 둘만의 세상이었으니까.

"나랑 결혼해 줘."

나루가 미소를 지었고, 지후는 입가를 가리고 있던 손을 내렸다. 그의 입술이 양옆으로 슬며시 올라갔다. 언제 보아도 황홀한 미소가 그의 얼굴 전면을 물들였다.

지후는 이미 이 세상에서 가장 행복한 남자였다.

* * *

도서관에 오긴 했지만 도무지 집중이 되질 않았다. 재경은 같은 페이지만 몇 번을 반복해서 읽다가 포기하고 일어났다. 주말인데도 도서관 열람실은 빈자리가 없었다.

'나도 열심히 해야 하는데.'

괜한 일로 시간을 낭비할 때가 아니었다. 이제 졸업까지 얼마 남지 않았다. 그때까지 성적 관리를 잘 해 둬야만 했다.

도서관 입구 계단에, 오도카니 앉아 있는 여자의 뒷모습이 보였다.

웨이브가 있는 단발머리, 그 아래로 보이는 하얀 목과 마른 어깨, 자그마한 몸.

윤영이었다.

'얘가 왜 여기 있지?'

재경은 의아하게 생각하며 윤영의 옆에 가서 앉았다.

"뭐 하냐? 도서관에 공부하러 온 거?"

"아니. 널 기다렸어."

"날?"

"응, 널."

윤영이 재경을 돌아봤다.

"나를 왜?"

"너, 점심은 먹었어?"

점심시간이 한참 지났지만, 오늘 한 끼도 안 먹었다.

"아니. 입맛이 별로 없다."

"흐응."

윤영이 눈을 가늘게 뜨고 재경을 응시했다.

"왜 그런 눈으로 봐? 난 입맛 좀 없으면 안 되냐?"

"고기나 먹으러 갈래? 나, 오늘 고기 땡긴다."

"난 별로."

"그러지 말고. 삼겹살이랑 된장찌개에 공깃밥 하나 시켜서 먹자. 김치 맛있는 집을 알아."

윤영이 일어나 재경의 팔을 잡아끌었다. 재경은 못 이기는 척 일어나 윤영을 따라갔다. 학교 근처 가게로 갈 줄 알았는데, 윤영은 택시를 잡았다.

"야, 어디까지 가게? 나 공부하고 있었거든?"

"어차피 공부도 안 될 거 아냐?"

그랬다. 그제야 재경은 윤영이 왜 찾아왔는지 알 것 같았다. 그 부분에 대해서 이야기하고 싶지 않기에, 재경은 그냥 입을 다물었다.

택시를 탔고, 윤영은 택시 기사에게 강남 쪽의 어딘가로 가 달라고 말했다. 안 그래도 강남 쪽은 차가 많은데, 주말이라 길이 더 막혔다. 한참이 지나서야 강남역에 도착했고, 택시비도 많이 나왔지만 윤영이 지불했다.

"얼마나 대단한 삼겹살이기에 강남까지 와?"

분위기를 바꿔 보려고 말했지만, 윤영의 표정은 그리 달라지지 않았다. 낯선 골목을 걸어 구석에 있는 허름한 가게로 들어갔다. 일부러 찾아올 만큼 맛있는 가게일까 싶었는데, 나온 두툼한 삼겹살은 고기질이 좋아 보였다.

치직—

달궈진 불판에 고기를 올리자, 맛있는 소리가 났다. 입맛이 없었는데, 고기가 고소한 냄새를 풍기며 익어 가는 걸 보니 허기가 졌다.

노릇노릇하게 구운 삼겹살을 자르고, 김치를 올려 돼지기름과 같이 굽는 동안, 윤영은 말이 없었다.

삼겹살이 다 익었을 때, 공깃밥과 된장찌개가 나왔다.

"먹자. 다 익었다."

재경이 젓가락으로 삼겹살을 한 조각 집으며 말했다.

"응, 먹자."

삼겹살은 맛있었고, 김치도 잘 익어서 밥과 함께 먹으니 입맛이 돌았다. 된장찌개에는 게 다리 하나가 들어가 있어서, 국물이 진했다.

입맛이 없었던 게 거짓말인 것처럼, 재경은 맛있게 고기를 먹었다. 윤영은 그 모습을 물끄러미 지켜보았다.

윤영이 제대로 안 먹는 바람에, 재경이 2인분을 거의 다 먹었다.

"으아, 배 터지겠네. 이렇게 많이 먹은 거 진짜 오랜만인 것 같아."

밥을 먹었더니 기분이 한결 나아졌다.

"여기 진짜 맛있다. 다음에 또 오자."

"재경아."

"응?"

"여기였어."

"뭐가?"

"옛 시간에서 나루와 지후가 결혼 발표를 했던 곳."

심장이 덜컥 내려앉는 기분이었다.

재경은 무슨 대답을 해야 좋을지 몰라 가만히 윤영을 응시했다.

"옛 시간에서 그 나루는 여기, 이 자리에 앉아 프러포즈를 받았다고 말했어. 그리고 그날 밤, 지후랑 나루가 돌아가고 나서 너는 나한테 술 한잔 더 하자고 했지."

"……."

"그날 너는 말했어. 아주 오랫동안 나루를 사랑해 왔노라고. 아무에게도 말하지 못했던 그 감정을, 나한테 처음으로 말했어."

재경의 표정이 굳어졌다.

"그런 얘기를 왜 해?"

의도한 건 아니지만 퉁명스러운 목소리가 튀어나왔다.

"어차피 옛 시간의 일이잖아. 그 성재경은 내가 아니야. 이 시간과 옛 시간은 다르고, 존재하는 사람들도 감정들도 달라. 여긴 우리의 시간이고, 우리의 세계야. 너도 그렇고 지후랑 나루도 그렇고, 왜 그렇게 옛 시간에 얽매이는 거야?"

방어적으로 말이 빨라졌다. 윤영은 가만히 앉아 재경의 격한 발언을 듣고 있었다. 윤영은 저토록 담담한데, 혼자 흥분하는 자신이 바보 같았다. 그래서 재경은 입을 다물었다.

무거운 침묵이 내려앉았다.

"걱정이 됐어."

한참 시간이 지난 후, 윤영이 입을 열었다.

"오늘 나루가 지후에게 프러포즈를 하겠다고 했잖아. 그래서 네가 괜찮을지 걱정됐어."

"나는 괜찮아!"

큰 목소리가 튀어나왔다.

"나는 괜찮다고. 나루랑 지후는 시간을 돌아오면서까지 서로를 지키려고 할 정도로 인연이야. 그런 둘 사이에 끼어들 생각 없고, 미련 떨고 싶지도 않아. 오히려 축하하고 있어. 내 좋은 친구 두 명이 사랑을 한다니까, 그 결실을 맺겠다고 하니까, 아주…… 아주……."

볼을 타고 흐르는 뜨거운 눈물을 뒤늦게 깨달았다.

재경은 고개를 숙이고 주먹을 꽉 쥐었다. 바보 같은 모습을 보이고 말았다. 의연한 척하려고 했는데. 친구의 행복을 빌어주는 멋진 친구의 역할을 하려고 했는데.

사실은 아팠다.

─*내일 지후한테 프러포즈를 하려고.*

어제 저녁 만난 나루는, 윤영과 재경, 명진에게 그렇게 말했다.

—10년 후, 지후가 죽을지 안 죽을지는 모르겠어. 내가 죽을지, 안 죽을지도 모르겠고. 그래서 이 10년, 아주 농밀하게 사용해 보려고.

일부러 선포하듯 말한 이유는, 아마도 재경 때문일 것이다.
나 지후한테 프러포즈 할 거야.
그러니까 이제 그만 나한테서 마음을 접도록 해, 재경아.
나루는 그렇게 말하고 싶었을 것이다. 재경은 접어야 한다는 걸 알고 있었고, 그렇기에 있는 힘껏 사랑하지 않으려고 노력했다. 하지만 쉽지 않았다. 사랑은 내가 노력한다고 사라지는 감정이 아니었다. 적어도 겉으로 드러내지는 않고 있다고 생각했는데, 아니었나 보다. 이 마음을 고스란히 밖으로 내비치고 있었나 보다.
나루에 이어, 윤영까지 이러는 걸 보면.
재경은 입 안이 썼다. 몇 번이나 대차게 차였으면서도 마음을 접지 못하는 자신이 한심스러웠다.
"사람을 사랑하는 건 나쁜 게 아니야."
재경의 마음을 읽은 듯, 윤영이 말했다.
"친구의 연인을 사랑하게 되어 버린 것도, 나쁜 건 아냐. 그저 곤란한 일인 거지. 나는 네가 나쁘다고 생각 안 해. 네가 잘못되었다는 생각도 안 하고. 어쩌겠어. 사랑하게 되어 버린걸."

윤영의 목소리는 단조로웠으나, 재경을 향한 걱정과 위로가 가득 담겨 있었다.

"오늘따라 유독 곤란한 기분일 것 같아서."

윤영이 재경의 바로 옆으로 자리를 옮겼다. 윤영은 재경의 허벅지 위에 살며시 손을 얹었다.

"같이 있어 주고 싶었어. 그뿐이야."

다정한 위로가 재경의 가슴에 내려앉았다. 소복소복 쌓인 우아한 하얀빛 위로에, 찢긴 심장이 아주 조금쯤은 아문 기분이었다.

재경은 고개를 숙인 채로 말했다.

"고마워. 나, 오늘 정말 곤란한 기분이었거든."

* * *

비슷한 듯 다르게, 시간은 흘러갔다. 기억에 있는 사건이 벌어지기도 하고, 벌어지지 않기도 했다.

지후가 제대를 하고, 나루는 졸업을 했다. 나루는 대학원에 들어가고, 재경은 의대에 편입했다. 윤영은 회사원이 되었고, 명진은 프리랜서 사진작가로 활동하게 되었다.

지후가 졸업하던 해에, 나루와 지후는 양가 부모님께 인사를 드리러 갔다.

"결혼을 전제로 사귀고 있습니다."

양가 부모님은 놀라면서도 한편으로는 예상한 듯 고개를 끄덕였다.

나루의 아버지는,

"너무 빠른 게 아닌가?"

라고 우려했지만,

"딱 적당해요."

나루의 말에 결국은 허락을 해 주는 수밖에 없었다.

"우리 딸, 잘 부탁하네."

나루의 아버지는 옛 시간에서와 같은 표정으로 같은 말을 하며, 지후의 손을 꼭 붙잡았다.

이 시간으로 돌아온 지 한참이 흘렀지만, 옛 시간과 같은 장면을 목격할 때마다 아릿한 그리움이 밀려들었다. 흐릿한 배경으로 존재하는 옛 시간은, 이 시간에서 같은 사건을 마주할 때마다 또렷한 색채를 지니고 튀어나왔다.

"돈은 있어? 둘 다 사회생활 시작한 지 얼마 안 됐잖아."

내년 봄으로 결혼 날짜를 잡고, 친구들을 만나 이야기할 때 윤영이 물었다.

"응, 주식을 좀."

지후가 대답했다. 나루도 몰랐던 사실이기에 눈을 동그랗게 뜨고 지후를 돌아봤다.

"대학 다닐 때 모아 둔 돈으로 간간이 주식 투자를 했었어. 어떤 기업이 성공할지 아니까."

"우와, 그런 걸 다 기억해?"

"응, 나는 머리가 좋잖아."

지후가 자기 관자놀이를 톡톡 두드리며 말했다.

"나도 머리 좋거든?"

나루의 말에, 명진이 중얼거렸다.

"웃기고 있네."

"나 과 수석이었다고."

"과 수석이면 뭘 하냐? 중요한 건 하나도 기억 못 하는데. 지후에 대한 것도 기억을 못 해, 어떤 회사가 성공할지도 기억을 못 해. 대체 그 머리는 왜 달고 다니는 거냐?"

"너, 내 예비 와이프한테 말이 심하다."

지후의 말에, 명진이 콧등을 찡그렸다.

"지금 네 편 들어주고 있는 거거든?"

"관둬. 쟤들은 그냥 지들 세상에서만 사니까."

윤영이 고개를 절레절레 저었다.

"그러고 보면 참 신기해. 대학 수업 처음 들어가던 날, 나루가 무시무시한 표정으로 내 뒤를 따라 나오던 일이 엊그제 같은데."

그런 일도 있었다.

"나루한테 처음으로 시간을 돌아왔다는 말을 듣고 어안이 벙벙했었고, 지후를 사랑하지 않기로 했다고 우는 걸 보고 안타깝

세상에서 제일 행복한 사람 229

기도 했고…… 그런데 이렇게 결혼을 한다고 하니까 감회가 새롭다, 야."

"그러게. 감회가 새롭긴 한데, 네 헤어스타일은 왜 그때 그대로니?"

윤영이 지적했다. 명진의 헤어는 여전히 레게 스타일이었다.

"안 그래도 슬슬 바꿔 볼까 하고. 추천 헤어 있냐?"

"단정하게 한번 해 봐. 네 단정한 머리는 어떨지 되게 궁금하다."

"그러고 보니 진짜 명진이 단정한 머리를 본 적이 없네. 태어날 때부터 레게 스타일이었던 것만 같아."

나루가 윤영을 거들었다.

"흐응. 좋아, 그럼. 너네 결혼식 때 기념으로 단정하게 등장해 줄게. 너무 단정해서 심장 멎을지도 모르니까 마음의 준비 단단히들 하셔."

"놀고 있네. 뭐 얼마나 대단한 인물이 나셨다고."

윤영이 비아냥거렸다.

"그나저나 오늘도 재경이는 바쁜가 보네."

재경은 의대를 다니는 중이었고, 의대 공부는 바빠서 옛날처럼 어울리기 힘들었다. 오늘도 늦게라도 올 수 있으면 연락하겠다고 했지만, 밤 10시가 되었는데도 연락이 없었다.

"요새 진짜 바쁜가 보더라고. 의대는 공부할 게 진짜 많은가 봐."

나루가 아쉽다는 듯 말하자, 윤영이 대답했다. 나루는 그런 윤영을 빤히 응시하다가 옅은 미소를 지었다.

"그래, 그렇구나."

"뭐야, 연나루. 왜 그렇게 웃어?"

"응? 내가 뭘?"

"뭔가 의미심장하게 웃었잖아."

"의미심장하게 웃긴. 그런 거 아냐."

 윤영은 눈을 가늘게 뜨고 나루를 응시하다가 백을 들었다.

"아무튼 늦었으니까 다들 일어나자. 지후랑 나루. 결혼 진짜 축하하고 결혼 준비하는 거, 나한테 일일이 보고하도록 해. 아주 세세히게."

"어이구, 무서워라."

 지후가 중얼거렸지만 윤영은 무시했다. 커피숍 밖으로 나와 지후와 나루는 택시를 타고 먼저 떠났고, 명진은 차를 지하에 세워 뒀다고 했다.

"데려다줄까?"

 엘리베이터 버튼을 누르고, 명진이 물었다.

"아냐, 괜찮아. 운전 조심해서 해."

"네, 네. 조심히 들어가라. 집에 가면 연락하고."

"넌 의외로 세심하더라?"

"그 얘기, 예전에 나루한테도 들었는데."

 명진이 씩 웃으며 엘리베이터에 올랐다. 닫히는 문 사이로, 명진이 손을 흔드는 모습이 보였다. 엘리베이터 문이 닫힌 후에, 윤영은 건물 밖으로 나와 대학교 쪽으로 걷기 시작했다.
걷기에는 조금 먼 거리였지만, 윤영은 산책하는 걸 좋아했다.
천천히 걷다 보니 어느새 대학교 정문에 도착했고, 윤영은 자연스럽게 의과대로 향했다. 의과대 앞 벤치에 앉은 윤영은 재경에게 문자를 보냈다.

[나, 건물 앞이야.]

재경이 문자를 언제 확인할지 알 수 없기에, 윤영은 백에서 책을 꺼내 들었다. 벤치 옆 가로등의 불빛으로 책을 읽으며 재경을 기다렸다.
얼마나 지났을까. 누군가 옆에 앉는 느낌이 들어, 책에서 눈을 떼었다.
재경이 옆에 앉아 다리를 꼬고 있었다. 늘 느끼는 거지만, 가로등 불빛 아래에서 보는 재경의 얼굴은 평소와 다르게 느껴졌다. 빛이 만들어 낸 굴곡이 깊어, 화려하기만 한 얼굴이 농후하고 진지하게 변했다. 그런 재경의 옆모습을 보는 것이, 윤영의 최근 즐거움이었다. 나루에게도 말하지 못한 즐거움.
아까 나루가 의미심장한 미소를 지었을 때는 깜짝 놀랐다.
이 마음을 들킨 것만 같아서.
매일 이유를 붙여 재경에게 연락하고 있다는 걸 들킨 것만 같아서.

"안 피곤해?"

재경이 다리를 꼰 자세로 윤영을 돌아보며 물었다.

"응, 괜찮아. 나보단 네가 더 피곤해 보이네."

"나야, 뭐."

재경이 어깨를 으쓱했다. 제대로 잠을 못 자는지, 재경의 눈가가 그늘져 있었다.

"오늘 재미있었어?"

"재미있었지. 늘 그렇듯이."

"진짜 가고 싶었는데. 으아, 나도 놀러가고 싶다아!"

재경이 고개를 들며 외쳤다. 바람이 재경의 곱슬거리는 머리카락을 스치고 지나가는 것을, 윤영은 황홀한 눈으로 지켜봤다.

그랬다. 별거 아닌 그 장면이 황홀하게 느껴질 만큼, 윤영은 재경을 좋아하고 있었다.

언제부터였을까. 답을 말하라고 하면 '처음에는 아니야.'라는 대답밖에 할 수 없었다.

처음에는 아니었다. 그때는 지후를 좋아했으니까. 재경의 얼굴이 아무리 예뻐도, 멋져도, 시선이 안 갈 만큼 지후를 좋아했으니까.

'두 번째도 아냐.'

나루에 대한 마음을 정리하고, 지후에 대한 감정이 사라진 후에도 아니었다.

그때는 그저 재경이 안쓰러울 뿐이었다.

옛 시간에서의 재경을 보았기에, 나루를 사랑한다고 힘겹게 고백하던 재경을 알았기에, 안쓰럽고 안타까워 더 챙겨 주고 싶다는 마음만 있었다.

재경도 자주 연락하는 윤영의 마음을 그렇게 받아들인 듯, 바쁜 와중에도 윤영과는 통화를 하고 문자를 주고받았다.

거의 매일 연락을 하고, 하루 일과를 주고받는 동안, 어느새 재경을 향한 마음이 서글픈 인디핑크로 변해 버렸다.

어느 순간 정신을 차리니, 재경을 좋아하고 있었다.

'이 감정을 말할 수는 없어.'

재경은 나루를 사랑한다. 옛 시간에서 그랬듯, 나루가 지후와 약혼을 하든, 결혼을 하든, 한결같이 나루를 사랑할 것이다.

재경이 윤영을 상대해 주는 이유는 딱 하나. 윤영이 재경을 안타까워하기에, 윤영이 재경을 위로하려 하기에. 만약 윤영이 자신을 좋아한다는 걸 알게 되면, 재경은 다른 여자들에게 그렇듯 냉정하게 잘라낼 것이 분명했다.

옛 시간에서와 다른 점이 있다면, 재경이 여자들에게 철벽을 친다는 것이었다.

이 시간의 재경은 마음에도 없는 말로 여자들을 설레게 하지도 않고, 적당히 받아 줘서 희망을 품게 만들지도 않았다.

그래서 윤영은, 이 감정을 그저 가슴에 품고 있기로 했다. 지후를 사랑했던 마음도 시간이 흐르자 추억으로 남은 것처럼, 재경을 향한 마음 또한 그러하리라 믿으면서.

'두 번째니까 쉬울 거야.'

이제는 어리지 않으니까, 갓 스무 살이 되었을 때보다는 감정을 잘 통제할 수 있게 되었으니까.

'잘 흘러보낼 수 있겠지.'

윤영은 미소를 지으며 재경의 어깨를 두드렸다.

"조금만 더 참아. 언젠가는 너도 쉴 날이 오겠지."

"언젠가라니…… 대체 언제?"

"글쎄. 먼 훗날?"

"죽을 때쯤?"

눈초리를 내리고 묻는 재경의 모습에, 윤영이 아하하 웃었다.

"웃지 마. 얄미운 녀석."

"그렇게 부러우면, 너도 의대 때려치우고 나처럼 회사에 취직하든가."

"회사 일은 쉽냐, 뭐. 그리고 난 하고 싶은 게 있어서 진학한 거니까."

"내년엔 군대 가?"

"응, 의무병으로 가게 될 거야."

"힘들겠네."

"다들 가는 군대인데, 뭐. 나루랑 지후는? 부모님 허락받았대?"

재경이 먼저 두 사람의 결혼 이야기를 꺼냈다.

"응, 받았대. 지후는 주식으로 돈 좀 벌었다더라."

"호오, 그래? 그런 좋은 건수가 있으면 나도 좀 알려 줄 것이지."

"됐어, 주식은 안 하는 게 나아."

"하긴. 그런 거 할 돈도 없다, 나는."

재경이 한숨을 푹 쉬었다.

"괜찮아?"

"괜찮아. 아껴 쓰면 그럭저럭 버틸 만해."

"아니, 그거 말고. 나루랑 지후, 결혼."

"아."

재경이 빙그레 웃었다.

"글쎄. 안 괜찮으면 결혼식장에 난입해서, 이 결혼 반대한다, 소란이나 피워 볼까?"

"그래, 한번 해 봐. 나루가 널 선택해 줄지는 모르겠지만."

농담이 분명했기에, 윤영도 농담으로 대응했다. 재경이 웃었고, 그 웃음소리가 예상보다 슬프게 들리지 않아서 안도했다.

재경이 얼른 나루를 향한 마음을 정리했으면 좋겠다고, 옛 시간에는 못 해낸 그 일을 이 시간에서는 해냈으면 좋겠다고, 윤영은 생각했다.

재경이 자신을 사랑해 주었으면 하는 욕심 때문이 아니라, 옛 시간에서처럼 쓸쓸한 미소를 짓는 재경을 보고 싶지 않기 때문이었다.

이 시간의 재경은, 언젠가 좋은 여자를 만나 지후 못지않게 행복한 미소를 짓게 되기를 진심으로 바랐다.

그것이 내가 아니더라도, 축하할 마음의 준비가 되어 있었다.

'나도 많이 컸네.'

윤영은 스스로를 자랑스럽게 여기며 일어났다.

"네가 괜찮으면 됐어. 그만 들어가 봐."

"벌써 가게?"

재경이 벤치에 앉은 채 고개를 들며 물었다. 윤영은 재경의 앞에 서서 검지로 재경의 이마를 쿡 눌렀다.

"버림받은 개 같은 표정 짓지 마. 마음 약해지니까."

"개 같다니. 강아지 정도로 해 주면 안 되냐?"

"넌 다 컸잖아."

재경이 웃챠, 하며 일어났다.

"가자. 역까지는 데려다줄게."

"괜찮아. 애도 아니고."

"여자잖아."

재경의 말에 심장이 두근, 뛰었다. 친구를 향한 배려의 말이라는 걸 알면서도 때때로 이렇게 두근거리는 심장이 바보 같았다.

뛰지 마라, 심장아. 네가 뛰는 소리를 재경이한테 들키면 안 돼.

윤영은 재경이 눈치채지 못하도록 작게 숨을 몰아쉬었다.

세상에서 제일 행복한 사람

* * *

나루의 집 근처에 있는 펍은 어둡고 조용한 편이었다. 감미로운 재즈 선율에, 사람들의 대화 소리가 적당히 섞여 분위기가 좋았다.

평소에는 바에 앉아 마시지만, 오늘은 특별히 구석에 자리를 잡았다. 칵테일 두 잔과 마른안주를 시키고, 나루와 지후는 소곤소곤 미래의 계획을 세웠다.

늘 지나가는 말처럼 결혼 후에는 이러자, 저러자 많이 이야기했지만, 공식적으로 결론을 내린 것은 없었다.

내년 봄까지는 6개월이 조금 넘게 남았다.

"집은 어디로 할까? 나, 옛 시간에서 살았던 집은 피하고 싶어."

옛 시간에 살았던 집. 지후와의 추억이 잔뜩 있을 텐데도, 그 집을 떠올리면 지후의 죽음에 슬퍼하며 절규하던 일만 생각났다.

최근 몇 년간, 행복하고 평범한 나날이 이어졌지만, 그렇다고 아주 마음을 놓은 것은 아니었다.

나루는 여전히 긴장하고 경계했고, 내 몸을, 그리고 지후를 지키기 위한 호신술도 계속 배우는 중이었다. 친구들은 막상 위험한 순간이 닥치면 호신술은 써 보지도 못할 거라고 했지만, 나루는 지푸라기라도 잡고 싶었다.

"그럼 대학원 근처로 잡을까?"

지후의 제안에 나루가 고개를 저었다.

"아니, 너네 회사 근처로 잡자. 네가 출퇴근하기 편하게."

"KOB랑 멀리 떨어져 있는데, 괜찮겠어?"

나루는 아직 KOB에 입사하지 않았지만, 내후년쯤부터는 그곳의 연구원이 될 터였다.

"응, 괜찮아. 테라스가 있는 집으로 구해 보자. 애들 불러서 고기도 구워 먹고, 술도 마시고 그럴 수 있게."

"그래, 슬슬 발품 팔아 봐야겠네."

신혼여행은 여기로, 드레스는 이런 느낌으로, 가구는 이렇게, 침대는 저렇게. 휴대폰으로 검색을 하며 하나, 하나 정해 나갔다.

"아이는 어쩔까?"

지후의 질문에 나루가 눈을 동그랗게 떴다.

"아이."

그 문제는 옛 시간에서 지후에게 프러포즈를 받았을 때도 구체적으로 생각해 본 적이 없었다.

"아이, 그러게. 아이. 아이 문제가 있구나."

큰 문제였다. 아이를 갖고 싶지 않은 건 아니었다. 결혼을 한다면 언젠가 아이를 낳게 될 거라고, 막연히 생각해 왔을 뿐이었다.

하지만 이 시간에서는 다른 계획이 필요했다. 다른 상황이니까.

"아이는…… 더 고민해 보자, 우리."

깊은 고민이 필요한 문제였다.

옛 시간에서 지후는 32살에 죽었다. 이 시간에서도 그런 일이 벌어질지도 모른다. 혹은 나루가 죽을 수도 있었다.

"널 닮은 아이가 있으면 좋을 거야. 하지만 만약 우리 둘 중 누군가에게 문제가 생길 수도 있잖아. 그러면……."

"한쪽 부모가 없는 아이가 되겠지. 그게 그렇게 큰 문제가 되나?"

"큰 문제는 아냐. 하지만 만약…… 그래, 네가 32살 때 죽지 않고 살아남더라도, 그 이후에 무슨 일이 생길지는 우리 둘 다 모르잖아. 그 이후의 일은 경험해 보지 못했으니까. 만약 나한테 계속 위험이 따라다니면? 날 죽이려는 단체가, 사람이, 최 교수님 말고도 있다면?"

그러면 아이까지 위험해질지도 모른다.

"아이는 우리의 문제가 해결된 후에, 다시 계획을 세우는 게 좋을 것 같아. 미안해, 지후야."

나 때문에 이런 일이 생겼다.

내가 하지 않아도 될 연구를 해 버려서.

발견하지 말아야 할 것을 발견해 버려서.

지후가 빙그레 웃으며 나루의 머리를 토닥토닥 두드렸다.

"우리의 신혼 생활이 길어지겠네. 더 잘됐는걸."

이런 상황에서도 잘되었다 말해 주는 지후가 좋았다.

* * *

 결혼식은 차근차근 진행되었다. 큰 트러블도, 다툼도 없이 결혼식을 하는 날이 되었다. 날씨가 좋은 날이었다. 벚꽃이 만개해, 결혼식장으로 가는 길이 아름다웠다.
 '기분 되게 이상하네.'
 신부 대기실에 앉아, 찾아온 하객들에게 인사를 하며 나루는 생각했다.
 '내가 20대에 유부녀가 되다니!'
 옛 시간에서 27살 때는 결혼 생각을 하지 않고 있었다. 언젠가 지후와 결혼하게 되겠지만, 아주 먼 훗날의 일이라 구체적으로 띠올려 본 적이 없었다.
 그런데 이 시간, 나루는 27살에 유부녀가 된다.
 "이제 몇 시간 후면 유부녀가 돼. 후회 안 하겠어? 네 인생이 너무 아깝지 않아?"
 윤영이 장난조로 물었다. 나루가 웃었다.
 "조금 아까울지도."
 "아하하하. 너 정말 예쁘다."
 "그래? 화장 괜찮아? 이렇게 진하게 해 본 게 처음이라 이상하게 보이던데."
 "하나도 안 이상해. 정말 예뻐."

A라인 웨딩드레스를 입은 나루는 눈부시게 아름다웠다. 그때, 입구 쪽을 보던 나루가 갑자기 웃음을 터뜨렸다. 왜 그런가 싶어 시선을 돌린 윤영도 나루처럼 웃고 말았다.

신부 대기실로 들어오던 명진이 머쓱한 표정으로 투덜거렸다.

"아, 왜? 사람 얼굴 보자마자 웃는 건 어느 나라 예의야?"

나루와 윤영은 웃느라 명진의 볼멘소리에 대답하지 못했다. 이윽고 힘겹게 웃음을 멈춘 나루가 말했다.

"너, 진짜 우와. 우와. 우와, 신기해."

"그러게. 진짜 우와다."

명진은 예고한 대로, 헤어스타일을 바꾸고 왔다. 목선이 보이도록 단정하게 자른 머리를, 왁스를 발라 살짝 뒤로 넘기고 검은색 정장까지 차려입은 명진은 완전히 다른 사람처럼 보였다. 험악한 인상이라고만 생각했는데, 헤어스타일을 바꾸니 의외로 순한 느낌도 풍겼다.

"야, 진작 좀 이렇게 하고 다니지. 훨씬 낫다."

윤영이 명진의 어깨를 툭 치며 말했다.

"그러냐? 영 어색한데."

"아냐, 진짜 훨씬 나아. 우와, 근데…… 푸하하하하! 아, 너무 웃겨."

"아, 훨씬 낫다면서 왜 그리 웃어? 진짜 어이가 없네. 됐다, 난 나갈래."

"가긴 어딜 가. 나루랑 사진 한 장 찍고 가. 윤명진 단정 기념 샷."

"응, 찍고 가."

나루가 손을 내밀었다. 명진은 잠시 망설이다가 나루의 옆으로 향했다.

"아, 이런 머리로 사진 남기기 싫은데."

"앞으로도 이러고 좀 다니라고."

나루의 옆에서 어색하게 웃는 명진을, 윤영이 카메라로 찍어 주었다. 사진을 찍고 나서, 명진이 나루에게 말했다.

"너, 정말 예쁘다."

"그래?"

"응, 행복해 보여."

"행복해. 정말."

명진은 새삼스러운 기분으로 나루를 응시했다. 오래전, 명진의 옆에서 서럽게 울던 나루를, 명진은 똑똑히 기억하고 있었다. 지후를 사랑하지만 말할 수 없어 괴로워하던 그녀의 모습이 명진의 가슴에 새겨져 있었다.

다행이다.

나루가 이렇게 웃어서.

이제 이 미소가 슬픈 추억을 밀어내고 이 가슴에 자리 잡을 것이다.

나루의 머리를 쓰다듬어 주려다가,

"어디서 신부 머리를 함부로 만져! 머리 망가져!"

윤영의 호통에 손을 거뒀다.

"아, 진짜 무서워 죽겠네."

명진은 투덜거리며 신부 대기실을 나갔다. 그리고 명진과 배턴 터치를 하듯, 재경이 신부 대기실로 들어왔다. 웨딩드레스를 입은 나루의 모습에, 재경은 잠시 멈칫했다가 빙그레 미소를 짓고는 나루의 앞으로 왔다.

"예쁘다."

나루가 미소를 지었다.

"응, 고마워."

나루와 재경의 시선이 마주쳤다. 둘 다 말은 없지만, 그 짧은 눈빛 교환으로 아주 많은 대화를 나누는 것처럼 보였다.

윤영은 둘 사이에 끼어들 수 없어서, 잠자코 둘의 모습을 지켜봤다. 질투조차 나지 않았다. 나루만을 향한 재경의 마음은 너무도 당연한 것이니까. 성재경은 앞으로도 쭉 연나루만을 사랑하리라는 걸, 알고 있었으니까.

"사진이나 찍고 나가야겠다."

소리 없는 대화를 주고받은 후, 재경이 말했다.

"그래, 거기 서 봐."

윤영이 카메라를 들며 말하자, 재경이 윤영의 손에서 카메라를 빼앗아 들었다.

"미루야. 사진 좀 찍어 줄래?"

재경이 마침 신부 대기실로 들어오던 미루에게 카메라를 내밀며 부탁했다.

"응, 형."

미루가 카메라를 받아 들었고, 재경은 이게 무슨 일인가 싶어 멍하니 서 있는 윤영의 손목을 잡아끌어 자신의 옆에 세웠다.

"찍습니다."

카메라를 눈에 댄 미루가 말하는 순간, 재경이 윤영의 어깨에 팔을 둘렀다.

찰칵—

카메라 셔터 소리가 울렸다.

윤영은 당황했다. 재경이 어깨에 팔을 두르는 순간 지은 그 표정이, 사진에 고스란히 담겼을 것이다.

망했다.

윤영은 미루에게 카메라를 받아 사진을 지우려고 했다. 하지만 그전에 재경이 먼저 카메라를 가져가 사진을 확인했다.

"잘 나왔다. 이거 지우지 말고 꼭 보내 줘."

"어? 아, 응."

윤영은 얼떨떨한 기분으로 카메라를 받아 들었다.

"그럼 이따 보자."

재경이 나간 후, 윤영은 나루와 미루가 대화하는 동안 사진을 확인했다. 환하게 웃고 있는 나루와 재경, 그리고 재경에게 안기듯 서서 살짝 입술을 벌린 윤영.

'이게 뭐야?'

바보 같은 표정이었다.

'이게 뭐가 잘 나왔다는 거야?'

울고 싶어졌다. 놀림을 받는 기분이 들었다.

그때, 윤영의 어깨 너머로 사진을 확인한 미루가 말했다.

"오, 윤영 누나. 예쁘게 나왔다."

윤영은 황급히 카메라를 아래로 내리며 생각했다.

'이게 뭐가 예뻐?'

* * *

결혼식이 시작되었다. 명진과 재경, 윤영은 나란히 앉아서 결혼식을 지켜봤다.

지후의 고등학교 친구의 사회로 결혼식이 진행되는 동안, 윤영은 재경을 흘끔흘끔 쳐다봤다. 재경은 꼼짝도 하지 않고 앉아서 결혼식을 지켜보고 있었다.

괜찮을까? 마음이 너무 아프지는 않을까? 사랑하는 여자의 결혼식을 보는 게 힘들지는 않을까?

입가에 옅은 미소를 띤 재경의 얼굴만 봐서는, 그가 어떤 생각, 어떤 감정을 품고 있는지 알 수 없었다.

이윽고 결혼식이 끝났고, 신랑과 신부가 팔짱을 끼고 걸어 나갔다. 사람들은 일어나서 손뼉을 치며 지후와 나루가 나가는 모습을 지켜봤고, 재경 또한 그랬다.

 문득 재경이 입을 열었다.

 "괜찮아."

 작은 목소리라 명진에게는 들리지 않았을 것이다. 윤영이 들을 수 있었던 이유는, 재경의 얼굴을 뚫어져라 보고 있어서 입술 모양을 읽었기 때문이었다.

 "정말 괜찮아."

 재경이 천천히 고개를 돌렸다. 다갈색 눈동자가 윤영을 똑바로 향하고 있었다. 재경은 윤영을 향해 빙그레 미소를 지어 주고는 다시 정면으로 고개를 돌렸다.

 윤영의 심장이 아프도록 뛰었다

 나루와 지후는 길다면 길고 짧다면 짧은 연인 생활을 끝내고, 부부가 되었다.

*　　*　　*

 결혼을 했다고 많은 것이 변하지는 않았다. 아이가 없어서인지, 특수한 상황 때문인지, 나루와 지후는 여전히 연인 때처럼 알콩달콩하게 지냈다. 때때로 여행을 가고, 친구들을 만나기도 하면서, 하루하루가 흘러갔다.

 나루는 대학원을 졸업하고 옛 시간에서처럼 KOB에 연구원으로 취직했고, 지후는 해외 출장이 잦은 외국계 기업에서 대리로 승진했다.

재경은 국가고시에 합격해 수련의가 되었고, 윤영은 첫 회사를 그만두고 다른 회사로 이직했다.

명진은 꽤 유명한 포토그래퍼가 되어서 종종 방송에 출연하기도 했는데, 그런 명진을 볼 때마다 나루는 감회가 새로웠다.

옛 시간에서는 모두의 기억에 남아 있지 않았던 명진이, 이 시간에서는 동기들을 만날 때마다,

"명진이 요새 잘나가더라."

"TV에도 나오면 연예인들도 많이 알겠지?"

"이럴 줄 알았으면 친하게 좀 지내둘걸."

회자되는 이름이 되었다.

나루와 지후가 30살이 되었을 땐 결국 이사를 하게 되었다.

옛 시간에서 나루가 살았던 집을, 지후의 누나인 지연이 사려고 했기 때문이었다.

"누나가 그 집을 사려고 해."

"그 집이라니?"

"옛 시간에서 네가 살았던 집."

"아……! 왜 갑자기?"

등골이 서늘해졌다.

"지금 누나가 전세로 사는 집의 계약이 끝나는데, 집주인이 전세금을 올려받으려고 하나 봐. 그래서 집을 구하는데…… 그 집

이 싸게 나왔대. 지금 누나 전세금으로 살 수 있을 만큼."

"그렇게 싼 집은 아니었는데."

"그러니까."

지후와 나루는 어두운 표정으로 서로를 마주 봤다. 굳이 말하지 않아도 서로가 무슨 생각을 하는지 알 수 있었다. 운명은, 그 집을 둘의 인생에 끼어 넣으려 하고 있었다.

"우리가 사자."

나루가 말했다.

"우리가 사야 할 것 같아."

지후가 고개를 끄덕였다.

"그래, 누나가 계약하기 전에 우리가 하는 게 낫겠다."

오래 기다릴 것도 없었다.

지후가 주식으로 꽤 많은 돈을 벌어서, 돈은 충분했다. 곧바로 부동산을 찾아가 집을 계약했다. 지연은 지후에게 크게 화를 냈지만, 원래 살던 집을 싸게 전세로 주겠다는 지후의 제안에 화를 풀었다.

그리하여 결국 그곳으로 이사를 했다.

"꿈에서 본 거랑 똑같아."

집들이를 하던 날, 윤영이 놀랍다는 듯 집을 둘러보며 말했다.

"이런 장식품들도 똑같고. 없는 것들도 몇 개 있지만."

윤영이 지후가 해외에 나갈 때마다 사 온 장식품을 가리키며 말했다.

"너, 기억력 진짜 좋다."

재경이 놀랍다는 듯 말했다.

"이상하게 꿈에서 본 게 현실보다 생생하거든. 이 집, 좀 불길하다. 조심해, 나루야."

"응, 그러려고."

이제 운명의 그날까지 2년이 남았다. 그날이 되기 전에, 이 집으로 이사를 하게 된 것이 일종의 경고처럼 느껴졌다.

모든 것이 예정대로 흘러가리라는 경고.

단 하나 희망이 있다면 명진의 존재였다. 명진은 살아남았다.

"걱정 마라."

집들이가 끝나고 집에 돌아가는 길, 배웅을 나온 지후와 나루에게 명진이 말했다.

"옛 시간에서랑은 달라. 이 집에 내가 왔잖아. 그때는 세상에 있지도 않았던 내가."

명진이 자기 가슴을 툭툭 두드렸다.

"분명 다를 거야."

달랐으면 좋겠다고, 나루는 간절히 소망했다.

* * *

평화로운 시간은 순식간에 흘러갔다. 운명의 그날이 되었을 때, 지후는 회사 일로 해외 출장을 갔다가 돌아오고 있었다.

옛 시간에서도 그랬다. 출장에서 돌아오는 지후를 위해 요리라도 할 생각에 집을 나섰고, 걸었고, 완만한 언덕길을 내려가고 있을 때에 그 일이 벌어졌다. 우연인지, 필연인지 지후도 그 길을 걸어 나루의 집으로 향하는 중이었다.

오랜만에 나루를 볼 생각에 걸음을 서두르던 지후는, 익숙한 그림자 하나와 그 뒤를 따라오는 그림자 하나를 발견했다. 위험하다, 고 생각했다. 그동안 나루를 향한 협박과 경고들이 떠올라, 위험하다는 생각에 지후의 몸이 먼저 움직였다.

나루의 뒤를 따라오던 사람이 나루를 향해 달려드는 순간, 지후의 육체가 나루와 상대방 사이에 놓였다.

차갑고 날카로운 것이 배를 쿡 찌르고 들어왔고, 찔린 부위가 화상을 입은 듯 뜨겁게 느껴졌고, 어마어마한 통증이 이어졌다. 얼굴을 확인하기도 전에 상대는 도망쳤고, 나루는 울었고, 지후는 생명이 서서히 빠져나가는 것을 느끼면서도 나루의 걱정뿐이었다.

저놈이 또다시 돌아오면 안 될 텐데.

나루가 위험해지면 안 될 텐데.

나는 이제 나루를 도와줄 힘이 없는데.

그래서 말했다.

"쉿."

나루가 잘 버텨 주었으면 해서, 살아남았으면 해서, 내가 없이도 울지 않고 살아갔으면 해서.

온 마음을 다해, 마지막 힘을 짜내서 말했다.

"싫."

그리고 나루는 울다가, 울다가 이 시간으로 돌아왔다.

'이 시간.'

나루는 나갈 준비를 끝내고 거울 앞에 섰다.

옛 시간과 이 시간이 비로소 겹쳐질 시기가 되었다. 바로 이 순간을 위해, 시간을 돌아왔고 다시 이날을 맞이하게 되었다.

길다면 길고 짧다면 짧은 12년이었다. 겪었던 적이 있는, 혹은 겪어 보지 못한 일들이 벌어졌고, 똑같은, 혹은 다른 사람들을 만났다.

기억과 같은 인생을 사는 사람들도 있고, 그렇지 않은 사람들도 있었다.

옛 시간에서 재경을 짝사랑하다가 선미와 싸우고 남자 친구와도 헤어졌던 지영은, 이 시간에서 선미와 여전히 잘 지내고 남자 친구는 지영의 남편이 되었다. 쌍둥이를 낳았고, 지금은 셋째를 임신 중이었다.

간혹 만나면,

"나 그때 잠깐 재경이한테 흔들렸었던 거 알아? 만약 그때 지금 남편이랑 헤어졌더라면 진짜 후회했을 거야. 재경이가 나랑 사귈 리도 없었고."

그런 이야기를 가볍게 주고받았다.

옛 시간에서 지영은 실제로 그랬다. 선미와 싸워서 얼굴도 안 보게 된 사이가 된 것도 후회하고, 다정다감했던 전 남자 친구를 잊지도 못했다.

선미는 대학 시절 사귀던 남자 친구와 헤어지고 지금은 다른 남자를 만나 결혼 준비를 하고 있었다.

최 교수는 여전히 식물인간 상태였다. 병원 측에서는 더 이상 가망이 없다고 했지만, 최 교수의 부인은 포기하지 않고 최 교수를 간호했다. 만만치 않은 유지비는 나루와 지후가 일정 부분 감당하고 있었다. 최 교수의 부인은 처음에 거절했지만, 저축한 돈을 다 사용하고 수입으로 감당할 수 없게 되자, 나루와 지후에게 도움을 청했다.

이미 나루를 향한 증오는 사라진 후였다.

—그래, 네가 뭘 잘못했겠니. 우리 애 아빠가 그만큼 널 살리고 싶어 했던 건데. 우리 애 아빠가 살린 목숨인데. 미워해선 안 되겠지.

윤영은 역시 돈이면 다 되는 거였다며 고깝게 생각했지만, 나루는 그렇지 않았다.

옛 시간에서 최 교수의 부인이 나루에게 보여 주었던 애정을, 나루는 똑똑히 기억하고 있었다. 이 시간은 분명 옛 시간과 다르지만, 그래도 나루가 걸었던 시간이었고 경험했던 일이었다.

아주 없었던 일로, 존재하지 않았던 마음으로 치부할 수는 없었다. 돈은 부족하지 않았다. 지후는 '주식을 조금.'이라고 말했지만, 조금 수준이 아니었다. 어느 기업이 성장할 줄 알기에, 지후는 적당한 때에 투자를 하고 적당한 때에 빠져나오기를 반복해 상당한 돈을 모았다.

―*어차피 이것도 우리가 32살이 될 때까지야. 그 후엔 어떻게 돌아갈지 모르니까.*

그리고 그 시기가 다가왔다. 출장을 가기 전, 지후는 주식을 다 팔아 치우고 이제는 알지 못할 미래에 대비했다.

―*만약에.*

떠나기 전, 지후는 현관문 앞에서 입을 열었다. 나루는 그의 말을 끊고 그에게 입을 맞췄다. 긴 키스를 한 후, 그를 똑바로 응시하며 말했다.

―*아니. 만약에는 없어. 너랑 나는 앞으로도 쭉 행복할 거니까.*

지후는 하고 싶은 말이 많은 듯했지만, 결국은 옅은 미소를 지으며 나루의 이마에 입을 맞췄다.

―*그래, 알겠어. 돌아와서 봐.*
―*응, 잘 다녀와.*

듣고 싶지 않았다. 그가 없는 미래를 가정하는 말 따위는. 그의 유언, 그의 마지막 말, 듣기 싫었다. 마지막은 오지 않을 테니까.

그런 말을 듣는 것조차 불길한 끝맺음을 예견하는 것 같아서, 나루는 듣지 않은 채 그를 보냈다.

'괜찮아. 잘할 수 있어.'

나루는 거울 앞에서 심호흡을 했다.

옛 시간의 32살 연나루와 이 시간의 32살 연나루는 다르다.

'꾸준히 노력했잖아. 호신술도 열심히 배웠고, 무슨 일이 벌어질지도 알고 있어. 그러니까 그때와는 다를 거야.'

사실은 몇 달 전부터 지후가 있어도 잠을 제대로 자지 못했다. 무섭고 두려웠다. 또다시 그 슬픔을 반복하게 될까 봐. 그가 죽었을 때 느꼈던 아픔과 슬픔을, 나루는 똑똑히 기억하고 있었다.

이 시간에서 12년이라는 시간을 보냈지만, 그때의 아픔은 조금도 사라지지 않았다.

그 기억만 떠올리면, 나루는 호흡하는 것조차 고통스러울 만큼 괴로웠다.

세상에서 제일 행복한 사람 255

'당사자인 지후는 더 무섭겠지.'

지후도 잠을 못 잔다는 걸, 나루는 알고 있었다. 최근 몇 달, 둘은 불면증을 서로에게 들키지 않기 위해 노력했지만, 사실은 알고 있는 채로 밤을 지새웠다.

'자, 이제 나가자.'

잘된다면 나루와 지후는 둘 다 살아남는다.

전과 같다면 지후는 죽는다.

전과 다르다면 나루가 죽는다.

결과는 셋 중 하나였다.

현관문을 여는 손이 차갑게 식어 있었다.

달각—

현관문이 열리는 소리가 총소리처럼 느껴졌다. 나루는 눈을 질끈 감았다가 떴다. 운명의 순간이 다가오는 건, 상상보다 훨씬 무서운 일이었다.

'명진이는 잘 버텼잖아.'

물론 담담하지는 못했지만, 그래도 이겨냈다.

'나도 할 수 있어.'

나루는 침착하기 위해 노력하며 집 밖으로 나왔다. 서늘한 밤공기가 나루를 에워쌌다. 어둠 뒤에 죽음이 웅크리고 있는 것만 같아서 몸이 떨렸다.

나루가 한 걸음 걸을 때마다 죽음이 히쭉 웃는 것만 같아, 등골이 서늘했다.

오늘 집 밖으로 나오는 것에 대해, 지후, 그리고 친구들과 한참 의견을 나눴었다. 그때와 똑같은 행동을 하는 게 좋을 것 같다는 결론이 나왔다.

명진 때에도, 명진은 밖으로 나가지 않으려 했지만 결국 나갈 상황이 생겼다. 예상치 못한 상황을 맞닥뜨리느니, 차라리 그때와 같은 행동을 해서 충분히 대비하는 것이 낫다는 의견이었다.

그리하여 나루는 걸었다. 죽음이 히죽 웃으며 기다리는 그 길을, 어둠 속을 지후는 걸었다. 그리고 정체 모를 한 남자 또한 나루의 뒤를 따라 걷고 있었다. 어둠을 걷는 지후와 나루와 한 남자.

옛 시간과 모든 것이 같았다. 다른 점이 하나 있다면.

'누가 따라오고 있어.'

나루가 뒤를 따라오는 남자의 존재를 의식하고 있다는 점이었다. 옛 시간에서는 지후에게 해 줄 요리를 생각하느라, 뒤에 누가 따라오는지도 모르고 있었다.

나루는 주먹을 꽉 쥐었다. 누가 언제 공격을 해 오든 피할 수 있도록, 만약 그 칼끝이 내가 아닌 다른 사람을 향하더라도 구할 수 있도록.

몇 번이나 머릿속을 시뮬레이션을 해 왔다.

그래서.

휙—!

남자가 덮쳐 오는 순간, 지후가 그 사이에 끼어들려는 그 순간.

지후를 밀어내고, 몸을 낮추고.

'주먹으로.'

사타구니를 가격했다.

"크아아악!"

상대가 비명을 질렀다.

그러나.

"젠장!"

쓰러지진 않았다.

상대의 손에 들린 칼이 다시 번쩍였다. 이후의 상황은 시뮬레이션하지 못했다. 사타구니를 가격하면 당연히 쓰러질 줄 알았는데.

나루의 눈이 커졌고, 지후가 몸을 일으키려 했고, 그 전에 남자가 나루를 향해 칼을 휘둘렀다.

나루는 팔을 들어 공격을 막아 냈다. 거리가 가까워서, 칼끝이 팔을 베었다.

사악—

팔에 화상을 입은 듯한 통증이 일어났다.

"웃!"

나루가 작게 신음하며 몸을 피하려고 하는데, 남자가 또 칼을 들어 올렸다.

'이건 못 피하겠어.'

짧은 순간, 나루는 생각했다.

'이 시간에서는 내가 죽는 걸까?'

은빛 칼날이 다가오는 속도가 아주 느리게 느껴졌다. 그 끝이 나루의 목을 향했고, 선뜩한 느낌이 드는 순간.

퍼억—!

둔탁한 소리가 울렸다.

스윽—

칼끝이 나루의 목덜미 피부를 베고 지나갔고.

털썩—

남자가 쓰러졌다.

나루는 눈을 휘둥그레 뜨고, 남자의 뒤에 서 있는 인영을 응시했다.

명진이었다.

명진은 손에 헬멧을 들고 있었다. 그 헬멧으로 남자의 뒤통수를 가격한 것 같았다. 그 모든 것이 아주 짧은 순간에 벌어진 일이었다.

"괜찮아?"

"나루야, 지후야!"

"어떻게 됐어? 나루, 괜찮은 거야?"

진공 상태에 있는 것처럼 느껴졌었는데, 귀에 익은 목소리들 덕분에 정신을 차릴 수 있었다.

"아……."

다리에서 힘이 쭉 빠졌다. 비틀거리는 나루를, 지후가 부축했다.

"나루야, 괜찮아?"

"나는, 나는 괜찮아."

"피가 나는데."

그제야 나루는 자신의 팔을 내려다봤다. 팔에서 피가 뚝뚝 떨어지고 있었다.

"구급차 부를게!"

윤영이 말했다. 나루는 명진과 재경, 윤영을 돌아봤다. 이 친구들은 언제 온 걸까? 어디에 숨어 있었던 걸까?

나루는 지후 쪽으로 고개를 돌렸다. 나루를 응시하고 있던 지후와 눈이 마주쳤다. 그의 기름한 눈매 안에 갇힌 눈동자는 여전히 생생하게 빛나고 있었다.

그때와 달랐다. 그때 지후의 눈동자는 빛을 잃었는데, 지금은 여전히 생생한 생명이 그 안에 담겨 있었다.

지후는 죽지 않았다. 그를 있는 힘껏 사랑했음에도, 그가 살아남았다. 눈물이 흐르는 걸 자각하지 못한 채, 나루는 손을 들어 그의 뺨을 어루만졌다. 손바닥에 그의 체온이 느껴졌다.

지후가 살아 있다. 운명의 그 순간이 지났음에도, 지후가 살아서 숨을 쉬고 있다.

"살아 있어."

잔뜩 갈라진 목소리가 흘러나왔다.

"그래, 살아 있어."

지후가 빙그레 웃었다.

나루는 조금 흐느꼈다. 그의 미소를 또다시 볼 수 있다는 게 기뻤다. 가슴이 터질 것만 같이 기뻐서, 행복해서, 울음을 멈출 수가 없었다.

"아, 살아 있어."

나루는 그의 가슴에 얼굴을 묻었다. 두근두근 뛰는 그의 심장 박동에 귀를 기울였다.

"살아 있어, 살아 있어."

그 말만 반복했다.

지후는 미소를 지은 채 나루의 머리를 쓰다듬었다.

"그래, 맞아. 난 살아 있어. 너도 살아 있고."

"응, 살아 있어. 나는 이제…… 아아, 나는 이제 볼 수 있는 거야. 33살의 너를, 40살의 너를."

"그래, 볼 수 있어."

"아아, 지후야."

아주 많은 기억들이 나루의 머릿속을 스치고 지나갔다. 그의 죽음. 오열. 시간을 돌아가서 20살의 그를 다시 보게 된 순간. 그를 사랑하지 않으려던 노력. 그 고독하고 외로웠던 시간. 그도 시간을 돌아왔다는 것을 알게 된 후에도, 벗어날 수 없었던 죽음에 대한 공포.

그 기나긴 공포와의 싸움이 끝났다.

12년 전과 달리, 나루는 살아 있는 지후의 품에 안겨 한참을 울었다. 그리고 12년 전과 달리, 재경과 윤영, 그리고 명진이 그 모습을 묵묵히 지켜보고 있었다.

* * *

구급차와 경찰차가 도착했다. 나루는 구급차에 실렸고, 지후가 따라서 병원으로 향했다. 명진과 윤영, 재경은 증언을 위해 경찰을 따라갔다. 팔의 상처는 깊었지만 목의 상처는 피부만 살짝 베었을 뿐이라, 나루의 생명에는 지장이 없었다.

입원할 필요도 없다고 했지만, 지후가 우겨서 하루는 입원하기로 했다. 지후는 침대 옆에 붙어 앉아, 나루의 손을 꼭 잡았다. 손으로 전해지는 그의 체온에 가슴이 벅찼다.

지후가 살아 있다. 옛 시간에서의 이 순간을, 나루는 똑똑히 기억하고 있었다. 그때, 지후는 더 이상 나루의 곁에 없었다.

"꿈같아."

나루가 말했다.

지후는 빙그레 웃었다.

"그러게."

"정말 꿈같아. 네가 살아서 내 손을 잡고 있다니."

"앞으로도 그럴 거야."

"응. 앞으로도 이 손 놓지 말아 줘."

"당연하지."

그동안 잠을 제대로 자지 못해 피곤이 몰려왔지만, 나루는 자고 싶지 않았다. 눈을 감았다 떴을 때, 이 모든 일이 꿈이었고, 또다시 혼자인 외로운 공간에 앉아 있을까 봐 무서웠다. 지후가 죽었던 날, 혼자서 돌아간 그 집의 서늘한 공기가 다시금 덮쳐올까 봐 두려웠다.

"명진이가 날 구했어."

"그래. 명진이가 널 구했지."

"저번에도 그렇고, 이번에도 그렇고. 명진이가 날 구했어."

"응."

"명진이가 그때 죽었더라면, 나도 죽었을 거야."

위험한 순간이었다. 목덜미에 느껴졌던 서늘한 감촉을 생각하면, 아직도 아찔했다.

"응, 아마도."

지후가 나루의 이마와 머리를 쓰다듬었다.

"좀 자. 잘 자야 빨리 낫지."

"무서워. 눈을 뜨면 네가 없을까 봐."

"무서워할 거 없어. 이제는 항상 네 옆에 있을 거니까."

"만약 이게 꿈이면 어쩌지? 눈을 떴는데, 난 다시 혼자가 되어 있으면 어쩌지?"

"그러지 않을 거야."

지후가 나루의 손을 들어 손등에 입을 맞췄다.

"이건 꿈이 아니고, 나는 늘 네 곁에 있을 거야. 앞으로 네가

세상에서 제일 행복한 사람

어디로 눈을 돌리든, 거기엔 내가 있을 거야."

"분신술이라도 익혔어?"

나루의 말에 지후가 후, 하고 웃었다. 바람이 부는 듯한 미소가 여전해서 안심했다. 점점 눈꺼풀이 무거워졌다.

"정말 내 옆에 있을 거야?"

"응."

"아무 데도 가지 마."

"응, 화장실도 안 갈게."

"너무 마려우면?"

"그래도 참을게."

"못 참겠으면?"

"조금씩 싸서 말리지, 뭐."

"더러워."

"그래서 싫어?"

"아니, 제일 좋아."

그런 바보 같은 대화를 하며, 나루는 잠이 들었다. 그리고 눈을 떴을 때, 지후는 여전히 나루의 손을 잡고 있었다.

* * *

최 교수가 깨어난 건, 나루와 지후가 죽음에서 벗어났던 그 순간이었다.

최 교수가 깨어나고 나서 보름쯤 지났을 때, 나루는 최 교수를 만나러 그가 입원한 병원으로 향했다. 지후가 함께 가고 싶다고 했지만, 나루는 혼자서 이야기를 하고 싶다고 거절했다.

지후는 안심이 안 된다고 따라왔고, 병원 앞에서 나루를 기다리기로 했다. 서늘한 병원 복도를 걸어가며, 나루는 많은 생각을 했다. 병실 앞에서 최 교수의 부인과 마주쳐 인사를 나누고, 병실 안으로 들어갔다.

최 교수는 수척한 얼굴로 눈을 감고 있었다. 오랫동안 식물인간 상태였던 최 교수는 비쩍 말라, 옛날의 모습을 찾아볼 수가 없었다.

"교수님."

나루의 부름에, 최 교수가 눈을 떴다. 나루는 침대 옆으로 다가가, 그 옆에 있던 의자에 앉았다.

"깨어나셔서 다행이에요."

"나루야."

"정말 다행이에요."

최 교수의 눈가가 붉어졌다.

"지후는?"

"살아남았어요."

"그래. 다행이구나."

"네, 정말 다행이죠."

나루는 크게 한숨을 내쉬었다.

"연구랑은 관계없는 사람이었어요. 교수님도 아셨던 거죠, 그걸?"

나루를 죽이려고 했던 사람은, 사실 나루와 아무런 관계도 없는 사람이었다. 그저 세상에 화가 나고 울분에 차, 아무나 죽일 생각으로 서성이다가, 나루가 눈에 띄어 뒤를 따라왔을 뿐이었다.

경찰에게 그 이야기를 듣고 나서야, 나루는 최 교수가 떨어지면서 하려고 했던 말이 뭔지 알 수 있었다.

—지후를 죽인 건!

연구와는 관계없는 사람이었어.
그 이야기를 하려고 했을 것이다.
"그래, 관계없는 사람이었지."
최 교수가 말했다.
"옛 시간에서…… 너는 우느라 정신이 없어 몰랐겠지만, 그 사람이 잡혔어."
"잡혔군요."
"그래. 그날 뉴스에도 나왔지. 아마 지후 가족들에게는 소식이 전해졌을 거야."
"하지만 저는 지후의 연인일 뿐, 아내가 아니었죠. 그래서 저한테는 소식이 안 왔던 거고. 만약 그 날 TV를 틀었다면, 지후가 죽은 게 내 연구 때문이 아니라는 걸 알 수 있었겠네요."

"그래."

나루는 쓰게 웃었다.

"뭐가 됐든 지후는 절 구하려다가 죽은 거지만요."

"하지만 지금은 살아남았지."

"네, 맞아요. 저는 이제 지후의 33살을, 40살을, 50살을 볼 수 있게 됐어요."

"하지만 위험은······."

"사라졌어요, 교수님."

나루가 부드럽게 말했다.

최 교수가 무슨 말이냐는 듯 나루의 얼굴을 올려다봤다.

"교수님, 일주일 전에 결론이 났어요. 제 연구, 잘못되어 있었더라고요."

"뭐?"

"제가 발견한 그거, 불사와는 전혀 관계가 없는 유전자였어요. 그래 보이기는 하지만, 결국 아무 영향도 미치지 못하는 유전자. 저는 잘못된 연구를 했고, 그것 때문에 죽을 뻔했던 거죠."

"아······."

최 교수의 눈동자가 흔들렸다.

"정말 허무하더라고요. 그것 때문에 온갖 협박을 다 받고, 시간을 돌아오기도 했는데, 결국 그건 아무것도 아니었던 거예요. 마치 신기루처럼, 아름답지만 존재하지 않는 거였죠."

"그런가……."

최 교수가 복잡한 표정으로 눈을 감았다.

"그 결과를 발표하자마자 위협도, 경고도, 협박도 뚝 끊겼어요. 절 스카우트하려던 사람들도 그런 적 없다는 듯이 사라졌고요. 저는 다시 평범한 연구원 연나루가 된 거예요. 죽어도, 살아도 아무도 관심 없는 평범한 연나루."

나루는 잠시 망설이다가 이불 위에 살며시 손을 얹었다.

"그러니까 교수님, 이제 절 죽여야 할지, 말아야 할지 고민하지 않으셔도 돼요."

"나루야."

최 교수가 눈을 뜨고 나루를 응시했다. 그의 눈동자 가득한 회한이 절절하게 전해졌다.

나루는 빙그레 웃었다.

"교수님을 용서할게요. 저를 죽이려고 하셨지만, 결국 저를 구해 주셨잖아요."

왜 구했을까.

왜 최 교수는 나를 구했을까.

이유를 알고 싶어서 끊임없이 답을 찾아 헤맸다.

아무리 고민해도 알 수 없었던 답을, 방금 전 지후의 안부를 묻는 최 교수의 표정을 보며 알게 되었다.

최 교수는 이런 상황에서도 지후의 죽음을 기억하고, 안부를 물을 만큼 지후를 걱정했다.

최 교수와 지후는 대학 시절 강의 몇 개를 들었다는 것 빼고는, 다른 관계가 없었다.

최 교수에게 지후는 그저 나루의 연인일 뿐이었다. 그럼에도 최 교수가 걱정한 건, 아마도 나루의 슬픔을 염려해서이리라.

지후가 죽은 후, 나루가 얼마나 괴로워할지 알기에, 그것이 염려되어 지후의 안부를 물어본 것이리라.

그래서 용서할 수밖에 없었다.

내 슬픔을 걱정해 주는 최 교수를, 미워하고 싶지 않았다.

"이 시간은 제게 참으로 소중한 시간이에요. 누군가를 미워하고 증오하면서 낭비하고 싶지 않아요. 그리고…… 교수님도 그랬으면 좋겠어요. 저한테 미안해히고 죄책감을 품은 채 살아가지 않으셨으면 좋겠어요."

"그래."

"저와 지후와 교수님은 한 번 시간을 돌아왔고, 이제 다시 시간이 겹쳐졌어요. 그러니까 없었던 일로 해요. 교수님과 저 사이의 일은, 그저 옛 시간에 있었던 일들로만 해요."

최 교수의 눈이 붉어졌다. 고여 있던 눈물이 눈가로 흘러내렸다.

"제가 이 병실을 나가는 순간, 저는 이 시간에서 있었던 교수님과의 일을 모두 잊을게요. 교수님도 그러세요."

"고맙다, 고맙다, 나루야."

"저도요. 구해 주셔서 감사해요."

나루는 일어나서 두 손을 가지런히 모으고 허리를 굽혔다.

*   *   *

나루는 병원 문을 나서다가 잠깐 멈췄다. 문밖으로 지후의 모습이 보였다.

지후는 벤치에 다리를 꼬고 앉아 고개를 옆으로 돌리고 있었다. 엄마의 손을 잡고 가는 아이를 보고 있는 것 같았다. 가만히 앉아 있는 그의 모습이 그림처럼 아름다웠다. 평소와 다름없는 날인데도 새삼 다르게 느껴졌다.

지후가 살아남은 이때에, 최 교수는 나루에게 남은 마지막 숙제였다. 병원에 들어갈 때만 해도 불안했다. 최 교수를 용서할 수 없을까 봐서.

최 교수가 나루를 구하기는 했어도, 죽이려는 시도를 한 건 사라지지 않는 진실이었다. 그러나 이제는 그조차 없었던 일로 받아들일 수 있었다. 미워하지 않고 살아갈 수 있게 되었다.

나루는 지후를 향해 달려갔다. 나루가 오는 걸 본 지후가 빙그레 웃으며 일어나, 폭 안기는 나루를 마주 안아 주었다.

두근. 두근.

그에게 안길 때마다 들려오는 심장 소리가, 여전히 새롭고 경이로웠다. 시간이 더 많이 흐르면 이 경이로움이 조금씩 무뎌지겠지만, 잊지는 않을 것이다. 그가 한 번 죽었고, 한 번 살아남았다는 것을 결코 잊지 않을 것이다.

"얘기 잘 하고 왔어?"

"응. 개운해."

"그래, 잘됐다."

지후가 나루의 머리를 쓰다듬었다.

"네가 머리를 쓰다듬어 주는 게 좋아."

"그래? 그럼 벗겨질 때까지 쓰다듬어 줄게."

"넌 꼭 그렇게 한 마디를 더 붙이더라."

지후가 웃었다.

나루는 지후의 손을 잡고 버스정류장을 향해 걸어갔다.

버스에는 두 자리가 비어 있었다. 나루와 지후는 나란히 앉았다.

"애들은 뭐래? 올 수 있대?"

"응, 재경이도 시간이 된다더라."

"잘됐다. 그럼 이제 마트에 가서 먹을 것 좀 사야겠네."

"응, 그러자."

지후까지 죽음에서 벗어난 후, 다들 이런저런 일들로 바빠서 제대로 얼굴을 보고 얘기할 시간이 없었다.

오늘은 명진이 해외 촬영을 갔다가 돌아오는 날이었기에, 겸사겸사 만남을 제안했다.

나루는 지후의 손을 잡고 앉아, 그의 어깨에 머리를 기댔다.

세상에서 제일 행복한 사람

버스가 덜컹덜컹 흔들렸다.

"너랑 같이 버스 타는 거 되게 오랜만이야."

"그러네. 최근엔 계속 차로 이동했으니까."

"버스 데이트도 신선하고 좋다. 앞으로 종종 이러자."

"그래."

"신발 구겨 신지 말고."

지후가 웃으며 운동화를 똑바로 신었다.

도착한 마트 앞에서 내려 장을 봤다. 지후가 카트를 끌었고, 나루는 아주 자연스럽게 카트에 한 손을 슬쩍 올려놨다.

특별한 것을 해 주겠다며, 지후가 이것저것 집어넣었다.

"대체 뭘 할 셈이야? 너무 많은데?"

"다섯 명이 모이는 거니까 요리 3개는 해야지."

"그냥 삼겹살만 구워 먹을 생각이었는데."

"기념할 만한 날이잖아. 너랑 할 얘기도 있고."

"지금 하면 안 돼?"

"응, 나중에."

지후가 말을 아꼈다. 무슨 말을 하려는지 궁금했지만, 우선은 계산을 하고 마트에서 나왔다. 집으로 돌아갔더니, 집 앞에 명진이 쭈그리고 앉아 기다리고 있었다.

나루와 지후를 발견한 명진이 벌떡 일어났다.

"야, 니들은 사람 초대해 놓고 알콩달콩 영원한 데이트질이냐?"

"약속 시간은 아직 한 시간이나 남았는데."

"하, 민지후. 너, 진짜 뭘 모른다."

"내가 뭘 모르는데?"

"나는 오늘 약속 시간보다 빨리 등장해서, 너희를 놀라게 해 줄 계획이었다고!"

"아, 그래서. 대단한 계획인데 망쳐서 미안하다."

지후가 명진을 밀어내고 문을 열었다.

"부족해. 좀 더 미안해하라고."

명진이 집요하게 사과를 요구하며 따라 들어왔다.

"엄청 미안해서 몸 둘 바를 모르겠으니까, 요리나 좀 도와."

"초대한 손님한테 요리를 시키는 건 어느 나라 문화냐?"

명진은 투덜거리면서도 지후를 따라 부엌으로 향했다. 요리를 준비하는 동안 윤영과 재경도 도착했다. 문을 열었더니 둘이 함께 있기에, 나루는 별생각 없이 물었다.

"둘이 같이 왔어?"

"어? 아니, 그냥 이 앞에서 만났어."

눈에 띄게 당황하는 윤영의 모습에, 나루는 웃음을 삼키며 돌아섰다.

'바보. 다 티 나.'

윤영은 철저하게 감춘다고 생각하겠지만, 그렇지 않았다. 재경을 향한 윤영의 마음은, 벌써 오래전에 눈치챘다. 다만 윤영이 말할 준비가 되지 않은 것 같기에 모르는 척하고 있을 뿐이었다.

"우와, 맛있는 냄새."

재경이 유쾌한 어조로 말했다.

"오늘 진짜 파티인가 보네. 오, 명진. 앞치마 잘 어울린다. 지후랑 잘 어울리는 커플 같아."

명진이 입은 앞치마는, 나루와 지후가 커플로 산 앞치마 중 나루의 것이었다. 분홍 앞치마가 명진에게 썩 잘 어울렸다.

"그런 끔찍한 소리는 하지도 마라. 얘랑 엮이기 싫으니까."

명진이 오만상을 찌푸리고 항의했다.

"왜? 내가 어때서?"

"어떻긴. 세상에서 제일 부정적인 놈이잖아. 죽음은 피할 수 없다고, 없다고. 너는 죽을 거라고, 죽을 거라고. 나도 죽을 거라고, 죽을 거라고. 어휴. 그때만 생각하면 진짜 뒤통수를 한 대 후려치고 싶다니까."

그때의 일이 떠오르는지, 지후가 미안하다는 표정을 지었다. 그 모든 상황이, 나루는 유쾌하기만 했다.

그럴 때도 있었다.

두려움에 숨도 제대로 쉴 수 없었을 때.

외로움에 매일 밤 눈물을 흘렸을 때.

이제는 그 모든 것에서 벗어났다. 친구들은 여전히 미소 띤 얼굴이었고, 지후는 여전히 곁에 있었다. 그리고 명진도 살아서 숨을 쉬고 있다.

모든 것이 완벽했다. 이 시간으로 돌아온 이후의 12년은, 바로 지금을 위한 시간이었다.

    요리가 준비되었고, 배불리 먹었다. 술도 마시고, 끊임없이 대화를 나눴다. 이제 '죽음은', '운명은', '만약'은 주제로 오르지 않았다. 이러니까, 저러니까 하는 가정도 없었다.

    그들의 대화는 평범한 친구들의 모임에서 나누는 그런 이야기들이었다. 근황이나 일의 분량, 저축에 대한 것들. 더는 특별하지 않은, 지극히 평범한 이야기들. 누가 들어도 수상쩍게 생각하지 않을 주제들.

"그러고 보니, 진짜 똑같다."

화장실을 갔다 오던 윤영이 거실을 둘러보며 말했다.

"뭐가?"

"꿈에서 본 거랑 이 집이랑."

"당연히 똑같지. 원래 이 집에 살았으니까."

"아니, 나루야. 그런 거 말고. 이런 세세한 것들 말이야. 지후가 사 온 이런 장식품들 종류랑 위치까지 완전 똑같아."

"응, 같은 걸 사 오려고 노력했거든. 최대한 겹치게 만들려고."

지후가 대답했다.

"그런데 하나가 없어."

윤영의 말에 나루가 눈을 동그랗게 떴다.

"뭐가? 없는 게 있나?"

"응, 딱 하나 없어."

"그게 뭔데?"

명진이 흥미를 보였다.

"은촛대."

"은촛대?"

"아, 그거."

나루도 기억이 났다. 지후가 결혼한 후에 켜 놓자고 했던, 은근슬쩍 프러포즈를 해 왔던, 그 은촛대.

"그러고 보니, 진짜 없네."

그게 없었다.

"내 꿈에서, 지후가 죽고 나서 네가 그 앞에서 우는 걸 봤거든. 그래서 되게 인상적이었는데, 그게 없네. 그건 왜 안 사 온 거야?"

윤영이 지후에게 물었다.

"그게……."

지후가 미간을 좁혔다.

"사려고 했어. 저번에 스페인에 갔을 때, 골목에 있던 가게에서 산 거였거든. 정확히 그 골목에 들어갔는데, 그 가게가 없더라."

왜일까. 갑자기 침묵이 내려앉았다. 그 은촛대가 무어라도 된다는 듯이. 서늘한 바람이 그들 사이를 스쳐 가는 듯한 착각이 들었다.

"설마…… 설마 그 은촛대가 소원을 들어주는 은촛대라든가 해서, 우리를 돌려보내 준 건 아니겠지?"

누구도 대답하지 않았다.

이윽고 명진이 푸핫, 하고 웃음을 터뜨렸다.

"말도 안 돼. 그런 게 어디 있어?"

"아하하하. 맞아, 맞아. 그런 게 있을 리 없잖아."

"소원을 들어주는 은촛대라니. 요새 애들 동화에도 안 나오겠다."

"그러게 말이야."

"아, 그냥 만약을 말한 거라고."

나루가 투덜거렸다. 다시 주제가 바뀌었고, 한참 수다를 떨다 보니 차가 끊길 시간이 되었다.

"나, 가야겠다."

윤영이 말했다.

"자고 가."

나루의 말에 윤영이 웃었다.

"신혼부부 집에서 잘 만큼 매너가 없지는 않거든요."

"신혼부부라니. 결혼한 지 벌써 몇 년이 됐는데."

"애 없으면 신혼부부지. 차 끊기기 전에 갈래. 얼마 전에 가방 사서 돈 아껴야 돼."

재경이 윤영을 따라 일어났다.

"내가 태워다 줄게."

"됐어. 우리 집 반대 방향이잖아."

"나, 운전하는 거 좋아해. 드라이브하는 셈치지, 뭐."

"나는 신혼부부 집에서 잘 수 있을 만큼 매너가 없지만, 내일 일이 있어서 가야겠다."

명진도 일어났다.

친구들을 배웅하고, 지후와 함께 뒷정리를 했다. 지후가 세제로 그릇을 닦으면, 나루는 물로 그릇을 헹궜다. 지후가 상을 닦는 동안, 나루는 바닥을 쓸고 닦았다. 청소를 다 끝낸 후, 지후가 찬장에서 와인과 잔을 들고 왔다.

"이제 우리 시간이네."

좁은 베란다를 예쁘게 꾸며 놓고, 거기에 작은 티 테이블과 의자를 두 개 놔뒀다. 둘은 거기에 앉았다.

선선하게 불어오는 밤바람이 기분 좋은 날씨였다.

"있잖아. 윤영이랑 재경이랑 요새 분위기 좋은 것 같지 않아?"

말없이 와인을 마시다가, 나루가 먼저 입을 열었다.

"응, 그런 것 같더라."

"재경이는 언제 고백할 생각일까? 그 두 사람, 꽤 오래 끌고 있는 것 같은데."

"재경이도 고민이 많겠지."

"하긴, 그러겠다."

고민이 많을 것이다.

재경의 마음이 현재 어디로 향해 있는지는, 지후와 나루의 눈에 명백히 보였다. 눈치 빠른 명진도 알고 있을 것이다. 하지만 사랑은 늘 당사자에게는 그렇게 쉽게 보이지 않았다.

지금 재경이 고백한다면, 윤영이 과연 믿어 줄까?

생각해 볼 것도 없는 문제였다. 윤영은 믿지 못할 것이다. 이 시간에서 재경이 나루를 어떻게 사랑했는지, 윤영은 알고 있었다. 옛 시간에서 재경이 나루를 어떻게 사랑했는지 또한, 윤영은 알고 있었다.

옛 시간에서도, 이 시간에서도 재경은 나루를 사랑했기에, 그 사랑이 변함없으리라 믿기에, 윤영은 쉬이 믿지 못할 것이 분명했다.

"뭐, 그건 결국 둘의 문제니까. 그 두 사람이 우리한테 도움을 청하지 않는 한, 우리는 조용히 지켜봐야지."

나루의 말에 지후가 고개를 끄덕였다.

"그래, 맞아."

유독 맑은 밤하늘에 별이 반짝거렸다. 밤에 하늘을 올려다보는 건 오랜만이었다. 그동안은 이런저런 고민과 사건에 시달려, 하늘을 볼 여유도 없었다. 둘은 한동안 말없이 밤하늘을 감상했다.

문득 나루가 입을 열었다.

"그러고 보니, 할 얘기가 뭐야?"

"아, 그거."

지후가 잔을 내려놓고 나루의 손을 잡았다. 그는 엄지로 나루의 손등을 살살 문지르며, 나루의 손이 이 세상에서 가장 신기한 물건이라도 된다는 듯 응시하고 있었다.

'무슨 말을 하려고 저렇게 뜸을 들이지?'

슬슬 불안해지려는 찰나, 지후가 고개를 들고 나루와 시선을 맞췄다.

세상에서 제일 행복한 사람

"나루야, 우리. 슬슬 아이를 갖는 거 어때?"

"아……."

긴장하고 있던 차에 예상치 못한 말을 듣는 바람에.

"아하하하하하!"

나루는 웃음을 터뜨렸다. 뭘 저렇게 심각하게 고민하나 했는데, 아이 문제였다니. 역시 내 남자는 참으로 귀엽다. 그러고 보니 오늘 낮에 지후가 어린아이를 물끄러미 지켜보고 있던 게 떠올랐다.

'그럴 나이구나, 벌써.'

옛 시간에서는 결혼을 한 지 얼마 안 된 상황이었기에, 아이 생각까지는 한 적이 없었다. 하지만 이 시간에서는 부부가 된 지 꽤 오랜 시간이 흘렀다.

나루도 슬슬 지후를 닮은 아이를 가지면 좋겠다는 생각을 하던 참이었다. 사랑하는 남자와 나를 반씩 닮은 아이의 손을 잡고 걸어가는 모습을 상상하는 것만으로도 즐거웠다.

"응, 그러자. 우리 아이."

나루의 대답에 지후의 표정이 밝아졌다.

"딸이었으면 좋겠어."

"아들은 별로야?"

"아들도 좋지. 하지만 널 닮은 딸이면, 정말 예쁠 거야."

"응, 정말 예쁘긴 할 거야."

나루가 고개를 끄덕이자, 지후가 웃었다.

"그래, 맞아. 이 세상에서 제일 예쁜 아이겠지."

"그리고 제일 행복한 아이일 거고."

"잘 어울리는 옷도 입혀 주고, 좋은 곳도 많이 데려가 주자. 많은 걸 보여 주고, 느끼게 해 주자."

"응. 우리가 갔던 곳, 우리의 아이와도 같이 다니자."

임신을 하고 그 아이가 태어나기까지 배 속에 품고 있는 것은 무척 고된 일일 것이다. 그러나 그 아이를 만날 시간이 기다려질 것이고, 하루하루를 새로운 만남에 대한 설렘으로 보내게 될 것이다.

"그럼 오늘 당장 만들어 볼까?"

지후가 눈을 빛내며 묻는 바람에, 나루는 또다시 웃음을 터뜨렸다.

"아, 뭐가 그렇게 급하고 무드가 없어?"

"무드, 있었잖아."

지후가 와인을 가리켰다.

"거참, 되게 무드 있네."

"그럼. 난 늘 분위기를 중요시하지."

지후가 웃으며 나루의 손목을 잡아 일으켰다. 그의 입술이 나루의 입술 위에 겹쳐졌다.

회청빛 하늘은 별빛으로 반짝이고, 불어오는 바람은 선선하고 상쾌했다. 허리를 감싼 그의 팔은 단단하고, 목 뒤를 어루만지는 그의 손은 뜨거웠다.

세상에서 제일 행복한 사람

무드는 이것으로 충분하다고, 나루는 생각했다. 부드럽게 이어지는 키스와 달콤하게 넘어오는 타액이, 나루의 심장을 뛰게 만들었다.

이윽고 입술을 떼어 낸 그가 나루를 번쩍 안아 들었다.

"무드, 좋지?"

"응, 신혼여행 온 것 같다."

나루의 대답에 그는 만족스러운 듯 웃으며, 베란다 문을 열고 들어가 침실로 향했다.

침대에 나루를 조심스레 눕힌 지후는, 이 세상에서 가장 값진 보물을 앞에 둔 사람처럼 나루의 얼굴을 꼼꼼히 살펴봤다. 그의 검은 눈동자가 애정을 가득 담고 응시해 주는 것이 좋았다.

나루는 그의 뺨을 어루만졌고, 지후는 나루의 이마와 눈썹, 눈가에 입을 맞추며, 나루의 옷을 천천히 벗겼다. 그의 손이 피부에 닿을 때마다 나루는 몸을 흠칫, 흠칫 떨었다. 그것이 즐거운 듯, 지후는 나루의 예민한 부위를 계속 자극했다. 뜨거운 입술이 낙인을 찍듯, 나루의 목덜미와 쇄골, 가슴에 내려앉았다.

나루는 두 손으로 그의 넓은 등을 끌어안았다. 달콤하고도 뜨거운 전율 속에서, 나루는 지후를 온몸으로 받아들였다. 앞으로도 항상 이렇게 살을 맞대고 살아갈 수 있다는 사실이 행복했다.

아무나 경험하지 못할, 아주 많은 일들이 있었다. 슬플 때도, 외로울 때도, 고독하고 괴로울 때도, 무서울 때도 있었다. 그러나 혼자라고 생각했던 그 순간에도, 지후가 함께였다는 것을 이제는 알고 있다.

흔히들 사랑은 시한부처럼 끝날 때가 있다고들 말한다. 사랑이 끝나면 정으로 살아간다고, 그리들 말한다.

하지만 나루는 알고 있다.

이 사랑이 끝나지 않는 때도 있다는 것을.

아무리 오랜 세월을 함께해도, 그 모양이 조금 바뀔 뿐 분명히 존재한다는 것을.

시간을 돌아 어렵게 구한 사랑이다.

시간을 돌아 힘들게 지킨 사랑이다.

한때는 사랑하지 않으려고도 하고, 한때는 지독히 아프기도 했으나, 결국은 내가 손에 넣은 사랑이다.

그러니 이제.

그대를 사랑하리라.

있는 힘껏, 온 힘을 다해 당신을 사랑하리라.

그리하여 어느 날 나의 시간이 끝나는 그 순간에도, 그대만을 사랑하리라.

〈완결〉

번외 1장
새하얀 공간조차 축복

 새하얀 공간이었다. 하늘도, 땅도, 벽도 없는, 그저 하얀 공간. 어디가 위인지 아래인지 분간할 수 없는 그 하얀 공간에, 나루는 우두커니 서 있었다.

 여기는 어디지?

 난 왜 여기에 있지?

 이곳엔 나밖에 없는 걸까?

 덜컥 두려움이 밀려와, 나루는 달리기 시작했다. 하지만 가는 방향을 짐작할 수 없었고, 방향을 안다 한들 어디를 가도 하얀 공간일 뿐이었다.

 아무리 달려도 이곳을 빠져나갈 수 없다는 생각이 들자, 다리가 무거워지기 시작했다.

나루는 달리기를 멈췄다.

언제부터 있었던 걸까?

앞에 의자 두 개가 놓여 있고, 거기에 두 사람이 앉아 있었다. 나루 쪽으로 등을 보이고 있어서, 얼굴은 확인할 수가 없었다. 하지만 그들이 아는 사람일 거라고 생각하지 않았는데, 머리카락 색깔이 도저히 현실에서는 볼 수 없는 색이었기 때문이었다.

왼쪽에 앉은 사람의 머리카락은 허리까지 내려올 만큼 길었고, 은빛이었다. 그냥 은색이 아니라, 조금 움직일 때마다 여러 색깔로 영롱하게 빛나는 은색이었다. 마르고 가녀린 체구로 보아, 여자일 것 같은 느낌이 들었다.

오른쪽에 앉은 사람의 머리카락은 푸르스름한 빛깔이었는데, 하늘색으로 보이기도 하고, 남색으로 보이기도 해서 무슨 색이라고 딱 잘라 표현하기가 어려웠다.

왼쪽에 앉은 사람보다 훨씬 크고 어깨가 넓은 것으로 보아, 남자일 것 같았다.

"처음치고는 잘했다고 생각해."

역시 은빛 머리카락은 여자였다. 새가 지저귀는 것 같은 귀여운 목소리로, 여자가 말했다.

"본인 스스로 잘했다고 말하는 건 관두지?"

푸른빛 머리카락은 남자가 맞았다. 묵직하고 낮은 음성을 지니고 있었다.

"하지만 잘하지 않았어? 마무리는 꽤 괜찮았잖아."

여자가 항변했다.

"실수가 많았어."

"처음이니까."

"그렇다면 잘한 게 아니지."

"하지만 어쩔 수 없었다고. 그 시간에 최 교수가 나루의 집 앞에 있을 줄 누가 알았겠어?"

"아……."

아는 이름이 나와, 나루는 작게 소리를 냈다. 하지만 둘에게는 들리지 않은 듯, 뒤를 돌아보지 않았다.

"범위 설정을 제대로 못 한 것 자체가 잘하지 못했다는 증거야. 힘이 범위를 제대로 조질했어야시."

"하아. 그래, 그건 내가 반성할게."

"당연히 반성해야지. 최 교수까지 돌아가는 바람에, 안 죽어도 될 사람들이 죽었어."

"버스 사고로 죽은 사람들 말이지? 하지만 그 사람들은 한 달 후에 불이 나서 죽을 예정이었잖아."

"아무리 한 달이라도, 그들에게는 소중한 시간이었을 거야."

"고작 한 달인데, 뭘."

"인간들의 시간은 우리와 달라. XX."

나루는 그들이 인간이 아니라는 걸 짐작할 수 있었다. 이상하게도, 그 사실이 자연스럽게 받아들여졌다.

그들이 인간이 아니라는 것보다는 다른 점이 이상하게 생각

되었다. 분명 남자가 여자의 이름을 부른 것 같은데, 그 이름을 제대로 알아들을 수 없었기 때문이다.

알아듣지 못한 걸까, 아니면 들었는데 잊은 걸까?

"알겠어, 알겠어. ○○. 내가 잘못했어."

남자의 이름도 마찬가지였다.

나루는 귀에 힘을 주고(귀에 힘을 주는 게 실제로 가능한지는 모르겠지만) 제대로 들어 보려 했지만 불가능했다. 그 후에도 남자와 여자는 서로의 이름을 부르며 티격태격했으나, 결국 그들의 이름은 들을 수 없었다.

"또 다른 실수는 윤명진을 살린 거야. 인간이 죽고 사는 문제를 그렇게 멋대로 결정해서는 안 돼."

남자가 말했다.

"하지만 결국 명진이가 나루를 구했잖아."

"연나루도 죽었어야 했지, 원래의 계획대로라면."

"넌 왜 그렇게 죽이는 걸 좋아해?"

"××. 네가 연나루의 소원을 들어주기로 결정했을 때, 나는 분명히 말했어. 등가 교환이 있어야만 한다고. 시간을 돌린 이유는, 연나루가 민지후를 구하고 죽게 하기 위함이라고 했잖아."

"하지만 나루의 소원은 그게 아니었는걸."

"뭐?"

"나루가 바란 건, 시간을 돌릴 수만 있다면 있는 힘껏 지후를 사랑하지 않겠다는 거였어. 그게 나루 소원이었지."

"나한테는 연나루가 민지후를 구하고 싶어 한다고 했잖아."

"뭐, 비슷한 거 맞잖아? 결국 나루는 지후를 구했지. 그리고 해피엔딩."

"너, 날 속였군."

남자의 목소리에 노기가 묻어 나왔다. 남자가 으르렁거리는 듯한 목소리는 나루까지도 무섭게 만들었지만, 정작 그 분노를 받아 내는 여자는 조금도 두렵지 않은 듯했다.

"속인 게 아냐. 네가 똑바로 이해하지 못한 거지."

"말장난하지 마, XX. 너는 이 대가를 치러야 할 거야."

"저주는 이미 시작되었는걸. 이 빌어먹을 저주보다 더한 대가가 있으려나?"

"XX."

"기대할게. 나를 촛대에 가둔 것보다 더 괴로운 대가를."

여자는 비아냥거리듯 말했고, 남자는 화가 난 듯 벌떡 일어났다. 순간 나루는 그가 뒤를 돌아볼까 봐서 두려웠지만, 몸을 숨길 곳이 없었다. 다행히 남자는 뒤를 돌아보지 않았고, 그대로 사라졌다.

여자는 여전히 의자에 오도카니 앉아 있었다. 나루는 미동도 하지 않는 여자의 뒷모습을 지켜봤다.

'저 여자가 날 도와준 거구나.'

여자의 얼굴을 보고 싶었다.

"내 얼굴은 봐서 좋을 게 없어."

여자가 마치 나루의 생각을 읽은 것처럼 말하는 바람에, 나루는 소스라치게 놀랐다.

"내 이름을 알아서 좋을 것도 없고. 그러면 나는 널 죽여야 하거든."

"제가 여기 있는 걸 알았어요?"

"알지, 나는 다 알아."

"그럼 아까 그 남자분도……."

"아니, 걔는 몰라. 걔는 나보다 약하거든."

여자가 장난스럽게 말했다.

"원래 널 이곳으로 데리고 오면 안 되는데, 그냥 불렀어. 정이 들어 버려서."

"아…… 저기, 감사해요. 제 소원을 들어주신 거죠?"

"응, 맞아. 내가 네 소원을 들어줬어. 뭐, 네가 지후를 있는 힘껏 사랑하지 않게 되진 않았지만. 이쪽이 더 좋지?"

"네, 정말로."

"나도 이런 건 처음이라, 실수가 몇 개 있었어. 최 교수를 함께 돌려보낸 것도 그렇고, 명진이를 살린 것도 그렇고."

"하지만 명진이는……."

"그래, 그 애가 널 구했지. 하지만 사실은 너를 구해서는 안 됐어. 아까 ○○의 말이 옳아. 등가 교환이 조건이거든. 지후가 사는 대신, 너는 죽는다. 원래는 그랬어야 했어. 그런 법이니까."

"그런 법이군요."

"하지만 실수는 내가 정이 많다는 거야. 나는 정이 많아서, 펑펑 우는 너에게, 그런 널 도우려는 명진이에게 정이 들어 버렸어. 도저히 죽게 놔둘 수가 없더라."

"……"

"사실은 그 애가 죽는 날이 되는 순간까지 망설였어. 어째야 하나. 하지만 결국 그 애를 살릴 수밖에 없었지. 그 애가 좋아져서. 사랑스러워져서."

"그렇군요."

"응, 그랬어."

"윤영이가 꿈을 꾼 것도 당신이 한 일인가요?"

"그래, 맞아. 그 애는 너에게 소중한 존재잖아. 너의 옛 시간과 이 시간이 겹치는 시점에, 너의 곁에 있던 사람들을 온전히 데리고 가게 해 주고 싶었어."

여자의 목소리는 무척이나 다정했다. 나루는 어쩐지 울고 싶은 기분이 들었다. 감사한 마음이 터무니없이 부풀어 올라, 그녀를 안아 주고 싶었다.

"감사해요, 정말로. 정말 감사해요."

"응, 그거면 됐어. 이 고독한 공간에 갇혀 있어도, 그런 이야기를 들으니 기쁘구나."

"갇혀 있는 건가요?"

"응. 나는 지금 벌을 받는 중이야."

"왜…… 왜요?"

"글쎄. 왜일까. 인간인 네가 그런 것을 알아서 좋을 것은 없어."

그래서 나루는 더 이상 묻지 않았다.

여자가 일어났다. 그녀는 뒤를 돌아보지 않은 채로 말했다.

"너는 내가 돌려준 12년을 아주 잘 사용했어. 그러니 앞으로 남은 시간도 잘 사용하도록 해. 그리고 언젠가 네 아이들이 자라거든, 말해 줘. 어느 가게에서 파는 은촛대에는 저주에 걸린 작은 요정이 살고 있다고. 그 요정은 조금 고독하지만, 아끼는 인간이 미소를 지으면 행복해진다고. 그리하여 그 새하얀 공간조차, 요정에게는 축복이라고."

* * *

번쩍—

나루는 눈을 떴다. 가슴 위가 묵직해서 보니, 지후의 팔이 얹어져 있었다. 어젯밤 와인을 마시고 사랑을 나눈 후, 그대로 잠들었던 것이 떠올랐다.

나루는 꼬물꼬물 지후의 품으로 파고들었다. 지후가 잠결에도 나루를 보듬어 안아 주었다.

'꿈을 꾼 것 같은데.'

내용은 잘 기억이 나지 않았다. 아주 새하얀 공간에 있었던 것 같기도 하고, 한 여자와 오랫동안 대화를 나누는 것 같기도 했다.

무슨 대화를 나눴는지 모르겠지만, 여자가 마지막에 한 동화 같은 이야기는 기억이 났다.

─언젠가 네 아이들이 자라거든, 말해 줘. 어느 가게에서 파는 은촛대에는 저주에 걸린 작은 요정이 살고 있다고. 그 요정은 조금 고독하지만, 아끼는 인간이 미소를 지으면 행복해진다고. 그리하여 그 새하얀 공간조차, 요정에게는 축복이라고.

대체 어떤 내용이기에, 이런 동화 같은 대화를 나눈 걸까?
'은촛대.'
어제 윤영이 촛대에 대한 이야기를 했나.

─설마 그 은촛대가 소원을 들어주는 은촛대라든가 해서, 우리를 돌려보내 준 건 아니겠지?

다들 말도 안 된다고, 그런 일이 어디 있겠냐고 웃었다. 하지만 나루는 그 순간 생각하고 있었다.
시간을 돌아가는 말도 안 되는 일이 벌어졌는데, 은촛대가 소원 하나 못 들어주겠느냐고. 그런 일이 있어서 꾼 꿈일지도 모르겠다.
'그래도 참 기분 좋은 꿈이었어. 조금…… 쓸쓸하긴 했지만.'

　　　　　　＊　　＊　　＊

　XX는 눈을 감았다.

　눈을 감자, 앞으로 벌어질 나루의 인생이 파노라마처럼 펼쳐졌다.

　출산과 육아, 말다툼과 일상, 친구의 결혼, 동생의 결혼, 부모님의 병간호……

　나루는 평범한 사람들이 겪는 평범한 사건들을 마주하면서 살아간다. 흘러가는 많은 사건들 가운데 한 지점에서 멈췄다.

　하늘색 지붕이 예쁜 집이 있었다. 2층짜리 펜션이었다. 펜션 앞에는 작은 수영장이 있고, 거기에 나루와 나루 친구들의 아이들이 수영복을 입고 놀고 있었다.

　나루의 아이들은 쌍둥이었다. 지후와 나루가 원한대로 남자아이 한 명, 여자아이 한 명. 지후와 나루를 반씩 닮은 사랑스러운 아이들이었다.

　"나루야, 소시지 많이 먹을 거?"

　펜션 마당에서 바비큐를 준비하며, 재경이 나루에게 물었다. 지후는 나루의 젖은 머리를 수건으로 말려 주는 중이었다.

　"소시지는 적당히. 고기를 많이 먹을래. 요새 애들이 인스턴트 음식만 먹으려고 해서 죽겠어, 정말."

　나루의 대답에, 재경이 "오케이. 소시지 조금."하고는 고기를 가지러 펜션 안으로 들어갔다.

배턴 터치를 하듯 윤영이 냄비를 들고 나왔다. 된장찌개가 아직도 보글보글 끓고 있는 냄비였다.

"된장이 너무 맛없어서 찌개 맛도 별로인 것 같아."

"아, 나 된장찌개 좋아하는데! 고기의 생명은 된장찌개라고!"

명진의 외침에 윤영이 눈을 부릅떴다.

"야, 그렇게 생명 타령하고 싶으면, 거기서 놀지 말고 와서 도와, 좀!"

명진은 수영장에서 아이들과 물놀이를 하고 있었다.

"애들끼리 물놀이를 하게 놔둘 순 없잖아. 사고라도 나면 어쩌려고."

"놀고 자빠졌네. 거기는 빠지려고 노력을 해도 빠지기가 쉽지 않을 깊이거든?"

아동용 수영장의 물은 성인의 허벅지까지밖에 안 왔다.

"윤영아, 너 애들 앞에서 예쁘고 고운 말 좀 사용해라. 애들이 배우겠다."

명진의 말에, 기다렸다는 듯 아이들이,

"자빠진다!"

"놀고 자빠져!"

"자빠졌어! 자빠졌어!"

라고 외쳤다.

윤영은 콧등을 찡그렸다가,

"그런 말 쓰지 마!"

라고 외치고는 식탁으로 향했다.

"다 됐다. 이 정도면 거의 말랐지?"

나루의 뒤에 서 있던 지후가 수건을 걷어 가며 물었다.

"응, 대충 마른 것 같아. 드라이도 좀 하고 싶은데."

"여기 드라이 성능이 별로야. 그리고 이 상태로도 충분히 예뻐."

"그럼 뽀뽀."

나루가 고개를 뒤로 젖히고 말했다. 지후가 허리를 굽혀 나루의 이마에 쪽 소리가 나게 뽀뽀를 했다.

"아, 뭐야. 애들 앞에서. 애정 행각 좀 적당히 해."

명진이 투덜거렸다.

"적당히 해, 적당히 해!"

"맞아, 적당히 해!"

아이들이 명진을 따라 외쳤다.

나루는 혀를 쯧쯧 찼다.

"대체 쟤는 애들 마음을 어떻게 저렇게 사로잡은 거지?"

"원래 애들은 애 같은 사람을 좋아한다잖아."

지후가 말했다. 나루는 의자에서 일어나 수영장으로 다가갔다. 명진이 물을 뿌리려 했지만, 나루는 미간을 좁히고 검지로 펜션을 가리켰다.

"윤명진, 그만 놀고 가서 애들 밥 준비하는 것 좀 도와."

"아, 너도 안 하면서. 치사하다."

"치사하다! 치사하다!"

아이들이 따라 외쳤다.

"너희들, 삼촌 말 그만 따라해."

"그치만……."

"그치만이 아니야. 너희들도 얼른 나와. 씻고 저녁 먹어야지."

나루가 두 팔을 벌리자, 아이들이 첨벙첨벙 물에서 나와 나루에게 안겼다. 이러니저러니 해도 아이들은 나루를 제일 좋아했다.

"우린 가서 고기 굽자."

"나도 씻고 와야 한다고."

"넌 나중에 해."

지후가 명진을 끌고 바비큐상으로 향했다.

나루는 아이들을 챙겨 펜션 건물로 들어갔다. 욕실에 들어가 따뜻한 물로 아이들을 씻겨 주는 동안, 아이들이 재미있는 이야기를 해 달라고 졸랐다.

나루는 아이들의 몸에서 물기를 닦아 주며 말했다.

"소원을 들어주는 은촛대가 하나 있어. 아주 예쁘고 우아한 은촛대야. 그 은촛대는 어느 가게에서 살 수 있는데 그 은촛대에는……."

XX의 입가에 미소가 떠올랐다. 참으로 평범하고도 평화로운 광경이었다.

뼈를 에는 듯한 추위가 XX를 덮쳐 왔다. 아마도 이것이 살리지 말아야 할 인간을 살린 대가인가 보다.

아마도 한동안, 어쩌면 아주 오래, 인간이라면 견디지 못하고 죽었을 이 추위 속에서 지내야 할 것이다.

그러나 XX의 입가에 맺힌 미소는 사라지지 않았다.

참으로 평범하고도 평화로운 광경이기에.

〈새하얀 공간조차 축복 끝〉

번외 2장
이 시간의 주인공

 바쁜 일과가 끝나가고 있었다. 어젯밤부터 정신없는 하루였다. 병원 근처에서 교통사고가 나는 바람에 환자들이 몰려 왔기 때문이다. 수술하는 내내 눈에 힘을 주고 있었더니 눈이 뻐근했다.

 재경은 휴게실에 앉아 창밖을 내다봤다. 어느새 해가 지고 있었다. 저물어 가는 해가 오렌지빛 노을을 만들어 냈다. 오랜만에 하늘을 보는 것 같다. 문득 생각이 나 휴대폰을 들어 노을 사진을 찍었다.

 찰칵―

 예쁜 노을을 공유하고 싶은 사람이 생겼다. 메신저를 열어 사진을 보내려고 할 때였다.

"선생님. 이제 수술 끝나신 거예요?"

언제 들어온 건지 정희가 재경의 옆에서 생글생글 웃고 있었다.

"아, 최정희 간호사님."

재경은 휴대폰을 끄고 정희를 향해 빙그레 웃었다. 정희는 올해 27살로, 작년에 재경이 일하는 병원에 들어오게 되었다. 밝고 명랑한 성격이라 의사와 간호사들에게도, 환자들에게도 인기가 좋았다.

"방금 끝났어요. 특별한 일이 없으면 곧 퇴근해야죠."

"어젯밤부터 정말 바쁘셨죠? 많이 힘드시겠어요."

"괜찮아요."

"노을 사진 찍으셨던 거예요? 노을 예쁘다."

"그러게요. 오랜만에 이 시간에 하늘을 보는 것 같아서."

정희가 재경을 돌아봤다.

"노을 때문에 성재경 선생님 눈동자 색깔이 되게 예뻐요."

"아, 그래요. 고마워요."

재경은 싱긋 웃으며 대답했다.

"저기…… 선생님."

정희가 조심스럽게 재경을 불렀다.

"네?"

"저, 음. 아니, 음. 선생님, 제가 더 어린데 말씀 편하게 하셔도 돼요."

"지금이 편해요."

재경이 딱 잘라 말했다. 정희는 눈을 동그랗게 떴다가 다시 미소를 지으며 말했다.

"그래도…… 다들 편하게 말씀하시는데, 성재경 선생님만 존댓말을 쓰셔서, 조금 거리감이 느껴져요."

"이 정도 거리감은 있어야 하지 않을까요? 직장 사람이랑 너무 가까워져 봐야 피곤할 뿐이에요."

"아……."

재경의 단호한 거절에, 정희의 얼굴이 붉어졌다.

"오늘 수고했어요, 최정희 간호사님. 먼저 들어가 볼게요."

재경은 도망치듯 휴게실을 나왔다. 잘난 얼굴 탓에 어디를 가나 여자들이 호감을 보여 왔다. 마음에 없는 여자들이 관심을 보이며 다가오는 건 익숙하지만 여전히 곤란했다.

친구들은 배부른 소리라고들 했지만, 재경은 조금도 배가 부르지 않았다. 원치 않는 것들을 여러 개 갖는 것보다, 원하는 거 딱 하나. 그 하나를 갖는 것이 좋았다.

남은 일을 마무리하고 병원을 나서며, 휴대폰을 꺼냈다. 아까 보내지 못한 노을 사진을 보낼까 하다가 관뒀다.

'하늘 봐 봐. 노을 예쁘다.'

그렇게 보낼 생각이었는데, 하늘은 이미 어두워졌다.

재경은 한숨을 푹 내쉰 후에, 차를 타고 집으로 향했다. 막 집 앞에 주차를 하고 차에서 내렸을 때, 전화가 걸려 왔다.

명진이었다.

[뭐하냐?]

"방금 집에 왔어. 넌 한국이야?"

[어, 그저께 돌아왔어. 심심하다. 술 마시자.]

"그럴까? 어디서 볼까?"

[혼자 있으면 너네 집으로 가고. 여자 있으면 미리 돌려보내고.]

"여자는 무슨. 술 사 와. 안주는 내가 준비할게."

[오케이.]

명진과 만나는 건 언제나 유쾌했다.

간단한 술안주를 준비하는 동안 명진이 양손 가득 술을 들고 도착했다.

"야, 뭔 술이 이렇게 많냐?"

"마시고 죽자. 내일 출근 안 하지?"

"넌 내 스케줄을 어떻게 꿰고 있는 거야?"

"너한테 관심이 많으니까."

"징그러운 소리 하지 마."

명진이 웃으며 술을 내려놨다. 외국에 나가서 사 왔는지, 양주도 여러 병 있었다.

"와, 이거 비싼 거 아냐?"

재경이 술병 하나를 들고 물었다.

"어, 비싸더라."

"이런 걸 지금 마셔도 돼? 나중에 기념할 일 있을 때 마셔."

"지금이 기념할 날이지. 내가 새 생명을 얻은 지 12주년 되는 날."

"아, 벌써 그렇게 됐나?"

그러고 보니, 12년 전 오늘. 명진은 죽게 되어 있었지만 살아남았다. 지후의 죽음을 벗어난 지 1년이 다 되어가는 지금, 그 모든 일들이 꿈처럼 느껴졌다.

"마실 만하지?"

"매년 자축하냐?"

"생각날 때만. 오늘 너랑 술 마실까 하고 있는데 마침 그날이더라고. 이야, 이거 맛있다."

재경이 준비한 안주를 하나 집어 먹은 명진이 감탄사를 내뱉었다. 오징어에 소주를 부어서 졸여 만든 안주였다.

"우리 재경이, 시집갈 준비 다 됐네. 시집은 언제 가나?"

"시집은 무슨. 애인도 없는데."

재경은 피식 웃으며 접시를 테이블로 옮겼다.

"아직도 나루 못 잊었냐?"

명진이 좋은 이유는, 이런 이야기를 아무렇지도 않게 하기 때문이었다. 안쓰럽다는 듯, 걱정스럽다는 듯 말하지 않아서 좋았다.

"못 잊은 것처럼 보이냐?"

"아니, 누가 봐도 잊은 것처럼 보여. 내 예상엔 한…… 4년 됐다고 본다."

깜짝 놀랐다.

"너, 진짜 감 좋다."

"끝내주지."

명진이 우쭐해했다.

"너는 윤영이한테 정말 고마워해야 돼."

명진의 말에 재경은 흠칫했다.

"어? 아, 어. 그렇지. 고마워하고 있어."

진심이었다. 윤영에게는 항상 고마웠다. 옛 시간 성재경의 마음을 보고 온 윤영은, 이 시간 재경의 마음이 다치지 않도록 최선을 다해 주었다.

나루를 향한 마음이 사라지지 않아 서글픈 날이면, 언제나 윤영에게 연락이 왔다. 과하지 않게 재경을 위로해 주는 윤영이 고마웠고, 어느 날부터인가 귀여웠고, 또 어느 날부터인가는 사랑스러워졌다.

그리하여 어느 날 잠에서 깨어났을 때, 가장 먼저 생각나는 사람이 나루가 아니라 윤영이 되었다.

충격적인 첫사랑을 했다. 보는 순간 뒤통수를 맞은 듯 반해 버린 사랑을 했다. 때문에 사랑은 항상 그런 것이라고만 생각했다.

가랑비에 젖듯 촉촉하게 적셔 들어와 어느새 온몸을 지배하는 사랑도 있다는 걸, 이제야 알았다.

지후와 함께 웃는 나루를 보아도 아프지 않은 이유는, 오롯이 윤영 덕분이었다.

"재경아."

명진이 재경을 빤히 응시했다. 명진과 함께 있으면 항상 유쾌하지만, 이렇게 쳐다볼 때는 난처해진다.

"너도 이제 슬슬 연애해야 하지 않냐?"

"뭐, 슬슬 그럴 때가 됐지."

재경이 시선을 옆으로 피하며 말했다.

"우리도 이제 33살이야. 요새 결혼 적령기가 늦춰지고 있다고는 하지만, 그래도 이쯤엔 보통 결혼할 생각들을 하잖아. 게다가 여자는 또 남자랑 다를 거고."

"그야 그렇지."

"윤영이, 33살이다. 언제까지 기다리게 할 거야."

"하아."

재경은 고개를 푹 숙였다.

"그건 또 어떻게 알았대?"

"어떻게 알긴. 네가 예전에 나루를 보던 눈빛으로 윤영이를 보고 있는데, 보통은 알지."

"보통은 알려나?"

"어."

"윤영이도 알려나?"

"모를걸. 원래 본인 일이 되면 잘 모르잖아. 하지만 나루랑 지후는 알걸."

"그런 것 같더라. 가끔씩 나루가 날 보면서 의미심장하게 웃더라고. 예전보다 편하게 연락을 하기도하고."

"응, 나루는 바보지만 의외의 부분에서 눈치가 빠를 때도 있으니까."

"맞아, 정말 의외의 부분에서 눈치가 빠르지."

"말 돌리지 말고. 너도 알잖아. 윤영이 마음."

"……응, 알아."

알고 있었다. 윤영이 나를 어떤 눈으로 보고 있는지. 나루에 대한 마음을 접지 못한 그 순간에도, 윤영의 마음을 눈치챘었다. 그때는 그 마음을 받아 줄 수 없기에 모르는 척했고, 지금은.

"그런데 쉽지 않아, 명진아."

쉽지가 않았다.

"그래, 쉽지 않겠지."

명진이 고개를 끄덕였다.

"넌 정말 모든 걸 다 아는 거냐? 말해 봐, 너지? 나루랑 지후를 이 시간으로 돌려보낸 거."

재경의 말에 명진이 웃음을 터뜨렸다.

"으하하하하!"

유쾌한 웃음소리가, 재경은 좋았다.

"야, 나한테 그렇게 신급의 힘이 있지는 않아. 그냥 통찰력이 뛰어난 정도라고 해 줘."

"하, 그래."

"게다가 쉽지 않은 게 당연하잖아. 윤영이는 네가 나루를 사랑하는 과정을 전부 지켜봤으니까."

"응."

그게 문제였다. 윤영은 재경을 너무도 잘 알고 있었다. 옛 시간의 재경도, 이 시간의 재경도 알기에, 나루를 사랑했던 마음이 얼마나 깊었는지 알기에, 쉽지 않았다.

"내가 윤영이를 사랑하게 될 줄은 몰랐어."

"보통은 잘 모르지. 사람 마음이라는 게 그렇게 알기 쉬우면, 누가 짝사랑을 하겠냐."

"그러게. 나, 사실 윤영이 진짜 싫어했었는데."

"응, 나도."

재경과 명진이 시선을 맞추고 웃었다. 대학교 1학년 때의 일이 떠올랐기 때문이다. 그때 윤영은 지후를 좋아했고, 그 때문에 나루를 질투했다.

나루를 끔찍이도 싫어하던 윤영이 지금은 나루의 가장 친한 친구가 될 줄 누가 알았을까.

"윤영이한테 그때 얘기를 하면 윤영이가 막 성질내거든? 그거 진짜 귀엽다?"

명진이 말했다.

"윤영이 괴롭히지 마."

"근데 정말 귀여워. 너도 한번 해 봐."

"난 그런 짓 안 해."

대답은 그렇게 했지만, 재경은 성질내는 윤영을 보고 싶기도 했다.

"그나저나 너야말로 연애 안 하냐? 주변에 괜찮은 여자들 많잖아."

"난 안 해, 사랑."

명진이 단호하게 말했다.

"아니, 왜?"

"나루 때문에."

"어? 너, 설마…… 너도 나루 좋아했었어?"

"아니. 그런 쪽이 아니라…… 트라우마가 생겼다고 해야 하나?"

"트라우마?"

"나루랑 지후가 서로를 사랑해서 시간을 돌아왔지. 그저 서로를 구할 생각뿐이라서, 자기 마음 무너지는 건 아랑곳하지도 않았고."

그때가 떠오르는지 명진이 미간을 좁혔다.

"나는 나루가 지후에게 말 못 하고 고통스러워하는 걸 옆에서 지켜봤어. 나루는 정말…… 많이 힘들어했거든. 같이 있으면 나까지 울고 싶어질 때가 많았어."

"그래."

"안 하고 싶어, 난. 그런 거."

"하지만 지금 나루랑 지후는 행복하잖아."

"그래, 그렇지. 정말 행복해 보이고 그래서 기분 좋아. 하지만 사랑을 하게 되어 겪을 수도 있는 그 끔찍한 순간을 봐서 그런지, 난 별로 안 하고 싶다. 그럴 생각이 드는 여자도 못 만났고."

"그러다가 나보다 먼저 결혼하는 거 아냐?"

"됐어. 난 이대로가 좋아."

명진이 재경의 잔을 채웠다.

"내 걱정 마시고 네 걱정이나 해. 이러고 있다가 다른 놈이 윤영이 채 가면 어쩔래?"

"그러게. 나도 그래서 불안해."

"윤영이 괜찮은 애야. 의리도 있고, 생각도 깊고."

"나도 알아. 알아서 더 어려워. 윤영이는…… 과연 믿어 줄까? 내가 고백하면 내 마음을?"

명진은 곧바로 대답하지 못했다. 명진이 생각하기에도 이건 쉬운 문제가 아니었다. 윤영의 가장 소중한 친구를 깊이 사랑했던 재경이, 이제 와서 널 사랑해라고 말한들, 쉽게 믿을 수 있을 리가 없었다. 윤영이 재경을 사랑하는 것과는 별개의 문제였다.

"안 믿겠지."

명진은 솔직하게 대답했다.

"설령 믿더라도 계속 생각나겠지. 네가 나루를 사랑했던 순간의 일들이."

"그래. 그래서야. 그래서 말을 할 수가 없어."

재경은 깊은 한숨을 내쉬었다.
'내 사랑은 왜 항상 이런 걸까?'

* * *

최근 연일 야근이었다. 윤영은 모니터를 노려보다가 잠시 쉴 생각으로 의자에 머리를 기댔다. 뒷목이 뻐근했다.
"아, 요새 데이트할 시간도 없고. 진짜 남친한테 미안해 죽겠어."
"으으. 나도."
"그러고 보니 언니는 언제 결혼해? 사귄 지 꽤 되지 않았어?"
"응, 벌써 3년 됐지. 서른 넘기 전에 결혼하고 싶은데. 예쁠 때 웨딩드레스 입고 싶어."
"남친이 프러포즈 안 해?"
"가끔 결혼 얘기를 하기는 하는데 본격적인 건 아냐. 얘가 할 생각이 있는지 없는지 모르겠어."
"그래도 언니한테 잘해 주잖아."
"요샌 그렇지도 않아. 슬슬 권태기인가?"
뒤에서 여직원들이 속닥이는 소리가 들려왔다. 아직 20대 중후반인데도 결혼 생각을 한다는 사실이 신기했다.
'하긴. 나루랑 지후도 20대에 결혼했지.'
옛 시간에서는 아니지만 이 시간에서는 20대 중반에 결혼을 했고, 아직까지도 알콩달콩 잘 살고 있다.

'난 뭘 하고 있는 거지?'

33살이 되었다.

30살이 되었을 때만 해도, 아니, 작년까지만 해도 나이에 대해 심각하게 생각해 본 적이 없었다.

여자들은 서른이 넘으면 초조해지고 우울해진다는데, 그런 걸로 감정이 휘둘리기엔 더 크게 신경 쓰이는 사건이 있었다.

지후의 죽음.

32살, 지후는 죽기로 되어 있었다. 32살을 잘 넘겨야 한다는 생각을 하느라, 나이에 신경 쓸 겨를이 없었다.

지후와 나루가 죽음에서 벗어나 평범한 삶을 살게 된 지금, 윤영 역시 평범한 사람들이 하는 고민을 하게 되었다.

'벌써 33살인데, 나는 애인도 없구나.'

대학을 졸업하고 나서 아무도 안 만난 건 아니었다. 윤영은 인기가 많았고, 가끔 괜찮은 남자들이 대시를 해 오면 좋은 마음으로 만나 보기도 했다. 하지만 거기까지였다.

사랑이라는 감정이 생기지 않았다. 매일 보고 싶지도, 목소리를 듣고 싶지도 않았다. 의무적인 연락과 만남의 반복일 뿐이었다.

─*넌 날 좋아하지 않는 것 같아.*

윤영의 상대들은 항상 같은 말을 했다.

―*혹시 못 이룬 사랑이라도 있는 거야?*

그때는 웃어넘겼는데, 이제는 그러지도 못하게 됐다.

못 이룬 사랑이 있게 되었으니까. 시간이 흐르면 접힐 줄 알았던 마음은 점점 부풀기만 했다. 감당하기 어려울 만큼 커진 마음은 그 색채 또한 진해졌다.

재경을 사랑하는 마음을 도무지 접을 수가 없었다.

짝사랑만 벌써 몇 년째일까?

'이 정도면 사랑이 아니라 집착으로 보일 거야. 병이야, 병.'

쓴웃음이 흘러나왔다. 대학 때는 지후를, 그 이후에는 재경을 미련하게 짝사랑하는 자신이 바보 같았다.

'내 사랑은 왜 항상 이런 거지?'

한숨을 삼키고 있는데 휴대폰이 울렸다. 나루에게서 걸려 온 전화였다.

윤영은 휴대폰을 집어 들고 사무실 밖으로 나왔다.

"응, 나루."

[윤영, 뭐해?]

"아직 회사야."

[지금 11시인데? 어제도 야근하지 않았어?]

"응, 아주 죽겠다. 다음 주쯤 되면 좀 한가해질 것 같긴 한데,

이번 주는 비상이야."

[으아, 너무 힘들겠다. 내일 만나자고 하려고 했는데.]

"주말에 만나자. 아, 주말엔 지후랑 데이트하나?"

[아니, 너랑 만날래. 오랜만에 여자 둘이서 곱창 먹으러 가자.]

"오, 좋지. 아니면 선미나 지영이 불러도 되고."

[응, 애들한테 연락 넣어 볼게.]

"그래, 그럼 시간 정해서 연락 줘."

[힘내, 윤영.]

나루의 밝은 목소리를 들으니 기분이 조금 나아졌다. 아마 나루도 아직까지 연구실에서 일을 하는 중일 것이다. 윤영이 피곤할까 봐 그런 내색을 하지 않는 나루가 좋았다. 한때는 이 친구를 미워한 적이 있었다는 게, 까마득히 먼 옛날의 일처럼 느껴졌다.

'나루는 좋겠다.'

내가 사랑하는 사람이 나를 사랑하는 것은 기적적인 일이다. 나루에게는 그 기적이 벌어졌지만.

'나한테는 안 벌어지겠지.'

사무실로 돌아갈 기분이 들지 않아 휴게실에 조금 더 앉아 있기로 했다. 자판기에서 커피를 뽑을까 했는데, 동전을 안 들고 나왔다. 그래서 그냥 우두커니 앉아 있는데, 휴게실 문이 열리고 정상운 과장이 들어왔다.

상운은 올해 32살로, 이른 나이에 사회생활을 시작해 윤영보다 어린데도 직급이 높았다.

　말이 별로 없고 진지한 면이 있지만, 키가 훤칠하게 크고 잘생겨서 여직원들 사이에 인기가 많았다. 그동안 고백을 한 여직원이 꽤나 많다고 들었다.

　윤영을 본 상운이 살짝 고개를 숙여 인사를 하고는 자판기로 향했다.

"저기, 과장님."

"네?"

"동전 더 있으세요?"

"네, 있습니다."

"저, 커피 한 잔만 뽑아주실래요? 들어가서 돈 드릴게요."

윤영의 말에 상운이 싱긋 웃었다.

"돈 안 주셔도 돼요. 커피 한 잔 정도야."

"에이, 그래도 그럴 수는 없죠."

상운이 밀크 커피를 뽑아 윤영에게 건넸다. 윤영은 커피를 받아 들고 휴게실 의자에 앉았다. 상운도 커피를 뽑아와 윤영의 옆에 앉았다.

"많이 피곤하시죠? 요새 계속 야근이라서."

침묵이 어색해서 윤영이 말문을 열었다.

"아니요, 괜찮습니다."

"과장님이 제일 늦게 퇴근한다던데. 대단하세요, 진짜."

"대단하긴요. 돈 받은 만큼 더 일해야죠."

"과장님은 어린데도 생각이 참 깊으신 것 같아요."

그 말에 상운이 고개를 돌려 윤영을 빤히 응시했다.

'아, 내가 말실수 했나? 어리다는 표현은 좀 그랬나? 나보다 직급이 높은데.'

윤영은 아차 싶었다.

"저기, 음. 어리다가 아니라 젊다!"

윤영이 얼른 말을 바꿨다. 상운의 눈이 살짝 커졌다가 곧 반달 모양으로 휘어졌다. 휘어진 눈매가 귀여웠다.

"그게 뭐예요?"

그제야 상운이 32살이라는, 제 나이로 보였다.

"아뇨, 어리다고 해서 기분 나쁘신가 해서."

"기분 안 나빠요. 제가 대리님보다 어린 건 사실인데요."

"그래도 과장님이신데."

"아하하."

상운이 소리를 내서 웃는 건 처음 봤다. 환하게 웃는 상운은 또래보다 훨씬 어려 보였다.

"대리님, 절 너무 어렵게 생각하지 마세요. 그냥 직급일 뿐이잖아요."

"네, 그렇긴 하죠."

이 회사에 입사한 지 2년이 조금 넘었지만, 상운과 제대로 대화를 해 보기는 이번이 처음이었다. 이직했을 때가 딱 지후와 나루의 일로 걱정이 클 시기였기 때문에, 회사 사람들이랑 어울린 적이 별로 없었다.

상운은 윤영이 생각했던 것과 달리 잘 웃었다.

"제가 낯가림이 심해서 말을 많이 안 하거든요. 그래서인지 사람들이 절 좀 무섭게 생각하더라고요. 얼굴도 좀 무서운 편이라 그런가?"

상운이 자기 턱을 문지르며 말했다.

"무표정할 땐 좀 무섭긴 해요. 하지만 무표정이 안 무서운 사람이 어디 있겠어요."

"이제 좀 잘 웃어 볼까 봐요."

"그러세요. 과장님 웃는 얼굴, 꽤 귀여워요."

솔직한 칭찬에 상운의 눈이 커졌다.

"귀여워요?"

"네."

"그런 말은 처음 듣는데."

"아, 남자한테 귀엽다는 말은 실례인가?"

"아니에요. 괜찮아요."

상운이 싱긋 웃었다.

"괜찮다니 다행입니다. 전 그만 들어가 볼게요. 너무 오래 나와 있었네요."

윤영이 빈 종이컵을 휴지통에 버리고 일어났다.

"커피 감사해요. 다음에 과장님 동전 없을 때, 제가 커피 한 잔 쏠게요."

살짝 고개를 숙여 보이고 휴게실을 나가는 윤영의 뒷모습에서, 상운은 눈을 떼지 못했다. 처음 봤을 때부터 참 예쁜 사람이라고 생각했다.

―김윤영입니다. 잘 부탁드려요.

입사 첫날, 윤영은 해사하게 웃으며 말했다. 그 환한 미소와 달콤한 목소리가 상운의 심장에 콱 틀어박혔다. 작은 키에 마른 몸, 동그란 눈과 볼살이 있는 얼굴은 무척이나 어려 보였지만, 행동은 어른스러운 사람이었다.

선을 지킬 줄 알고, 자기가 맡은 일은 확실하게 해냈다. 사원들과도 곧잘 어울렸고, 회식 자리에도 빠지지 않았다. 그런데 왜인지 윤영은 늘 정신을 다른 곳에 두고 있는 것처럼 보였다. 작년까지는.

'작년에 무슨 일이 있었나?'

작년 어느 날을 기점으로, 윤영의 분위기가 바뀌었다. 그 전까지는 같은 공간에 존재하지만 다른 세상의 사람처럼 보였다면, 지금은 분명 이 세상의 사람으로 보인다.

그래서 더 매력적이었다.

사원들 중에도 윤영에게 호감을 품은 남자들이 몇 명 있는 걸로 알고 있었다. 하지만 윤영은 철벽 아닌 철벽을 쳤고, 그 철벽을 조금이라도 넘어 본 사람이 아직까지는 없었다.

이 시간의 주인공 317

상운은 손을 펼쳐 자신의 손바닥을 내려다봤다. 지금껏 원하는 것은 항상 손에 넣어 왔다.

'하지만.'

윤영은 손에 넣을 수 없을 것 같다는, 불길한 예감이 들었다.

* * *

새벽 1시가 조금 넘어서야 업무가 끝났다. 다른 사원들은 거의 퇴근을 했고, 상운과 윤영, 그리고 다른 남자 대리 한 명만 남아 있었다.

"먼저 들어가 볼게요."

윤영이 가방을 챙겨 일어났다.

"네, 들어가세요."

대리가 말했다.

"아, 저도 일이 끝났네요. 가 보겠습니다."

상운이 일어났다. 사원들이 비슷하게 일이 끝나서 퇴근하는 건 종종 있는 일이기에, 대리도, 윤영도 그걸 이상하게 생각하지 않았다.

윤영은 상운과 함께 엘리베이터를 탔다. 윤영은 1층을, 상운은 지하 2층을 눌렀다.

"윤영 대리님은 뭐 타고 가세요?"

"음, 글쎄요. 택시를 타야겠죠? 과장님은 차 가지고 오셨죠?"

"네, 모셔다드릴까요?"

상운의 질문에 윤영이 눈을 동그랗게 떴다. 상운에게 이런 제안을 받는 건 처음이었다.

"왜요?"

그래서 묻고 말았다.

"네?"

"아니, 저…… 왜 데려다주세요?"

"밤길 위험하니까요."

"아, 그렇구나. 과장님은 되게 친절하신 분이군요. 의외예요."

"제가 그렇게 불친절해 보입니까?"

"아뇨, 그런 건 아니고…… 이유 없는 친절을 베풀 것처럼 보이지는 않았거든요."

옳은 평가라고, 상운은 생각했다. 이유 없는 친절은 베풀지 않는 성격이고, 지금 베푸는 친절은 이유 없는 친절이 아니었다.

당신한테 관심이 있으니까요.

그 말을 꿀꺽 삼키며, 상운은 미소를 지었다.

"회사 일 때문에 늦게 퇴근하시는 건데, 사고라도 일어나면 뒤숭숭해요. 집 앞까지 모셔다드릴게요."

"뭐, 그렇게까지 말씀하신다면 거절하진 않을게요."

윤영이 1층 버튼을 한 번 더 눌러 취소했다.

지하 2층에 도착해, 상운의 차에 탈 때까지 침묵이 흘렀다. 휴대폰 내비를 켜며, 상운이 물었다.

이 시간의 주인공

"댁이 어디세요?"

"음, 합정역 근처에 세워 주시면 돼요."

"네, 알겠습니다."

상운은 더 자세한 집 주소를 묻지 않고 시동을 켰다.

상운의 차는 외제는 아니지만, 꽤 고가의 승용차였다. 소리 없이 달리는 승차감이 좋았다. 최근 계속 피곤했던 터라 자꾸 눈이 감겼다.

"도착할 때까지 20분 정도 걸리니까, 좀 주무세요."

상운이 말했다.

"에이, 조수석에 앉아서 자는 예의를 배우진 않았어요."

"제 조수석에서는 괜찮아요."

"안 될걸요. 제 친구 한 명이 자기 운전할 때 조수석에서 자면 아주 경기를 일으키거든요."

"아, 친한 친구인가 봐요?"

"네, 친하죠."

윤영은 명진을 떠올렸다. 저번에 같이 여행 갈 때 조수석에서 버티고 버티다가 20분 정도 잠이 들었는데, 그걸 가지고 여행 일정 내내 잔소리를 해 댄 적이 있었다. 생긴 건 안 그렇게 생겼는데, 참으로 집요하고 말 많은 친구다.

윤영의 입가에 번진 미소를 본 상운은, 지금 윤영이 생각하는 사람이 '남자'일 거라고 확신했다.

'하긴. 이렇게 매력적인 사람이 애인이 없을 리가 없지. 내가

너무 김칫국을 마셨던 건가?'

그러나 확인은 해 보고 싶어서, 넌지시 물었다.

"주말에는 데이트하세요?"

"데이트. 네, 하죠."

윤영은 나루를 만나기로 한 걸 떠올리며 대답했다.

"아, 애인이 있으셨구나."

"아뇨, 애인은 없어요."

"데이트라고……."

"친구예요. 대학 때부터 친하게 지낸 친구."

"아아."

"정말 예쁜 친구예요. 머리도 좋고."

즐거운 듯 이야기하는 윤영의 모습에, 상운은 안도했다.

'남자가 아니었군.'

"예쁜 사람은 예쁜 사람들이랑 친하게 지내나 봐요."

상운이 말했다.

"네?"

"대리님도 예쁘시잖아요."

"아……."

생각지도 못한 담백한 칭찬에, 윤영의 얼굴이 붉어졌다.

"아, 감사해요. 예쁘다는 말은 진짜 오랜만에 듣네요."

"그래요? 엄청 예쁘신데."

"아하하하."

윤영은 어색하게 웃고 차창으로 시선을 옮겼다. 윤영도 바보가 아니었기에, 이제는 상운이 데려다주는 것이 이유 없는 친절이 아니라는 걸 알 수 있었다.

'이 사람, 나한테 관심이 있었구나.'

괜찮은 남자이기는 하지만, 그런 식으로 생각해 본 적이 없었다. 어떻게 반응을 해야 좋을지 알 수 없었다. 상운도 윤영이 눈치챘다는 걸 깨달았는지 말이 없었다.

어색한 침묵 속에서 차는 달렸고, 합정역 앞에 도착했다.

"데려다줘서 고마워요."

윤영이 감사 인사를 하고 문을 열었다.

"다음에 제가 차 사면 한 번 모셔다드릴게요."

반쯤은 농담으로 말했다.

"괜찮습니다. 대단한 일을 해 드린 것도 아닌데."

상운도 차에서 따라 내렸다. 차를 사이에 두고, 상운과 윤영은 서로를 마주 봤다.

"늦은 시간인데 고생하셨잖아요. 고마워요."

"정말 고마워요?"

"그럼 정말 고맙지, 제가 이런 걸로 거짓말하겠어요?"

윤영의 말에 상운이 씩 웃었다. 저렇게 웃으니까 꽤 장난꾸러기처럼 보인다.

"그럼 윤영 대리님. 일요일에 보답해 주세요."

"네?"

"저랑도 데이트해 주세요."

* * *

"선미랑 지영이는 부부 동반으로 여행을 갔어. 어젯밤에 출발했다더라."

약속 장소에는 나루가 먼저 나와 있었다.

나루는 시간이 갈수록 더 예뻐졌다. 지후의 죽음이라는 일생일대의 고민을 털어 버렸으니, 그럴 만도 했다.

환하게 웃는 나루의 모습에 윤영도 덩달아 기분이 좋아졌다.

"너랑 지후도 같이 가지 그랬어?"

"지후는 그런 자리 불편해하거든. 나도 일 때문에 갈 시간이 없기도 하고."

"요새 많이 바빠?"

"응, 프로젝트 하나를 시작해서 좀 그러네. 너는 바쁜 거 끝났어?"

"그런 것 같아. 다음 주부터는 정시 퇴근하겠지. 모둠으로 시킬까?"

"대 자 시키자. 너무 배고파."

모둠 곱창 대 자를 시켰다. 불판이 놓이고 밑반찬이 차려졌다. 정말로 배가 고팠는지, 나루는 밥도 없이 밑반찬을 집어 먹었다.

"점심 안 먹었어?"

"응, 대청소 좀 했거든. 봄맞이 대청소."

"집이 넓어서 청소하는 것도 일이겠다."

"지후가 시간 날 때마다 하기는 하는데, 한 번씩 대청소는 해줘야겠더라. 안 보이는 곳이 얼마나 더럽던지."

일상적인 대화를 하는 나루를 보니, 이제 정말로 주부가 다 되었구나 싶어서 웃음이 나왔다.

운명과 죽음에 대해 대화를 나누던 때가 꿈결처럼 희미해졌다. 그때는 만나기만 하면 죽음과 운명에 대한 주제가 빠지지 않았는데, 이제 그들 사이에는 항상 평범한 일상적인 주제만 오고갔다.

곱창과 대창, 염통, 막창이 골고루 섞인 모둠이 나왔다. 불판 위에서 고기가 자글자글 익어 가는 동안, 나루는 젓가락을 들고 침을 꼴깍꼴깍 삼켰다. 33살인데도 주름살 하나 없는 나루는, 후드 셔츠를 입으면 대학생으로도 보일 것 같았다.

이러니까 지후에게, 그리고 재경에게 사랑을 받는 거다. 같은 여자가 보기에도 무척이나 사랑스러우니까. 가슴이 간질간질해질 만큼 귀여우니까.

어느 정도 배를 채운 후에야, 나루와 대화를 나눌 수 있었다.

"요새 어떻게 지내? 회사 일만 한 거야?"

나루가 윤영의 잔을 채워주며 물었다.

"응, 그렇지, 뭐."

"재미있는 일 좀 없고?"

"재미있는 일이라."

상운이 떠올랐다.

"사실은 나, 데이트 신청을 받았어."

"오, 누구한테?"

"정상운이라고, 우리 회사 과장이야."

느닷없이 등장한 낯선 이름에, 나루는 인상을 찌푸렸다. 정상운이라니. 당연히 성재경이라는 이름이 나올 줄 알았는데.

"과장? 그럼 나이가 좀 많지 않아?"

나루는 우선 부정적인 반응을 보였다.

"아니, 나보다 한 살 어려. 회사 생활을 일찍 시작한 데다가 업무를 잘해서, 승진을 빨리했나 봐."

"흐음. 잘생겼어?"

"여자들한테 인기가 많아. 키도 크고 얼굴도 단정하게 생겼거든."

"여자들한테 인기 많은 남자는 별로야. 마음고생 시킬걸."

"아하하하. 아니, 데이트 신청을 받은 거지, 사귀는 건 아니야."

윤영이 남의 속도 모르고 웃었다.

나루는 아랫입술을 잘근잘근 깨물었다. 재경을 향한 윤영의 마음을 오래전에 눈치채고 있었다. 윤영을 향한 재경의 마음 또한, 꽤 오래전에 알게 되었다. 하지만 둘 다 그 마음을 꽁꽁 감추고 말할 생각이 없는 것 같았다.

성인 남녀 둘이서 어련히 알아서 할까 싶어 모르는 척하고 있었지만, 이쯤 되고 나니 슬슬 답답해지기 시작했다.

"표정이 왜 그래?"

뾰로통한 나루의 얼굴을 보고 윤영이 물었다. 나루는 표정을 풀지 않고 윤영에게 물었다.

"그래서 어쩌기로 했는데? 그 사람이랑 데이트하기로 한 거야?"

"응, 한 번 만나 보려고."

설레어야 할 새로운 만남을 이야기하면서도, 윤영의 표정은 그리 밝지 않았다. 미소는 짓고 있지만, 윤영을 오래 알아 온 나루는 그것이 즐거워서 짓는 미소가 아니라는 것을 알고 있었다.

울적함을 감추고 싶을 때 억지로 짓는 미소. 재경과 함께 있을 때 종종 짓는 그 미소.

윤영의 그 마음이 절절히 전해졌다. 그 기분을, 나루도 이제는 알고 있다. 이 시간으로 돌아와서 지후를 짝사랑한다 여겼던 기간이 있었다. 그때에 나루 또한 저런 미소를 지었다.

그를 사랑하지만 사랑한다 말할 수 없어 답답했던 그때에, 그렇다고 마냥 울 수만도 없던 그때에, 나루 역시 저런 미소를 지었다.

나루는 윤영이 눈치채지 못하도록 한숨을 삼키고 물었다.

"만나면 좋을까?"

"나쁘지 않은 사람이니까. 느낌은 괜찮은 것 같아."

"좋다는 마음이 생길까?"

"글쎄. 그랬으면 좋겠어. 나도 이제 슬슬 한 사람한테 정착하고 싶거든. 너희들 보면 정말 부러워. 나도 나이가 들어서 그런가?"

"그럼…… 재경이는?"

나루가 망설이다가 던진 질문에 윤영의 눈이 커졌다. 정곡을 찔렀다는 당황스러움이 윤영의 얼굴에 잠깐 스치고 지나갔다. 곧 표정을 갈무리한 윤영이 웃었다. 누가 봐도 어색한 미소였다.

"여기서 재경이가 왜 나와?"

조금은 날카로운 목소리가 흘러나왔다는 걸, 윤영은 알고 있을까?

나루는 입을 꾹 다물고 윤영을 응시했다. 윤영은 마치 상처받은 고양이처럼, 그리하여 인간의 곁에 다가가지 못하는 고양이처럼 예민하게 반응하고 있었다.

고등학교 때 첫사랑을 실패했고, 대학에 와서 지후를 짝사랑하다가 실패했다. 그리고 이제 윤영은 한때 가장 친한 친구를 짝사랑했던 남자를 짝사랑하고 있었다.

윤영은 사랑을 이룬 적 없어 갈기갈기 찢긴 심장이 아파, 차마 그 마음을 드러내지 못하고 있었다.

가장 친한 친구인 나루에게조차, 윤영은 말하지 못했다.

있잖아, 나루야. 나, 널 짝사랑하는 재경이를 좋아하게 됐어.

그런 말을 꺼내는 건 무척이나 어려울 것이다.

'이제 재경이는 날 좋아하지 않는데.'

나루는 재경의 마음을 알고 있지만, 섣불리 전할 수도 없었다. 한때 재경의 사랑을 오롯이 받던 입장에서 하는 말은, 윤영에게 전해지지 않을 것이 분명했다.

'설득을 해 봐야 소용없겠지.'

설득으로 될 문제가 아니었다.

"여기 무절임 맛있다."

분위기가 묘해졌기에, 나루는 일단 말을 돌렸다. 윤영도 그게 낫겠다 싶었는지 표정을 바꾸고 고개를 끄덕였다.

"그러게. 이따 볶음밥 추가할 거야?"

"그러자. 요샌 밥을 먹어야 끼니를 때운 느낌이더라고."

"맞아, 맞아. 어릴 땐 밥 안 먹고 반찬만 먹어도 배불렀었는데."

나루와 윤영은 늦은 시간까지 함께 있었지만, 정작 하고 싶은 말은 하지 못한 채로 헤어졌다.

* * *

나루가 집에 도착했을 때, 지후는 소파에 길게 누워 책을 읽고 있었다.

"왔어?"

지후가 책에서 시선을 떼고 물었다.

"응, 뭐 읽고 있었어?"

"그냥 추리 소설."

나루가 다가가자, 지후가 몸을 뒤로 움직여 소파 앞부분을 비워 주었다. 나루는 거기에 엉덩이를 걸치고 앉았다. 지후의 팔이 자연스럽게 나루의 복부를 감쌌다.

"윤영이랑은 재미있었어?"

"재미있었다고 해야 하나?"

나루는 상체를 기울여 지후의 품에 파고들었다. 둘이 눕기에 좁은 소파지만, 거기서 그렇게 부둥켜안고 있는 게 좋았다. 그의 단단한 가슴에 얼굴을 파묻었다. 이제는 익숙해진 그의 체취를 흠뻑 들이마셨다. 사람들이 아로마 향으로 심신을 달래는 것처럼, 나루는 지후의 향기를 맡을 때가 가장 편안했다.

지후가 나루의 머리를 쓰다듬었다.

"무슨 일 있었어?"

"윤영이가 데이트를 할 거래."

"재경이랑?"

"그래, 보통은 그렇게 생각하겠지."

"다른 사람이랑?"

"응, 걔네 회사 과장이래."

"흐음."

"과장이기는 한데 윤영이보다 어리고, 일도 잘하고 사람이 괜찮은가 봐."

"그럼 잘된 거 아냐?"

지후의 말에 나루는 벌떡 상체를 일으켰다. 소파에서 내려온 나루는, 바닥에 앉아 지후를 응시했다.

"정말로 잘됐다고 생각해?"

"윤영이도 슬슬 사랑을 해야지."

"이미 사랑을 하고 있잖아."

"하지만 둘 다 고백할 생각도 없이 간을 보고, 눈치만 보는 사랑이지."

"나는 재경이랑 윤영이랑 잘됐으면 좋겠어."

나루가 고집스럽게 말했다. 지후가 소파에 똑바로 앉아, 팔꿈치를 무릎에 괴고 상체를 기울였다.

"나도 그래. 나도 그 두 사람이 잘됐으면 좋겠어. 진심으로."

정말로 그랬다. 지후는 재경의 사랑을 기억하고 있었다. 옛 시간, 재경은 지후와 같은 날, 같은 시간에 나루에게 반했다. 그러나 지후가 나루를 사랑하기에, 가슴에 품은 마음을 단 한 번도 내비치지 않고 짝사랑을 했다.

지후는 죽는 순간까지도, 재경의 마음을 알지 못했다.

이 시간에도 재경은 짝사랑을 했다. 나루를 향한 마음, 이 시간에서는 그나마 고백했지만 결국 이루지 못했다. 사랑을 한동안 접지 못해 힘들어했다는 것을, 그럼에도 지후와 나루의 사랑을 진심으로 응원해 주었다는 것을, 지후는 잘 알고 있었다. 그렇기에 이번 사랑은 잘되기를 바랐다.

하지만 쉬운 상황이 아니었다. 윤영은 재경이 나루를 오랫동안 짝사랑해 온 것을 알고 있었다. 옛 시간에서도, 이 시간에서도, 마치 운명처럼 나루를 향한 그 사랑을 너무도 잘 알았다.

그런 상황에서 재경이 '이제 널 사랑하게 됐어.'라고 말한들, 쉬이 받아들이기는 힘들 것이다.

게다가 윤영은 반복된 사랑의 실패로, 자신감이 많이 하락한 상태였다.

"어떻게 해야 그 두 사람이 용기를 낼까?"

나루가 중얼거렸다. 지후는 시간이 갈수록 사랑스러운 자신의 부인을 물끄러미 응시했다. 입술을 비쭉 내밀고 있는 모습을 보니, 대학 때가 떠올라 웃음이 나왔다. 매일 같이 살다 보면 질릴 법도 한데, 봐도 봐도 사랑스러워서 견딜 수가 없다.

"왜 그렇게 보냐?"

"귀여워서."

"이 시점에서 왜 그렇게 날 귀여워하는 건데? 나 지금 고민하고 있거든?"

"성인 남녀가 하는 사랑이잖아. 우리가 개입해서 좋을 건 없어. 그 둘이 알아서 할 문제야."

"하지만 때로는 누군가 등을 떠밀어 줘야 할 때도 있는 거잖아. 사자가 자식을 낭떠러지에서 밀어 버리듯이."

"아니, 낭떠러지에서까지 미는 건 좀."

"지금은 그러고 싶은 기분이야. 윤영이 마음을 모르는 건 아니고, 재경이 마음도 모르는 건 아니지만…… 지켜보는 입장에선 불안하고 답답해. 저러다가 윤영이가 정말로 그 과장이라는 사람이랑 잘되면 어떻게 해?"

"그건 그것대로 좋은 일이겠지. 윤영이도 이제 사랑받는 삶을 살아야지."

"내가 사랑하는 사람한테 사랑을 받는 게 좋은 거야. 윤영이가 사랑하는 사람은 재경이고, 고백도 못 한 그 사랑이 사랑 좀 받는다고 사라질 리가 없어. 윤영이는 평생 후회할걸. 재경이도 그렇고."

"그래, 그래."

"그렇게 어린애 어르듯이 말하지 마."

"그럼 어쩌게? 정말로 등 떠밀게?"

"생각해 봐, 지후야. 우리가 이 시간으로 돌아왔을 때, 우리도 32살까지 살다 온 성인이었어. 하지만 결국 누군가 우리의 등을 떠밀어 줄 때까지 말도 못 한 채 끙끙 앓기만 했잖아."

"그래, 그랬지."

"손과 손을 붙잡고 억지로 쥐어 줄 수는 없지만, 내가 해 줄 수 있는 일이 있다면 해 주고 싶어. 그 애들도 그래 왔으니까."

"그래, 그럼. 네가 하고 싶은 대로 해."

"그럼 도와줄 거야?"

"응, 알잖아. 나는 항상 네 편인 거."

지후가 일어나 나루의 손목을 잡아 일으켰다.

"피곤할 텐데 오늘은 내가 씻겨 줄게."

"뭐야, 그 핑계로 사리사욕 채우려는 거 아냐?"

나루가 밉지 않게 지후를 흘겨봤다. 지후는 웃으며 나루의 이마에 입을 맞췄다.

"알잖아. 나, 욕심 많은 남자인 거."

나루가 까르르 웃으며 지후를 따라 욕실로 들어갔다. 지후는 조심스럽게 나루의 옷을 한 겹, 한 겹 벗겨 냈다. 항상 보이는 몸인데도, 이렇게 옷이 벗겨지는 과정은 늘 부끄러웠다.

나루가 몸을 틀자, 지후가 웃으며 그녀의 날씬한 배에 입을 맞췄다.

"매일 보여 주면서 왜 그렇게 부끄러워해?"

"그럼 부끄럽지, 당연히. 난 아직 수줍은 소녀의 마음을 간직하고 있다고."

"나도 그런데."

"너도 그렇긴. 머릿속에 그 생각뿐이면서."

"응, 난 늘 널 사랑한다는 생각뿐이야."

"말이나 못 하면."

함께 씻고 침실로 향했다. 은은하게 조명을 밝힌 침대에서, 둘은 서로의 몸을 탐닉했다. 뜨거운 숨결이 섞이고 체온이 부딪치는 시간이 길게 이어졌다.

항상 만족스러운 시간이었다. 정신을 잃을 것 같은 뜨거운 행위가 끝난 후, 지후가 나루를 품에 안고 등을 쓸어 주는 순간이 좋았다.

나루는 땀에 젖은 그의 가슴에 얼굴을 묻었다.

"사랑해, 나루야."

그가 잠긴 목소리로 속삭였다.

"응, 나도."

행복했다. 하지만 나루의 가슴에는 지워지지 않는 검은 얼룩이 하나 남아 있었다.

'어째서 아이가 안 생기는 거지?'

* * *

일요일 아침, 윤영은 씻고 나와서 한참을 거울 앞에 서 있었다. 뭘 입어야 할지 아직도 결정을 못 했다.

'너무 꾸미고 나가면 좀 그렇겠지? 그냥 청바지에 남방이나 입자.'

윤영은 옷장을 열고 청바지와 흰색 남방을 꺼냈다.

윤영이 워낙 얼굴이 작고 귀염상이라서 청바지에 흰색 남방만 입었을 뿐인데도 잘 어울렸다. 약속 시간까지는 아직 몇 시간이나 남아 있었다. 시간도 때울 겸 화장대에 앉아 이런저런 생각을 하며 화장을 하다 보니, 평소보다 공들인 화장을 하게 되었다.

회사에 갈 때는 비비크림에 립스틱 정도만 바르기 때문에, 눈까지 색조 화장을 한 윤영은 사뭇 달라 보였다. 화장까지 끝내고 다시 전신 거울 앞에 가서 섰다. 청바지에 흰 셔츠도 나쁘지 않았지만, 원피스를 입으면 좀 더 괜찮을 것 같았다.

'그래, 나도 언제까지나 짝사랑만 할 수는 없지.'

윤영은 옷장을 열고 A라인 청색 원피스를 꺼냈다. 사랑을 하고 싶었다. 친구의 연인이나, 친구를 짝사랑하는 남자를 몰래 사랑하며 가슴앓이하는 사랑은 이제 싫었다. 잠이 들 때마다 저릿한 가슴을 부여잡아야 하는, 때로 끝없는 고독감에 시달리게 하는 짝사랑은 이제 관두고 싶었다.

나루와 지후처럼, 내가 사랑하는, 그리고 나를 사랑하는, 그런 사랑을 하고 싶었다. 아무리 시간이 흘러도 변하지 않는, 죽는 순간까지도 서로만을 생각하는, 그런 사랑을 소망했다.

원피스로 갈아입은 윤영은 거울을 보며 크게 심호흡했다. 새로운 만남을 시작하기 위해 나가려는 자신의 모습이, 적진으로 향하는 장수처럼 보여서 조금 서글펐다.

* * *

재경은 조금 늦은 점심을 먹기 위해 1층 로비로 내려왔다. 곧바로 환자를 봐야 하기에, 점심 먹을 시간이 많지 않았다.

'햄버거나 먹을까? 그러고 보니 햄버거 먹은 지도 꽤 됐네.'

그런 생각을 하고 있는데, 뒤에서 정희가 재경을 불렀다.

"재경 선생님."

정희의 목소리에 한숨이 먼저 나왔다. 정희는 머리가 나쁜 여자가 아니었다. 재경이 필요 이상으로 가까워지기 싫어한다는 걸 이미 눈치챘을 것이다.

알면서도 접근하는 여자는 귀찮다. 그런 여자들은 스스로에 대한 자신감이 넘쳐서, 이 남자가 자신을 거부할 리 없다고 생각하고 끊임없이 대시를 해 온다. 간혹 아무 사이가 아닌데도 사귀는 것처럼 구는 여자도 있었다.

모르는 척할 수는 없어서 걸음을 멈춘 재경을, 정희가 따라잡았다. 오늘은 올림머리를 한 정희가, 생글생글 웃으며 재경을 올려다봤다.

"이제 식사하러 가시는 거예요?"

"네, 환자를 보다 보니 이 시간이 됐네요."

"으아, 너무 배고프시겠다."

그렇게 생각하면 좀 놔줘, 라고 생각하며 재경은 고개를 끄덕였다.

"그러게요, 배가 고프네요."

"뭐 드실 거예요? 혼자 가세요?"

"네, 혼자요. 햄버거를 먹을까 해요."

"아, 햄버거! 저도 햄버거 좋아하는데."

눈을 빛내며 올려다보는 모습을 보니, 같이 가자는 제안을 기다리는 것 같았다.

"아, 그렇군요. 그럼 다음에 드시러 가세요."

재경의 대답에 정희는 실망스러운 듯했지만, 미소를 거두지는 않았다.

"선생님, 10분만 기다려 주시면 저도 일 급한 거 끝나는데 같이 가실래요?"

"아뇨, 전······."

"재경아."

그때, 천사의 음성이 들려왔다. 적절할 때에 끼어든 그 음성이, 적어도 재경의 귀에는 그렇게 들렸다.

"나루야."

재경은 환하게 웃으며 뒤를 돌아봤다.

재경이 웃는 모습에, 정희는 깜짝 놀랐다. 그동안 재경이 웃는 건 자주 봤지만, 이렇게 환하게 웃는 건 처음 봤다. 안 그래도 잘생긴 얼굴에 해사한 미소가 번지니, 눈이 부실 지경이었다.

'나루?'

대체 누굴까? 재경에게 이런 미소를 짓게 만드는 사람은.

정희는 질투와 짜증이 확 오르는 기분으로 나루의 얼굴을 확인했다.

가장 먼저 든 생각은 '하얗다.'였다. 하얀 피부가 눈부신 사람이었다. 딱히 미소를 짓고 있는 것도 아닌데, 상큼한 느낌이 들었다. 끝이 살짝 올라간 큰 눈과 오뚝한 코가 인형 같았고, 입술이 무척이나 붉어서 단물이 흐르는 것처럼 보였다. 머리를 뒤로 대충 묶어 머리카락 몇 올이 길고 흰 목덜미 근처에 하늘거렸다.

재경을 이름으로 부른 거로 봐서는 재경과 또래일 텐데도, 외모만 봐서는 20대 중반쯤으로 보였다. 그런 한편 성숙함이 숨어 있기도 했다.

정희는 첫눈에 나루가 여러 가지 매력을 가진 여자라는 걸 알아봤다.

"여긴 어쩐 일이야?"

재경이 다정하게 물었다. 저렇게 다정한 목소리도 처음이다.

"그냥 지나가는 길에 잠깐 들렀어."

모두가 원하는 남자가 상냥하게 대해 주는데도, 나루의 태도는 뚱했다.

"아, 그래? 점심은?"

"먹었어, 대충. 너는?"

"나는 지금 먹으러 가는 길이야."

"아, 그럼 같이 가. 먹는 거 지켜봐 줄게."

"그거 무섭네."

재경이 작게 웃었다. 정희는 자신의 존재를 새까맣게 잊고 친근하게 대화를 나누는 두 사람을 보니 참을 수 없는 기분이 되었다. 그래서 저도 모르게 끼어들고 말았다.

"저기요."

부르는 음성에, 나루는 무심히 시선을 돌렸다. 가녀린 체형에 여성스러운 외모를 가진 여자가 간호사복을 입고 서 있었다. 아까 들어올 때 재경의 옆에 이 여자가 서 있는 것을 봤다.

다만 나루는 윤영이 있어야 할 자리를 노리는 것만 같아, 의식적으로 여자를 무시하고 있었다. 여자가 찌르는 듯한 시선을 보내는 건 알았지만, 그래도 모르는 척했는데 이렇게 끼어들 줄은 몰랐다.

'보통 애는 아니겠네.'

그런 생각을 하며, 나루는 생긋 미소를 지었다.

"네?"

"아, 저기…… 안녕하세요. 정희라고 합니다. 최정희요. 이 병원에서 간호사를 하고 있어요."

정희가 느닷없이 자기소개를 했다.

"아, 그래요."

정희는 나루도 자기소개를 하기를 기다리는 것 같았지만, 나루는 그러는 대신 정희를 빤히 응시했다. 정희가 민망한지 딴 데로 시선을 피했다가 다시 나루와 눈을 맞췄다.

"재경 선생님이랑 친하신 것 같아서요."

"아, 그래요."

"저도…… 재경 선생님이랑 친해지고 싶어서 열심히 노력 중이거든요."

정희가 솔직하게 말했다.

'호오. 솔직하고 순수한 여자 콘셉트인가?'

나루는 긴장을 풀지 않은 채 정희의 시선을 맞받았다.

"저랑 제일 친한 친구 부인이에요."

두 여자의 기싸움에, 어쩔 수 없이 재경이 끼어들어 설명했다.

"아, 친구 부인이시구나."

정희가 눈에 띄게 안도했고, 그 모습이 나루의 마음에 들지 않았다.

안심하지 마. 얘는 윤영이 거라고.

"안녕하세요, 다시 인사드릴게요. 저는……."

"저기요."

나루가 정희의 말을 끊었다.

"저, 지금 이 친구랑 할 이야기가 있어서 온 건데, 자리 좀 비켜 주시지 않겠어요?"

"네?"

면박을 당한 정희의 눈이 커졌다. 보통은 예의상으로라도 인사를 받아 주는 법인데, 이렇게 딱 잘라서 '너, 꺼져.'라고 말하는 사람은 처음이었다.

예상치 못한 일을 당하니 반박할 말도 떠오르지 않아, 정희는 입술을 살짝 벌린 채 나루를 쳐다봤다.

"최정희 간호사님인 거 잘 알겠고, 이 병원에서 재경이랑 같이 근무 중이시라는 것도 잘 알겠습니다. 아까 인사를 받았으니까요. 저, 재경이랑 긴히 할 이야기가 있어서 찾아온 거라, 인사는 거기까지만 하는 게 좋을 것 같네요."

나루는 빠르지도, 느리지도 않게 말했다. 표정 없이 단조롭게 말하는 모습이 우아해 보이기까지 했다.

"아, 네. 아, 저기. 죄송합니다."

정희는 꾸벅 인사를 하고는 돌아섰다. 얼굴이 화끈거렸다.

'뭐, 저런 여자가 다 있어?'

도망치듯 엘리베이터에 타고 나서야, 화가 치밀었다.

'뭘 긴히 할 말이 있어? 지나가는 길에 들렀다면서. 무슨 말을 저렇게 해? 저러면 재경 선생님만 병원에서 입장이 곤란해진다는 거 모르는 거야? 진짜 개념이 없네.'

정희가 나루의 앞에서는 못 했던 말들을 되씹으면서 씩씩거리며 올라가고 있을 때, 나루가 재경에게 물었다.

"내가 널 곤란하게 했어?"

"뭐야, 일 다 벌여 놓고 이제 와서?"

"하지만 저런 타입 싫어."

"그래, 나도 싫어. 잘했어. 안 그래도 곤란하던 참인데."

"그래, 점심이나 먹으러 가자."

나루와 재경은 함께 병원을 나왔다.

"뭐 먹으려고 했어?"

"햄버거. 넌 뭐 먹고 싶은 거 없고?"

"응, 난 좀 전에 먹어서."

"너, 원래 좀 전에 먹어도 또 먹잖아. 뭐라고 했더라. 아, 그…… 여자는 위장이 여러 개라고 했던가?"

이 시간의 주인공　341

"그거야 밥 배랑 디저트 배가 따로 있다는 거지. 보통 밥을 두 번 먹진 않거든?"

"그래, 그래."

나루의 머리를 토닥토닥 두드리며, 이제는 나루와 함께하는 시간이 즐겁다는 걸 새삼 깨달았다. 전에는 이러지 않았다. 그녀가 보고 싶어도, 그런 마음으로 봐서는 안 되기에 이런저런 핑계를 대며 친구들의 모임을 빠졌다.

사랑을 접지 못한 것이 지후에게 미안했고, 지후의 애인을 그런 눈으로 보는 것이 죄스러웠다.

나루를 보면 좋으면서도 가슴이 따끔거리는, 행복하면서도 슬픈, 모순된 감정이 항상 재경의 안에 존재했다. 하지만 이제는 그렇지 않다. 조금의 어둠도 없이 나루를 대할 수 있었다.

'윤영이 덕분이지.'

말해 주고 싶었다. 네 덕분이라고. 네가 곁에 있어서 나는 이제 괜찮다고. 아주 많이 괜찮아졌다고.

한 번도 말하지 않은 건 아니었다.

언제였던가. 걱정스러운 표정으로 곁에 있어 주는 윤영에게, 진지하게 말한 적이 있었다.

―*윤영아, 난 이제 괜찮아. 정말로.*

그래, 다행이다.

윤영은 그렇게 대답했다. 하지만 믿는 눈치는 아니었다. 늘 곁에 있어 주는 윤영에게 미안해서, 괜찮은 척 포장하는 것으로 여기는 듯했다.

 '난 정말 괜찮은데.'

 파란 하늘이 예쁘다는 걸, 떨어지는 벚꽃이 아름답다는 걸, 그 광경을 윤영과 함께하고 싶어졌다는 걸, 윤영에게 알리고 싶었다.

 패스트푸드점에 들어가 햄버거 세트를 시키고 자리를 잡았다. 대학 근처의 가게라서, 대학생들이 많았다. 시끌벅적하게 떠들어 대는 대학생들을 보니, 대학 때가 떠올라 웃음이 나왔다.

 저 때에, 나도 저렇게 친구들과 햄버거를 먹으며 시간을 보냈었다.

 "아, 이번 시험 진짜 완전 망한 것 같아."

 "나도. 아니, 교수님은 왜 그런 문제를 내는 거야? 그거 수업 시간에 나오긴 했었어?"

 "몰라, 자느라 못 들었어."

 시험이 막 끝났나 보다.

 "우리도 저럴 때가 있었지."

 나루도 그 대학생들을 보고 있었는지, 그립다는 듯 중얼거렸다.

 "그러게. 그 후에는 다른 여러 가지 일 때문에 정신이 없었지만."

"아, 미안해. 우리 때문에 대학 생활을 제대로 못 즐기게 해서."

"아냐, 미안하라고 한 말. 평범한 애들은 겪지 못할 일을 겪었잖아. 즐거웠어, 나름대로. 남한테 말해 봐야 믿어 주지도 않을 일들이지만."

애잔하게 말하는 재경을, 나루는 물끄러미 응시했다.

재경은 한때 나루의 연갈색 눈동자를 보면, 심장이 터질 듯 뛰었었다. 이제는 그러지 않아서 다행이라고, 그녀와 눈을 맞출 수 있어서 참으로 다행이라고, 재경은 생각했다.

"재경아."

"응?"

"오늘, 윤영이 데이트한대."

생각지도 못한 말에, 심장이 철렁 내려앉았다. 표정을 갈무리해야 하는데, 아주 잠깐 속마음이 얼굴로 드러났던 것 같다.

재경은 황급히 표정을 관리했지만, 나루의 눈썹 끝이 내려갔다.

"회사 사람이래. 잘생기고 키도 크고 능력도 있고, 인기 많은 남자래. 윤영이보다 한 살 연하고. 그 사람이 윤영이한테 데이트 신청을 했나 봐."

나루가 장황하게 늘어놨다. 다행히 이어지는 말에는 동요를 드러내지 않을 수 있었다. 애써 입꼬리를 끌어올렸다.

"그거 잘됐네."

"정말?"

"응, 잘됐잖아. 윤영이도 이제 슬슬 연애해야지."

"정말?"

"응, 정말."

나루가 미간에 힘을 주고 재경을 똑바로 응시했다.

아, 그녀의 눈동자를 똑바로 마주칠 수 있다는 말은 취소다.

나루가 이렇게 쳐다볼 때면, 재경은 시선을 피할 수밖에 없었다. 나루의 맑은 눈동자는 때때로 재경의 머릿속을 휘젓는 것처럼 느껴질 때가 있었다.

그것이 나루 특유의 재능인지, 아니면 나루가 재경보다 12년을 더 살아서인지는 모르지만, 그녀가 이렇게 쳐다볼 때면 재경은 안절부절못하게 되었다.

재경은 이상해 보이지 않도록 느릿하게 시선을 아래로 떨어뜨리며 말했다.

"내가 거짓말을 할 이유가 없잖아."

왜일까. 나루에게 솔직하게 말할 수가 없었다.

나, 윤영이를 사랑해. 나, 이제 그 애를 사랑하게 됐어. 나는 이제 널 사랑하지 않아. 너를 봐도 아무렇지도 않아.

왜 말할 수 없는 걸까.

어쩌면 너무 가벼운 남자로 보일 것만 같아서일지도 모르겠다.

"알겠어, 그럼. 윤영이한테 잘 해 보라고 응원해 줄게."

나루가 입술을 비쭉거리며 말했다.

또다시 심장이 철렁했다.

뭐, 그렇게까지야. 응원까지 해 줄 필요는 없잖아. 어련히 알아서 잘하겠지.

목구멍까지 튀어나온 말을 간신히 삼켰다. 너무 속보이는 말이었다.

"그리고 있잖아, 재경아. 나 고민이 하나 있는데."

"응, 뭔데?"

"음. 그게…… 음."

그 시점에서 재경이 한 번 더 "무슨 일이야?"라고 물어 줬더라면, 나루는 솔직하게 고민을 털어놨을지도 모르겠다. 그러나 재경은 윤영이 데이트를 한다는 충격에서 벗어나지 못해, 나루의 어두운 표정을 살피지 못했다.

한참 망설이던 나루는 생각을 바꿨다.

"아냐, 아무것도. 다 먹었으면 일어나자."

나루는 가게 앞에서 택시를 잡아탔다. 택시를 타자마자 나루의 얼굴이 굳어졌다.

오늘 재경을 만나러 온 목적은, 윤영의 데이트 사실을 알리는 것도 있었지만 고민 상담도 하기 위해서였다. 하지만 고민을 입 밖으로 꺼내기가 어려웠다.

아이를 갖기 위해 노력한 지 6개월이 지났지만, 아직도 소식이 없었다. 지후는 이것이 큰 문제라고 생각하지 않는 듯했지만,

나루는 걱정스러웠다.

'내 몸에 이상이 있는 건 아닐까?'

아이를 갖기에 좋은 몸 상태는 아닐 것이다. 밤샘을 밥 먹듯이 하고, 연구를 할 때는 끼니를 거르는 적도 많으니까.

어쩌면 그런 것들이 원인이 되어, 아이를 갖지 못하는 몸이 되었다는 불안감을 지우기 힘들었다.

재경에게 물어볼 생각이었지만, 아무래도 남자인 재경에게 이런 걸 자세히 물어보기가 힘들었다.

'그냥 산부인과를 한번 가 봐야 하나?'

* * *

—오늘, 윤영이 데이트한대.
—잘생기고 키도 크고 능력도 있고, 인기 많은 남자래.

나루의 목소리가 머릿속을 맴돌았다. 환자가 앞에 있는데도, 나루가 계속 귓가에 대고 속삭이는 것만 같았다.

'잘생기고 키도 크고 능력도 있고 인기 많은 남자는 피곤할 뿐이야. 여자를 지치게 만든다고. 좋은 남자가 아냐.'

그러다가 문득 깨닫는다.

자신도 그런 남자의 범주에 들어 있음을.

'게다가 난 윤영이랑 가장 친한 친구를 짝사랑하기까지 했었

지. 최악이네.'

어느 것을 갖다 붙여도 '친구를 짝사랑했던 남자'는 최악의 위치에 속한다. 어쩌면 친구의 전 애인이나 전 남편보다 더 아래쪽에 있을지도 모르겠다.

'윤영이는 인기가 많지.'

재경의 마음에 윤영이 들어온 후에도, 윤영에게 관심을 표현하는 남자들이 꽤 많았다. 윤영이 종종 데이트를 했다는 것도 알고 있었다. 이번에도 그런 경우라고 생각하면 되겠지만, 그렇게 생각되지 않는 이유는 하나였다.

'우리도 이제 33살이니까.'

결혼 적령기라는 말이 있다. 통상적으로 여자는 20대 후반에서 30대 초반에 결혼 생각을 많이 하게 된다. 주변에서도 결혼 이야기를 꺼내고, 닦달을 하기도 한다.

윤영도 그런 이야기들을 많이 듣고 있을 것이다.

서른 살을 막 넘겼을 때, 윤영이,

"하, 친척들이 결혼 안 하냐고들 난리야. 지금 그럴 정신이 없는데."

라는 말을 한 적이 있었다.

그랬다.

서른 살 때는 그럴 정신이 없었다. 작년까지 그들은 '지후의 죽음'이라는 과제를 눈앞에 두고 있었기에, 결혼 같은 걸 신경쓸 마음의 여유가 없었다. 때문에 윤영에게 접근하는 남자가 많다는 걸 알면서도 마음을 놓고 있었다. 하지만 이제는 가장 큰 과제가 사라졌다.

이제 윤영에게 들려오는 '결혼'이라는 이야기는, 전과 다르게 스트레스가 될 것이고, 불안이 될지도 몰랐다.

가장 친한 친구인 나루는 결혼을 했고, 선미와 지영도 그랬다. 친구들이 하나, 둘 결혼하는 모습을 보며, 윤영도 이제는 결혼을 하고 싶다는 생각을 하게 될 것이다.

지독한 사랑은 관두고, 평온한 사랑을 시작하고 싶다는 마음도 생길 것이다. 그래서 이제까지와는 다르다.

'안정적인 직장에 능력이 있고 외모까지 괜찮은 남자라면, 결혼 상대로 좋겠지.'

쓴웃음이 나왔다.

왜 나는 서른이 넘은 이 시점에도, 20대 초반과 달라진 것이 없을까.

사랑은 사람을 성장시킨다는데, 나는 왜 조금도 성장하지 않았을까.

"선생님, 표정이 많이 안 좋으세요."

옆에서 들려오는 목소리에 상념에서 벗어났다. 아까 나루에게 그렇게 당했으면서도, 정희가 걱정스러운 표정으로 재경의 옆에 서 있었다.

"무슨 일 있으셨어요?"

정희가 재경의 팔에 살며시 손을 얹으며 물었다.

"아니요. 아니, 있네요."

재경은 정희의 손길을 피하며 말했다.

"짝사랑하는 여자가 있는데, 그 일로 마음이 안 좋아서요."

정희가 당황한 듯 눈을 크게 떴다.

"짝사랑…… 이요? 재경 선생님이요? 여자를 짝사랑한다고요?"

"네, 저도 짝사랑쯤은 합니다."

"아니, 대체 왜요? 재경 선생님은 엄청 잘생기셨잖아요."

"여자들이 전부 잘생긴 남자를 좋아하는 건 아니잖아요. 게다가…… 서로 좋아해도 장애물이 있는 경우도 있고요."

'친구를 짝사랑했던 남자'라는 장애물.

하지만 정희는 그걸 어떻게 받아들인 건지, 거의 경악한 표정을 지었다가 휙 돌아섰다.

정희가 뭐라 생각하든 상관없었다. 재경은 그저 윤영 생각뿐이었다.

'윤영이, 지금쯤 그 남자랑 데이트를 하고 있을까?'

'그 여자겠지?'

정희는 간호사실로 향하며 생각했다.

'그래, 그 여자일 거야.'

서로 좋아해도 장애물이 있는 경우. 생각나는 건, '불륜'밖에 없었다. 친구의 부인을 사랑하는 것이 분명했다.

'그래, 그 여자를 보는 눈이 심상치 않았어. 그 여자가 재경 선생님 대하는 것도 심상치 않았고. 아무리 친해도 남편 친구를 그런 식으로 대하지는 않잖아. 그 여자가 나한테 한 것도 분명 자기 남자를 건드리는 것 같으니까 질투해서 한 짓이 분명해.'

그렇게 답이 나오자, 그동안 재경을 좋아했던 마음이 분노로 바뀌었다. '감히 나 같은 여자를 거부하고 불륜을 저지르다니. 정의의 이름으로 널 용서하지 않겠어.' 따위의 그릇된 정의감이 정희의 가슴을 지배했다. 그릇된 정의감은 그릇된 행동으로 표현되었다.

정희는 간호사실에 들어가자마자, 동료 간호사들에게 말했다.

"그거 알아? 성재경 선생님, 불륜이래."

*　　*　　*

상운은 약속 장소에 먼저 나와서 윤영을 기다리고 있었다. 흰색 맨투맨 셔츠에 물 빠진 청바지를 입은 상운은 회사에서와 완전히 다른 사람으로 보였다. 그러고 보니 상운이 정장 아닌 다른 옷을 입은 건 처음 보는 것 같았다.

윤영을 발견한 상운의 얼굴에 해사한 미소가 떠올랐다. 윤영은 마주 미소를 지어 주며, 재경을 떠올렸다. 언제였던가, 이런 광경을 본 것 같았다.

이 시간의 주인공　351

아, 그래. 2년 전이었나?

모처럼 시간이 났다며, 재경이 영화나 보자고 했다. 지후와 나루가 결혼을 하고, 명진이 유명해진 이후로 재경과 윤영은 단둘이 만나는 날이 많아졌다.

나오는 길에 위층에서 못된 꼬맹이가 뱉은 침에 맞는 바람에, 재경에게 늦을 것 같다고 말한 후 다시 옷을 갈아입고 나왔다.

아마도 재경은 한참 기다렸을 것이다. 영화관 매표소 앞의 의자에 앉아 있는 재경을 단번에 발견할 수 있었다. 그 주위의 여자들이 재경을 흘긋흘긋 훔쳐보고 있었다.

너무 늦어서 기분이 상했겠지, 사과해야겠다.

그런 생각을 하며 재경을 향해 걸어가는데, 마침 고개를 들던 재경과 눈이 마주쳤다. 그 순간, 재경의 얼굴에 떠오른 미소는 아주 오랫동안 윤영의 가슴을 설레게 했다. 우유 위에 톡 떨어뜨린 연분홍빛 물감처럼, 느릿하면서도 달콤하게 번지는 미소였다. 마치 사랑하는 연인을 발견했을 때 짓는 것 같은 미소가, 아직도 생생하게 떠올랐다.

"우와, 오늘 정말 예뻐요."

그때, 윤영에게 다가온 상운이 말했다.

윤영은 정신을 차렸다. 오늘은 상운을 만나러 나왔다. 상운을 만나면서 재경을 생각하는 건, 상운에 대한 예의가 아니다.

"고마워요. 과장님도 그 옷 되게 잘 어울리네요. 대학생 같아요."

"대리님이 워낙 어려 보이시니, 저도 좀 어려 보여야 할 것 같아서요. 그런데 대리님, 그렇게 입으시니까 되게 분위기가 달라 보이네요."

"어색한가요?"

"아뇨, 아뇨. 정말 예뻐요. 정말로."

단호하게 말하는 상운의 모습에 웃음이 나왔다. 옷차림 때문인지, 회사 밖에서 만나서인지는 모르겠지만, 상운이 귀여운 동생으로 보였다.

'그래 봐야 한 살 차이인데.'

"점심, 드시고 싶은 거 있으세요?"

상운이 물었다.

"음, 오늘은 정말로 아무 거나 좋을 것 같은데."

"원래 첫 데이트는 정해져 있죠. 파스타."

"첫 데이트 자주 해 보셨나 봐요."

"너무 못 해 본 사람보다는 낫지 않겠어요? 첫 데이트만큼은 자연스럽게 진행할 수 있으니까."

"첫 데이트 숙련가이시군요."

"네, 전설의 첫 데이트까지는 아니어도 나쁘지 않은 첫 데이트는 할 수 있게 모시겠습니다."

다행히 상운과 사석에서 만나 대화를 하는 건 불편하지 않았다. 회사에서와 다르게 사석에서 만난 상운은 말도 잘하고 장난기도 있었다.

'아니, 내가 회사에서 이 사람을 진지하게 지켜본 적이 없어서, 이런 부분을 발견 못 했었는지도 모르지.'

회사의 인기남이지만, 윤영의 시야 안으로 들어온 적은 없었다. 윤영의 시야는 항상 재경으로 가려져 있었으니까. 이제야 비로소 상운이라는 사람을 제대로 보는 중이니, 그가 하는 모든 행동이 신선할 수밖에 없었다.

딱 봐도 소개팅이나 첫 데이트 때에 방문할 것 같은, 적당히 고급스러운 이탈리안 레스토랑에 들어갔다. 각자 파스타를 하나씩 시키고 식사를 하면서 도란도란 대화를 나눴다. 대화는 어색하지 않았고 물 흐르듯 자연스럽게 흘러갔다.

하지만.

'왜 자꾸.'

재경이 떠올랐다. 눈앞에 있는 남자는 분명 상운인데, 재경이 겹쳐져 보였다. 닮은 점은 하나도 없는데도, 재경과 이렇게 시간을 보냈던 때가 떠올라 가슴이 지끈, 지끈, 지끈.

'아파.'

아팠다. 그래서 화가 나고 슬펐다. 괜찮은 남자와 데이트를 하는 순간에도 재경을 떠올리게 되는 게, 바보 같고 미안했다.

'역시 이건 아닌 것 같아.'

재경을 정리하지 못한 채로 다른 남자를 만나는 건, 상대에게 못 할 짓이었다.

"과장님."

상운이 옅은 미소를 지으며 윤영을 응시했다. 강아지 같은 그의 눈망울을 보자 마음이 흔들렸지만, 윤영은 마음을 다잡고 말했다.

"죄송해요. 이렇게 만나는 건 좀 아닌 것 같아요."

"네?"

상운의 눈이 커졌다.

"과장님이 저한테 호감이 있는 것 같아요. 제가 틀렸다면 죄송하지만……."

"틀리지 않았어요."

상운이 윤영의 말을 끊었다.

"대리님 생각이 맞아요. 저, 대리님한테 관심 있어요."

"아……."

"처음 입사하셨을 때부터 눈을 뗄 수가 없었어요. 첫눈에 반했다고들 하죠. 저, 대리님한테 첫눈에 반했어요."

"그렇게 오래…… 요?"

"네, 그렇게 오래요. 아무래도 제가 이 회사를 더 오래 다녔고, 직급도 높다 보니 섣불리 접근하면 대리님이 불편하실 것 같아서 친해질 기회를 노리고 있었어요. 오늘이 저한테는 그 기회고요."

"아……."

상운이 이렇게까지 솔직하게 나올 줄은 몰랐다. 그래서 윤영은 더 난처해졌다.

"말 끊어서 죄송해요. 무슨 말을 하려고 하셨어요?"

상운이 물었다. 윤영은 잠시 망설이다가 크게 심호흡을 하고는 말했다.

"과장님, 저는 아주 오랫동안 짝사랑을 해 온 남자가 있어요."

"그렇군요."

"놀라지 않으시네요."

"네, 대리님처럼 매력적인 여자가 아직까지 혼자라는 건, 이유가 있을 거라고 생각했으니까요."

"과장님은 참, 여자 기분 좋게 하는 말을 잘하시네요."

"솔직하게 표현을 하는 것뿐이에요."

"그럼 저도 솔직하게 말할게요. 저, 지금 과장님 만나면서 계속 그 남자만 생각하고 있어요. 그 사람을 참 많이 좋아하거든요. 그래서 이건 아니라는 생각이 들었어요. 과장님한테 미안한 짓을 하고 있는 것 같아요."

"제가 멋대로 좋아하는 거니까 미안할 거 없어요. 저는 지금 이렇게 제가 짝사랑하는 여자와 단둘이 만날 수 있다는 것만으로도 기쁘니까."

"그렇게 말하지 말아요. 더 미안해지니까."

상운이 빙그레 웃었다.

"내가 좋아하는 사람이 나를 좋아해 주는 건, 정말로 기적적인 일이에요. 보통은 엇갈리는 게 사랑이죠."

상운의 말이 윤영의 가슴에 콱 박혔다. 정말로 그랬다. 사랑의 끝은 대부분 다른 곳을 향한다. 사랑과 사랑의 끝이 마주치는 것은 기적이었다.

"저는 이게 끝이 아니라 시작이라고 생각해요. 이제 막 대리님에게 관심을 표현했고, 첫 데이트를 하고 있죠. 지금은 엇갈린 상태로 시작을 하더라도, 이렇게 시간을 함께하다 보면 언젠가 우리의 끝이 같아질 수도 있지 않을까요?"

"그럴까요, 정말?"

"확률은 항상 반반이죠. 그저 상처받는 게 무서워서, 상처 주는 게 미안해서 시작도 하지 않으면, 아무것도 바뀌지 않을 거라고 봐요."

"과장님은 정말 자신감이 넘치네요."

윤영의 말에 상운이 쓴 미소를 지었다.

"도망치다가 사랑을 놓치고 싶진 않거든요. 대리님이 좋아요. 아주 오랜만에 누군가를 좋아하게 됐어요. 그래서 저는 대리님이랑 앞으로도 함께하고 싶어요."

"하지만 전……."

"괜찮아요. 지금은 대리님 마음에 다른 사람이 있어도 괜찮아요. 제가 잊게 해 줄게요."

"전 지금도 계속 그 사람만 생각하고 있어요."

"그걸 미안해하지 않아도 돼요. 가끔 저랑 만나서 식사를 하고, 영화를 보고, 산책을 해요. 가끔은 가까운 곳으로 여행도 가고, 가끔은 힘든 일을 나누기도 해요. 그러다 보면 언젠가 대리님 마음에 제가 들어가지 않을까요?"

상운의 달콤하고 부드러운 제안에 쉽게 대답할 수가 없었다.

정말로 그럴까?

언젠가 이 남자가 재경을 밀어내고 내 가슴에 들어오게 될까?

그리하여 사랑의 끝이 같은 곳을 향하는, 그런 기적적인 일이 내게도 벌어질까?

만약 그렇다면, 놓치고 싶지 않았다.

이제는 아픈 짝사랑을 그만두고, 지후와 나루처럼 행복한 사랑을 하고 싶었다.

"알겠어요. 과장님의 제안, 고맙게 받아들일게요. 하지만 언제든 과장님이 그만두고 싶을 때는 말씀하세요. 원망하지 않을 테니까."

* * *

상운과 예정대로 데이트를 끝내고 집에 돌아와서 윤영은 조금 울었다.

상운과 함께하는 내내 떠오른 재경이, 윤영의 가슴을 엉망으로 헤집어 놓았다. 설레야 하는 첫 데이트를 하면서도 재경만 생각하는 자신이 한심하고 비참했다. 이런 건 이제 정말로 그만하고 싶다.

나를 사랑하지 않는 남자를 사랑하며 가슴이 무너지는 나날을 버티는 건, 이제 관두고 싶다.

"하아."

윤영은 소리가 나도록 한숨을 내쉬며 거울 앞에서 자신의 모습을 비쳐 보았다. 거울에 비친 윤영은 무척이나 우울해 보였다.

'나, 이렇게 어두운 애였나?'

그렇지는 않았다고 생각한다. 누구와도 잘 어울리고 잘 노는 그런 사람이었다. 한때는.

'그래, 이런 건 이제 관둬야겠어. 언제까지고 이 마음을 질질 끌고 갈 수는 없어.'

괜한 자존심에 이 마음 꽁꽁 감춰, 혼자 상처를 받고 고통스러워하는 건 이제 그만.

'나도 앞으로 나아가야지.'

지후의 죽음이라는 큰 과제를 해결한 후, 친구들을 한 걸음 한 걸음 분명하게 앞으로 나아가고 있었다. 문득 과거에 머물러 있는 사람은 자신뿐이란 생각이 들었다.

'나도 이제는 걸어가야지. 내 시간을.'

조금 늦은 시간이지만, 윤영은 집을 나와 택시를 잡았다. 이 시간이면 재경은 아직 병원에 있을 것이다.

그의 스케줄을 꿰고 있는 자신이 우스웠다. 이래 봐야 아무도 알아주지 않는데.

'아, 나루는 알아주려나? 하긴. 지후랑 명진이도 내 마음을 눈치챘을 거야. 그리고 아마…… 재경이도.'

그럼에도 재경이 아무 말 하지 않는 건, 난처해서겠지.

내 마음에 재경이 있는 것처럼, 그의 마음에는 나루가 있으니까. 내가 재경 때문에 다른 남자를 받아 줄 수 없는 것처럼, 재경도 나루 때문에 다른 여자를 받아 줄 여유가 없으니까.

그러니까 내 마음을 눈치챘으면서도 모르는 척하는 거겠지.

'모르는 척하는 건 이제 그만둬야 돼. 계속 이 상태면 난 한 걸음도 앞으로 나갈 수 없을 거야.'

택시가 달리는 동안, 윤영은 마음을 굳게 먹었다.

이제 내 시간도 움직이게 해야 할 때가 왔다.

* * *

당직이라 병원에 남아 있던 재경은 책상 앞에 앉아 고민에 빠져 있었다. 오늘 낮, 나루에게 윤영의 데이트 소식을 들었을 때부터 쭉 해 오던 고민이었다.

'고백을 어떻게 해야 윤영이가 내 마음을 믿어 줄까?'

이대로 윤영을 놓칠 수는 없었다. 이제 이 마음을 밝힐 때가 왔다. 하지만 과연 고백을 한다고 해서 윤영이 믿어 줄지가 의문이었다.

윤영은 재경이 아직도 나루를 사랑한다고 철석같이 믿고 있었다.

드르르르르―

책상에 놔둔 휴대폰이 울렸다. 무심코 휴대폰으로 시선을 던진 재경은 액정에 뜬 '윤영'이란 이름을 보고 황급히 전화를 받았다.

"어, 윤영아."

[병원이지?]

"응, 너는?"

[난 병원 앞이야.]

"아, 그래? 기다려. 지금 갈게."

[응.]

전화를 끊지 않고 귀에 댄 채로, 재경은 벌떡 일어나 당직실을 나왔다. 엘리베이터를 기다리는 내내 휴대폰을 귀에 대고 있었다. 숨소리조차 들리지 않아 끊겼나 싶어 확인을 했지만, 여전히 통화 중이었다.

'어쩌지? 윤영이가 이 시간에 왜 온 거지?'

분위기가 심상치 않았다.

'설마 내가 너무 늦은 건 아니겠지?'

오만가지 생각에, 윤영에게 말을 할 수가 없었다.

엘리베이터가 답답할 정도로 느리게 움직인단 생각이 들었다. 1층에 도착하자마자 입구를 향해 달렸다.

윤영은 정문 쪽 가로등 아래에 서 있었다. 어스레한 가로등 불빛을 받으며 오도카니 서 있는 윤영을 보자, 가슴이 뛰었다.

너를 보면 심장이 빠르게 뛰어. 이 심장 박동을 네게 들려주고 싶어. 확인시켜 주고 싶어.

그런 생각을 하며 윤영에게 다가갔다.

"윤영아."

윤영이 재경을 돌아보며 귀에 대고 있던 휴대폰을 내렸다.

"갑자기 찾아와서 미안해."

윤영이 말했다.

"아냐, 미안하긴. 어디 가서 좀 앉을까?"

"아니. 그냥 여기서 얘기하자."

"아, 그럴래? 뭐 할 말이라도 있는 거야?"

"응. 있어."

윤영이 고개를 들어 재경과 눈을 맞췄다.

재경은 지후가 나루에게 그러듯, 윤영의 볼을 어루만져 주고 싶었다.

고개를 바짝 들고 나를 보는 그녀의 머리를 마음껏 쓰다듬어 주고 싶었다. 그걸로 이 마음이 전해진다면, 몇 날 며칠이라도 그렇게 그녀를 보듬어 주고 싶었다.

윤영은 한동안 말을 하지 않았다.

영원 같은 침묵이 흐르는 동안, 재경의 불안함이 점점 커졌다.

'그 남자랑 잘된 건가?'

결국 참지 못하고 입을 열려는데, 윤영이 먼저 말했다.

"재경아, 나 오늘 데이트했어."

"아, 그래?"

전혀 몰랐다는 듯 대답했다.

"응, 우리 회사 과장님이랑. 좋은 사람이야, 그 사람."

"아……."

"나한테 첫눈에 반했다더라. 내가 좋대. 앞으로 우리의 끝이 같을 수 있게 함께 시간을 보내 보자더라."

"아, 그래."

'그 자식은 뭘 하는 놈이기에 말을 저렇게 잘해? 말 잘하는 남자는 뻔하다고.'

그렇게 생각하면서, 재경은 물었다.

"그래서…… 네 마음은 어떤데?"

윤영은 다시 입을 다물고 재경을 빤히 응시했다. 그녀의 커다란 눈망울이 촉촉하게 젖어 있었다.

우는 걸까, 라고 생각하는 순간, 윤영이 입을 열었다.

"재경아. 나는 사실…… 나는 사실 너를 좋아했어."

예상치 못한 순간에 고백을 받았다. 이럴 때 멋진 대응을 해야 하는데, 재경은 머릿속이 하얗게 비어 아무 말도 하지 못했다. 그런 재경의 모습을 보며 윤영은 쓰게 웃었다.

"언제부터인지 모르겠어. 처음에는 분명 아니었어. 하지만 어느 순간 너를 향한 감정이 사랑이 됐어. 사랑해. 그래, 재경아. 나, 널 사랑해."

세상에 이렇게 슬픈 표정으로 사랑한다 말하는 여자가 또 있을까?

윤영은 금방이라도 울음을 터뜨릴 것 같은 눈으로 말했다.

"사랑해. 그런데 이 사랑이 나를 움직이지 못하게 해. 나는 여전히 과거에 묶인 채, 앞으로 나가지 못하고 있어. 그래서⋯⋯ 그래서 이제 그만 접으려고. 널 향한 이 마음, 이제 접으려고."

그제야 재경은 정신을 차리고 입을 열었다.

"접지 마."

"접지 마, 윤영아."

재경이 말했다.

윤영이 놀란 듯 눈을 크게 떴다.

"나도야."

"어?"

"나도 너랑 같은 마음이야. 나, 널 사랑해."

지금 하는 고백이 진짜 멋없다고 생각할 여유도 없었다. 이 마음을 윤영에게 전해야 한다는 생각뿐이었다.

윤영은 휘둥그레 뜬 눈으로, 재경의 입술을 주시했다.

"널 사랑해. 그러니까 그 마음 접지 마, 윤영아."

"말도⋯⋯ 안 돼⋯⋯."

윤영이 시선을 아래로 떨어뜨리고 중얼거렸다.

"아니, 말이 돼. 나는⋯⋯."

"너는 나루를 사랑하잖아."

"그래, 물론 그랬지. 하지만 지금은⋯⋯."

"아니, 너는 나루를 사랑해. 너는 평생 연나루만 사랑해."

"옛 시간의 성재경과 나는 달라. 이 시간은 내 거야. 이 시간의 감정도 내 거고. 네 꿈의 성재경과 나를 겹쳐서 보지 마."

"재경아, 너…… 너, 날 동정하는 거니?"

생각지 못한 질문에 재경은 대답할 말을 찾을 수가 없었다. 윤영은 눈물이 고인 눈으로 재경을 올려다보며 물었다.

"내가 불쌍해? 전에는 지후를, 이번에는 너를 사랑하는 내가 불쌍해서 지금 이러는 거니?"

"윤영아, 내가……."

"그러지 마. 날 불쌍하게 여길 거 없어. 짝사랑을 하는 사람들끼리 서로의 상처를 핥아 주면서 붙어 있으려고 할 필요도 없고. 나는……."

윤영의 볼을 타고 눈물이 흘러내렸다. 윤영은 손등으로 눈물을 쓱 닦았다.

"필요 없어, 그런 거."

"그런 거 아냐."

"아니, 맞아."

윤영이 손목을 잡고 있는 재경의 손을, 다른 쪽 손으로 떼어 냈다.

"이런 걸로 동정받고 싶지 않아. 그게 너라면 더더욱. 당분간 만나지 말자. 친구라는 이름으로도, 널 볼 수 없을 것 같으니까."

"윤영아."

휙 돌아서서 도망치듯 달려가는 윤영을 잡을 수가 없었다.

윤영이 어렵게 고백한 만큼, 재경 또한 그렇게 고백을 했다. 그 고백은 윤영의 마음에 닿지 못했다. 마음은커녕 '동정'이라는 싸구려 감정으로 전락 당했다. 그녀를 잡으러 달려갈 힘이 있을 리 없었다.

재경은 쓰디쓴 표정으로, 멀어지는 윤영의 뒷모습을 멍하니 지켜보았다.

* * *

병원이 보이지 않을 만큼 멀리 달려간 후에야, 윤영은 달리기를 멈췄다. 폐가 아플 정도로 숨을 몰아쉬며, 윤영은 그대로 주저앉았다.

―*접지 마, 윤영아.*

재경의 음성이 귓가를 맴돌았다. 하지만 그의 표정은 도무지 떠오르지가 않았다.

재경은 어떤 표정, 어떤 눈빛으로 그런 말을 했을까?

왜 그런 말을 한 걸까?

'정말로 날 사랑해서?'

아니, 그럴 리 없다. 만약 그렇다면 지금껏 그 마음을 감추고 기다렸을 리가 없었다.

나루를 사랑했던 재경을 기억한다. 재경은 저돌적이었고, 그 마음을 감추지 못했다. 나루를 사랑하는 마음을 온몸으로 표현했다. 그랬던 재경이 윤영을 사랑하게 되었다면, 지금껏 그 마음을 꽁꽁 감추고 있을 리 없었다.

　게다가.

　'지후랑 나루가 운명처럼 서로를 사랑하듯, 재경이가 나루를 사랑하는 것도 운명이야.'

　옛 시간에서 재경은 고백도 하지 못한 채, 길고 긴 짝사랑을 가슴에 품고 살아갔다. 재경은 자꾸 그 시간의 자신과 지금의 자신은 다르다 하지만, 결국 본질은 같았다. 그 시간에서도, 이 시간에서도 재경은 나루를 보자마자 반했다. 그런 사랑이었다.

　다만 이루어지지 않았을 뿐, 재경의 사랑 또한 절절하고 아름다웠다.

　'하지 말지. 그런 거짓 고백, 하지 말지.'

　윤영은 두 손에 얼굴을 묻었다. 재경에게 이 마음을 솔직하게 표현하고, 당분간 마음 정리할 시간을 갖고 싶다고 말할 계획이었다. 고백을 하고 나서 후련한 기분으로 상운을 만나고, 재경을 향한 마음을 조금씩 정리할 예정이었다. 그런데 재경이 다 망쳐 버렸다.

　'이러면 이제 못 만나잖아.'

　동정을 받았다. 최악이다. 사랑하는 남자한테 사랑을 이유로 동정을 받다니. 소중한 친구한테 짝사랑을 동정받아 고백을 끌어내다니.

'싫다, 진짜.'

사랑도, 친구도 잃은 절망에 가슴이 미어졌다.

'아, 정말 싫다.'

* * *

명진은 자다 깨서 부스스한 상태로 현관문을 열었다. 재경을 위아래로 훑어본 명진이 잠긴 목소리로 물었다.

"벌써 아침이냐?"

"응."

"그래?"

명진이 고개를 돌려 거실에 붙어 있는 전자시계를 확인했다. 새벽 2시 30분이었다.

"그래, 아침이라면 아침이겠네."

명진이 하품을 하며 재경이 들어올 수 있도록 옆으로 비켜섰다.

"뭐라도 꺼내 마셔. 세수 좀 하고 올게."

명진이 턱으로 냉장고를 가리켜 보이고 욕실로 들어갔다. 냉장고 문을 열었더니 맥주와 소주가 가득 차 있었다.

재경은 맥주를 하나 꺼내 들고, 바형의 식탁에 앉았다.

"그래서? 뭔데?"

세수를 하고 나온 명진이 재경의 맞은편에 앉으며 물었다.

"명진아, 내가 그렇게 못 믿을 놈으로 보이냐?"

느닷없는 질문에 명진은 미간을 좁히고, 재경의 화려한 얼굴을 꼼꼼히 살펴봤다. 이윽고 명진이 대답했다.

"뭐, 그런 면이 없잖아 있지."

"대체 왜?"

"얼굴이 너무 화려하면 살짝 사기꾼 같은 냄새가 나거든. 네 얼굴이 좀 왕자님 같으냐."

"그럼 왕자들은 다 사기꾼이냐?"

"호오. 본인이 왕자님처럼 생겼다는 건 인정하나 보네?"

"이제 인정할 때 됐지. 하아."

"자기 잘생긴 거 인정하면서 깊은 한숨 쉬는 놈은 처음 본다, 야. 무슨 일인데 그래?"

"고백을 했어."

"호오. 드디어?"

명진은 그다지 놀랍지 않은 것 같았다.

"역시 너도 눈치채고 있었군."

"보통은 눈치채지. 그래서?"

"안 믿더라."

"그렇군."

"내가 동정을 한다고 생각하던데."

"최악이네."

"그래, 최악이지."

"하지만 어쩔 수 없지. 너는 나루를 짝사랑했었으니까. 그것도 아주 절절하게."

"그래, 아주 절절했지."

재경이 쓴웃음을 지었다. 참으로 절절한 첫사랑이었다. 그때는 그 사랑이 영원할 줄 알았다. 나루를 향한 그 애절한 마음이, 죽는 날까지 계속되리라 생각했다. 옛 시간의 성재경과 이 시간의 나는 다르다고 주장하면서도, 사실은 그렇지 않을 거라고 여겼었다.

"옛 시간의 성재경과 나는 달라."

"그래."

명진이 고개를 끄덕였다.

"내게는 윤영이가 있었어."

"그래."

"옛 시간의 성재경에게는 없던 거였지. 내 마음을 알아 주고, 내 마음을 위로해 주고, 내 마음을 걱정해 주는 한 사람이, 내게는 있었어. 그래서 나는 이제 정말로 다른 사랑을 할 수 있게 됐어. 윤영이 덕분이지."

"그래."

"하지만 이러면 뭐하냐. 정작 본인이 믿어 주질 않는데."

"뭐, 그럴 수밖에 없지. 믿지 않는 것도 믿지 않는 거지만, 불안함이 더 클걸."

"뭐가 불안해? 내가 한없이 가벼운 놈이라, 쉽게 마음이 바뀔까 봐?"

"아니. 비교하게 될까 봐. 네가 나루를 대할 때와 자신을 대할 때의 모습을, 나루와 자신의 모습을, 그런 것들을 자꾸 비교하고 질투하게 될까 봐."

"아아."

어떤 건지 알 것도 같았다.

"만약 너와 사귀게 되면 윤영이는 가끔 그런 생각을 하게 될 거야. 네가 나루를 대할 때 질투를 할 수도 있고, 역시 성재경은 연나루를 여전히 사랑해, 라는 생각을 할 수도 있어. 그런 의심과 불안은 사라지기 힘든 거지, 보통은."

"보통은 그런가?"

"그래, 보통은. 그런 것도 윤영이한테는 굉장히 불안하고 걱정되는 일일 거야. 예전에 한 번 지후를 짝사랑하면서 자신을 잃은 적이 있었잖아. 또 그렇게 될까 봐 걱정이 되기도 하겠지."

"너는 사랑 한 번 안 해 본 애가 여자애들 마음은 잘도 안다. 사실은 여자 아냐?"

"나 같이 생긴 여자가 세상에 있으면 좀 무서울 것 같지 않냐?"

"그건 그러네."

실없는 소리를 주고받아도, 가슴에 얹힌 묵직한 통증은 사라지지 않았다. 결국 재경은 억지로 짓고 있던 미소를 거두고 고개를 숙였다.

"어렵다, 사랑."

"그래."

"내 사랑은 할 때마다 왜 이 모양인지 모르겠다, 정말."

"그래서, 이번에도 고이 접어 다른 남자한테 넘기게?"

약간의 비아냥이 섞인 명진의 말에, 재경이 고개를 번쩍 들었다. 명진에게 시선을 고정시킨 재경이 흔들림 없는 눈동자로 말했다.

"아니, 이번에는 절대로 놓치지 않을 거야. 윤영이를 반드시 내 여자로 만들 거야."

명진이 휘오, 하고 휘파람을 불었다.

"크흐. 역시 잘생긴 놈이 말하니까 영화 보는 것 같다, 야."

* * *

고민으로 밤을 지새우게 될 줄 알았는데, 의외로 잘 잤다. 뭐가 그리 곤했는지, 도망치듯 집으로 돌아와 침대에 눕자마자 잠이 들었다. 그래서 재경의 고백에 대해 고민해 볼 겨를도 없었다.

어젯밤 씻지도 못하고 잤는데 늦잠까지 자는 바람에 유독 분주한 아침이었다. 윤영은 화장도 제대로 못 한 채로 집을 나왔다. 전철에서 시루떡처럼 뭉개져 이리저리로 흔들거리며 내릴

역에 도착했다. 사람들에게 밀리다시피 전철에서 내려 개찰구를 나오고 있을 때였다.

"대리님."

들려오는 음성이 착각인 줄 알았다. 윤영은 개찰구를 채 빠져나오지 못한 채로 고개를 돌렸다.

슈트를 입은 상운이 개찰구 앞쪽에 서서 싱긋 웃으며 손을 흔들었다. 생각지 못한 상운의 모습에 멍하니 서 있는데, 뒤쪽에서 기다리던 사람들이 짜증을 냈다.

"뭐야? 왜 안 나가?"

"아, 사람도 많은데 뭐 하는 거야?"

윤영은 죄송합니다, 하고 사과를 하고는 개찰구를 나서 나왔다.

"미안해요, 저 때문에 괜히."

상운이 사과를 했다.

"아뇨, 괜찮아요. 오늘 전철 타고 출근한 거예요?"

"네."

"왜요? 집에서 버스 갈아타고 그래야 해서 대중교통 불편하다고 하지 않았어요?"

"그렇긴 한데, 그냥요. 아니, 대리님이랑 회사까지 같이 걸어가고 싶어서요."

단정하게 차려입은 남자가 해사하게 웃으며 달콤한 말을 건네는데, 설레지 않는 여자는 없을 것이다.

윤영 또한 그랬다. 재경을 사랑하는 것과는 별개로, 오랜만에 느끼는 풋풋한 상황에 심장이 두근두근 뛰었다.

둘은 나란히 걸었다. 너무 멀지도, 너무 가깝지도 않은 거리였기에 간혹 손등이 부딪쳤다. 짧은 접촉으로 전해지는 체온에 설레는 이유는, 어릴 때의 연애가 떠올랐기 때문이었다.

아직은 아무것도 몰랐던 그 시절, 그저 옆에 있는 것만으로도 좋아서 두근거렸던 어린 날의 풋사랑.

서른이 훌쩍 넘은 두 남녀인데 이런 기분이 드는 게 신기했다.

'나도 심장이 완전히 굳어 버린 건 아니구나. 다행이다.'

이런 기분을 느끼게 해 준 상운에게 고맙기까지 했다. 그러다가 문득 떠오른 추억에, 심장에 가느다란 상흔이 생겼다.

덜컹거리는 전철, 밀려 들어오는 퇴근길의 사람들, 그리고 고개를 들면 보이는 재경의 날카로운 턱선.

윤영은 문에 등을 기대고 있었고, 재경은 그런 윤영을 보호하듯 두 팔로 윤영의 양쪽을 버티고 있었다. 혹여 눈이 마주칠까 흘끔흘끔 시선을 들어 그의 턱을 확인했다. 재경은 조금 고개를 들고 있어서, 그의 표정은 볼 수가 없었다.

재경이 어떤 표정을 짓고 있을지 궁금한 한편, 전해지는 그의 향기와 열기에 아찔해졌다.

그리고.

마침 고개를 숙이던 재경과 눈이 마주쳤다. 윤영은 황급히 시선을 피했고, 움직이는 시야 끝에 그의 눈이 반달 모양으로 예쁘게 휘어지는 모습이 보였던 적이 있었다.

그때의 일이 생생하게 떠올랐다. 설레고 두근거리는 일이어야 할 텐데, 아프기만 한 이유는 아마도 그와 내가 운명이 아니기 때문일 것이다.

지후와 나루처럼 운명으로도, 죽음으로도 연결되어 있지 않기에, 좋은 추억을 되새기는 것으로도 가슴이 에는 것이리라.

"무슨 생각을 그렇게 해요?"

말없는 윤영이 이상한지, 상운이 조심스럽게 물었다. 상운과 함께 걷는 중이라는 걸 새까맣게 잊고 있었다.

역시 안 되겠다. 이렇게 좋은 사람에게 나와 같은 기분을 느끼게 할 수는 없다. 내가 사랑하는 사람의 시선이 항상 나른 곳을 향하는 것을 지켜보는 건 아프고 고독한 일이다.

상운까지 그렇게 만들고 싶진 않았다.

지금이라면 늦지 않았다.

"과장님."

윤영은 상운을 돌아봤다. 윤영은 몰랐지만, 그녀의 얼굴은 금방이라도 울음을 터뜨릴 것처럼 일그러져 있었다. 때문에 상운은 윤영이 무슨 말을 할지 짐작할 수 있었다.

"미안해요, 저는……."

"싫어요."

상운이 검지를 들어 윤영의 입가로 가져갔다. 검지 끝은 윤영의 입술에 닿기 직전 멈췄다. 그 상태로 윤영이 입술을 움직이지 못하게 한 후, 상운이 말했다.

"지금 대리님이 하려는 얘기, 좀 나중에 들을래요. 그냥 오늘은, 그리고 내일도, 다만 며칠이라도, 우리 그냥 이렇게 나란히 걸어가요."

* * *

요 며칠 간호사들의 시선이 곱지 않았다. 예전에는 재경을 보면 생글생글 웃으며 인사를 해 왔는데, 요새는 대부분 눈도 마주치지 않으려고 했다.

재경이 지나가면 뒤에서 모여 수군거리기도 했다. 딱히 신경 쓰이는 일은 아니었고, 그 이유 역시 궁금하지 않았다.

재경은 그저 어떻게 해야 윤영이 이 마음을 믿어 줄지 고민될 뿐이었다.

"재경 선생."

병원 복도를 걸어가는데 뒤에서 동료 의사가 재경을 따라잡았다.

"어, 오늘 나오는 날이었어?"

"응급이 있어서. 이제 들어가 보려고."

"그래, 얼른 들어가서 쉬어. 와이프가 기다리겠다."

"기다리긴. 신나서 장모님이랑 쇼핑하러 나갔는데."

"그래도 집에 가면 기다려 주는 사람이 있어서 좋지 않아?"

재경의 질문에 동료 의사가 재경을 빤히 응시했다.

"왜 그렇게 봐?"

"요새 많이 외로워?"

"응? 갑자기 왜?"

"간호사들 사이에 안 좋은 소문이 돌던데."

"안 좋은 소문?"

"어, 이렇게 말하면 좀 그럴 것 같긴 한데…… 재경 선생이 임자 있는 여자를 만난다고들 숙덕거리더라."

임자 있는 여자. 그 소문의 진원지가 어딘지 알 것 같아서, 재경은 피식 웃음을 흘렸다.

재경의 주위에 임자 있는 여자라고 해 봐야 나무뿐이었고, 나루를 아는 사람은 정희가 유일했다.

"뭐, 임자 있는 여자를 만나기는 하지. 확실히 틀린 말은 아니야."

재경이 고개를 끄덕이며 대꾸하는 모습에, 동료 의사가 눈에 띄게 안도했다.

"불륜은 아니구먼?"

"불륜이면 큰일 나지. 나랑 제일 친한 친구의 와이프이기도 하고, 그 와이프가 나랑 제일 친한 친구이기도 한걸."

"아하. 누가 그런 소문을 흘린 거지? 간호사들이 재경 선생 그렇게 안 봤는데 실망이라고, 뒤에서 욕하고 난리 났어."

"아, 그래? 뭐, 누군지는 알 것 같지만…… 됐어. 차라리 이런

이 시간의 주인공 377

소문이 도는 편이 나아."

"왜?"

"간호사들이랑은 적당히 거리를 유지하고 싶으니까."

"크흐. 역시 잘생긴 놈들은 생각하는 게 다르구먼."

"아니, 이거랑 잘생긴 게 뭔 상관이야?"

"넘치고 넘치니까 아쉬울 거 없다는 거잖아. 우리 같이 평범한 놈들은 한 명, 한 명의 관심이 아주 귀하다고."

"아하하하."

재경은 힘없이 웃었다.

"이 잘생긴 얼굴, 확 잘라 내고 싶다."

"그럼 잘라서 나 줘. 그런 얼굴로 좀 살아 보게."

"좋을 거 없어."

재경은 동료 의사를 돌아봤다. 평범한 외모이지만, 그래도 사랑하는 여자와 연애를 하고 결혼을 하고, 지금은 아내의 배 속에 아이도 자라고 있었다. 그런 평범한 사랑을, 재경은 동경했다.

재경도 이제 평범하게 한 여자를 사랑하고, 사랑받고, 연애를 하고 싶었다.

* * *

일요일 오전, 지후와 나루가 아침을 먹은 후 설거지를 두고 가위바위보를 하고 있을 때, 지후의 휴대폰이 울렸다.

재경에게서 온 전화였다.

[나, 네 부인이랑 데이트 좀 해도 되냐?]

"언제?"

[오늘. 1시쯤에.]

"기다려 봐."

지후가 나루를 돌아봤다.

"재경이가 너랑 1시에 데이트하고 싶대."

"어디서?"

"어디서 하냐는데?"

[신촌.]

"신촌이래."

"응, 1시에 보자고 해."

"1시에 신촌으로 가겠대. 꽃 사 들고 와라. 내 와이프는 프리지아를 좋아해."

[적당히 좀 해.]

재경이 웃음기 묻어나는 목소리로 대답하고는 전화를 끊었다.

"갑자기 데이트는 왜?"

나루가 주먹을 쥐고 가위바위보 할 포즈를 취하며 물었다.

"글쎄. 나갈 준비해. 설거지는 내가 할게."

"뭐야, 내가 외간 남자랑 데이트를 한다는데, 질투도 안 하냐?"

"가끔 외간 남자랑 데이트도 해 줘야지."

"하지만 넌 외간 여자랑 데이트하면 안 돼."

"윤영이랑도?"

"아니, 윤영이는 괜찮지."

"그래, 재경이도 괜찮아."

나루는 지후의 볼에 쪽 소리가 나게 뽀뽀를 하고는 욕실로 향했다. 재경에게 윤영이 회사 사람과 데이트를 한다고 전한 지 일주일이 지났다. 어쩌면 그 일 때문에 보자고 한 걸지도 모르겠다.

씻고 나와서 화장을 하고 옷을 갈아입으려는데, 지후가 훈수를 뒀다.

"아니, 원피스 말고 청바지. 티셔츠는 맨투맨이나 후드로 입어."

"뭐야? 이건 데이트 차림새가 아니잖아."

"그래도 그게 좋아."

"재경이한테 무슨 말 들었구나?"

"응. 그렇게 입고 가."

"뭔데 그래?"

"가 보면 알아."

"마누라가 딴 남자 만나러 간다는데 패션 코치까지 해 주는 남자는 자기밖에 없을 거야."

나루의 말에 지후의 눈이 가늘어졌다.

"그래서 싫어?"

그렇게 묻는 지후의 얼굴을 보는 게, 나루는 여전히 좋았다. 두 팔을 벌려 지후의 목을 끌어안았다.

"아니, 너무 좋아."

지후가 웃으며 나루의 이마에 입을 맞췄다.

"잘 다녀와."

"응, 가서 최고로 멋진 데이트를 하고 올게."

"안 돼, 최고는 나야."

"그 최고가 오늘 바뀌면 어쩌지? 재경이가 워낙 여자 마음을 잘 알아주잖아."

"그럼 내가 다음에 그 최고의 자리를 탈환해야겠지."

지후의 배웅을 받으며 집을 나섰다. 신촌에 가는 건 오랜만이었다. 전철을 타고 가는데 합정역에서 임산부가 탔다. 어린 나이에 결혼을 했는지 앳된 얼굴의 임산부였다.

임산부와 함께 탄 남편은 연신 임산부의 배를 내려다보며 싱글싱글 웃었다. 그 남자와 지후의 얼굴이 겹쳐졌다.

'나도 아이를 가지면 지후가 저렇게 웃겠지?'

아이가 있든 없든 지후는 항상 다정했다. 나루를 보면 언제나 미소를 지었다. 그러나 배 속의 아이를 향해 짓는 미소는 사뭇 다른 느낌을 주었다. 모든 것을 다 내어 줄 수 있다는 듯한, 조건이 없는 애정 어린 미소. 아빠의 미소.

지후가 짓는 아빠의 미소가 궁금했다.

나루는 저도 모르게 자신의 날씬한 배 위에 손을 얹었다.
'왜 아이가 안 생기지? 오늘 재경이 만나면 한 번 물어볼까?'

* * *

신촌역에 내려서 재경에게 전화를 했더니, 예전에 자취를 했던 빌라 앞에서 만나자는 답이 돌아왔다.

나루는 이제 슬슬 재경이 뭘 하려는 건지 예상할 수 있었다. 오늘 아이가 안 생기는 일에 대해 물어보기는 글렀다. 그냥 느긋하게 데이트를 즐겨야겠다.

후드 티셔츠의 주머니에 두 손을 넣고 걷는 나루는, 영락없는 대학생으로 보였다.

자취를 했던 빌라가 있는 골목은 변한 것이 거의 없었다. 옛 시간에서 이 시간으로 돌아왔을 때, 이 골목을 걸으며 신선한 충격을 받았던 기억이 났다. 그리고 지금, 나루는 그때 느꼈던 감정을 또 한 번 느끼고 있었다.

추억 속의 길을 걷는 것은 아련하면서도 즐겁고 조금은 애잔한 색채를 자아낸다. 연두색과 분홍색, 파스텔 톤의 색채가 가득했던 나날의 기억들이 파도처럼 몰려왔다가 빠져나갔다.

빌라 앞에, 재경이 있었다. 재경 또한 그때처럼 면바지에 청남방을 입고 있었다. 왁스를 바르지 않은 연갈색 곱슬머리가, 재경을 유독 어려 보이게 했다.

나루를 본 재경이 환하게 웃으며 손을 흔들었다.

"나루."

"재경."

나루가 후드티셔츠에 손을 찔러 넣은 채로 도도도 달려가 재경의 앞에 섰다.

"야, 너 그러고 있으니까 진짜 대학생 같다."

"응, 너도."

"점심은 먹었어?"

"지후랑 간단하게 아침을 먹긴 했는데, 슬슬 점심도 먹을 수 있을 것 같아."

"그럼 오랜만에 한성 식당이나 갈까?"

"아, 좋지. 거기 김치찌개 먹고 싶어."

"나도. 가끔 생각나. 김치찌개랑 돈가스."

"맞아, 그 조합이 딱인데."

하지만 한성 식당은 사라졌고, 그 자리에 자그마한 개인 커피숍이 입점해 있었다.

실망감에 가슴이 허했다. 10년이 넘게 지났으니 없어져도 이상하지 않았는데, 당연히 그 자리에 있을 줄로만 알았다.

시간은 항상 그러했다. 흐름에 스친 많은 것들을 변하게 만든다. 물론 변치 않는 것 또한 분명 존재했다.

예를 들자면.

나루는 그때부터 쭉 옆에 있어 준 재경을 돌아봤다.

"아쉽다."
"그러게. 그냥 딴 거 먹으러 가자. 스시 어때?"
"스테이크 썰고 싶은데."
"돈가스에서 왜 스테이크로 업그레이드된 거야?"

재경은 투덜거리면서도 휴대폰으로 스테이크 맛집을 검색했다.

그래, 이런 거.

이런 소소한 대화를 나눌 수 있는 상대가 있다는 건, 변하지 않았다.

'아니, 좀 변했나? 그땐 소소한 대화가 아니라, 다들 묵직한 대화만 했었지. 지후가 죽을지, 살지 모르는 상황이었으니까.'

결국 학교 근처에 있는 가게에서 스테이크를 먹었다.

점심을 먹고 나와 학교로 향했다. 주말인데도 학교에는 학생들이 꽤 많이 있었다.

저번 주까지만 해도 벚꽃이 흐드러지게 피어 있었는데, 지금은 많이 떨어져서 나무마다 푸른 잎이 돋아 있었다. 바닥에 떨어진 벚꽃 잎을 밟으며, 전에 다녔던 길을 돌아다녔다.

이런저런 대화를 하면서 학교 한 바퀴, 또 이런저런 대화를 하면서 학교 한 바퀴.

새로 생긴 건물이 많아서, 가끔은 다른 학교를 걷고 있는 기분이 들기도 했다. 그러나 노천극장은 그대로였다.

나루와 재경은 노천극장에 멈춰, 무대 쪽을 내려다봤다.

"예전에 여기서 공연하면 정말 떠들썩했었는데."

"지금도 떠들썩할걸. 거기에 우리가 없다 뿐이지."

"재미있었어."

"응. 재미있었어."

잠시 대화가 끊겼다. 그동안 나루는 멀리 이어진 노천극장의 좌석을 보며, 오래전의 일을 떠올렸다.

이 시간으로 돌아오고 얼마 되지 않았을 때에, 이곳에 홀로 앉아 고독을 견디고 있는데 지후가 옆에 와서 앉은 적이 있었다.

자리를 떠나 뒤를 돌아봤을 때, 나루가 앉아 있던 자리, 지후의 옆자리에만 눈이 쌓여 있지 않았다.

그때의 광경이 생생했다.

그 광경은 죽을 때까지 기억될 것 같았다.

"13년 전, 이 교정에 있을 때에 나는 매일 생각했어."

문득 재경이 입을 열었다. 나루는 재경을 돌아봤지만, 재경은 여전히 정면을 응시하고 있었다. 꼿꼿하게 서 있는 그의 옆모습이 그림처럼 아름다웠다.

"연나루랑 사귀고 싶다."

"……."

"매일, 매일. 그 생각만 했지. 연나루가 좋아. 연나루랑 사귀려면 어떻게 해야 하지? 간혹 멀리에서라도 네가 보이면 심장이 뛰었어. 아니, 네가 없어도 너를 생각하면 두근거렸지."

"……."

"12년 전에도 나는 여기에서 생각했어. 연나루 옆에 있는 남자가 나였더라면 좋았을 텐데. 옛 시간에서 연나루를 지키고 죽은 남자가 나였더라면 좋았을 텐데. 단 한 번만이라도 마음껏 연나루를 안아 볼 수 있다면. 당연한 듯 저 손을 잡고 걷는 사람이 나였다면."

"……."

"11년 전에도, 10년 전에도…… 나는 늘 그런 생각을 하며 이 교정을 거닐었지. 그래서 이 대학이 싫었어. 여기에 오면 내 가장 소중한 친구의 연인을 그리워하고 짝사랑하는, 미련한 내 추억을 고스란히 뒤집어쓰는 기분이 들었거든."

재경이 나루를 향해 시선을 돌렸다.

"언제부터인지 모르겠어. 난 이제 이곳에 와도 네 생각이 나지 않아. 그 대신 다른 사람과의 추억이 떠올라. 그때는 아무것도 아니었지만, 이제는 소중해진 추억. 한때는 잊었지만, 다시금 기억나는 추억."

"응."

나루는 옅게 미소를 지었다.

"13년 전에도, 10년 전에도, 나루야. 나는 널 아주 많이 사랑했어."

"응, 알아. 그래서 참 고마워."

재경이 웃었다.

"응, 다행이야. 싫은 기억이 아니라 고마워해 줘서 정말 다행이야."

"응."

"이제는 널 봐도 설레지 않고, 널 봐도 욕심이 나지 않아. 그래서 더 이상 나란 놈이 싫지 않아. 그때의 그 지독했던 짝사랑은, 그저 내 인생을 스쳐 간 하나의 좋은 추억으로 남았어. 널 사랑한 걸 후회하지도 않고, 부끄럽지도 않아. 내가 그 마음을 정리할 수 있도록 기다려 준 너에게도, 지후에게도 참 고마워."

정말로 그랬다. 만약 지후나 나루가 재경의 앞에서 눈치를 봤더라면, 미안해했더라면, 오히려 이 마음이 더 부끄러워졌을 것이다. 하지만 지후와 나루는 재경이 있으나 없으나 스스럼없이 서로를 향한 애정을 표현했다.

이제야 와서 깨닫는다. 그것이 둘에게도 무척이나 어려운 일이었으리라는 걸. 그럼에도 그리 행동한 것은, 언젠가 재경이 그 일로 죄책감을 갖지 않게 하려던 의도였다는 걸.

만약 지후와 나루가 서로를 사랑하는데 재경의 눈치를 보았더라면, 지금 이 시점에서 무척이나 미안해졌을 것이다.

나 때문에 사랑을 표현하지 못한 지후와 나루를 볼 낯이 없었을 것이다.

재경이 노천극장의 관람석에 앉기에, 나루도 그 옆에 앉았다.

"내 인생에 사랑은 딱 한 번일 줄 알았어. 너랑 지후가 그랬듯이, 나도 그럴 줄 알았어. 그런데 아니더라."

"응, 아니지."

"그래. 내 안에 다른 사람이 들어와 버렸어. 처음에는 조용히 쓰린 마음을 달래주기만 했었는데, 어느덧 구석구석 빈틈없이 그 사람이 채워졌어. 그래서 이제는 이곳에 와도 그 사람만 생각난다."

"아무 상관 없다더니."

나루가 비쭉거리며 한 말에, 재경이 웃었다.

"수줍잖아. 이제 와서 나, 윤영이를 사랑해, 라고 말하기는."

"뭐가 수줍어? 볼 거 다 본 사이에."

"오해할 말 하지 마. 내 육체는 아직 내 거니까."

"변태 같은 소리 좀 하지 말아 줄래?"

"네가 먼저 했잖아."

"네가 내 말을 곡해한 거라고. 나는 우아하게 말했어. 볼 거 다 본 사이라고."

"그러니까 뭘 봤는데?"

"네가 취해서 진상 부리는 거!"

"진상은 너지. 너 저번에 취해서 지후 자빠뜨리고……."

"아, 싫어. 안 들을래. 안 들을 거야."

자기가 불리해지자, 나루가 얼른 두 손으로 귀를 틀어막고 머리를 흔들었다. 그 모습에 재경이 잠시 웃었다.

"나루야, 나. 참 절절한 사랑을 했어. 그래서 이번 사랑은 그렇게 절절하게 내버려 두고 싶지 않아."

"응, 나도 이번엔 네 사랑이 반짝반짝 빛났으면 좋겠어. 윤영이의 사랑도 그렇고."

"어떻게 해야 여자들이 설렐까?"

재경의 질문에, 나루는 기가 막혔다. 우울한 순간에도 반짝반짝 빛나는 재경의 얼굴을 물끄러미 응시하다가, 나루는 고개를 저었다.

"넌 그냥 숨만 쉬어도 여자를 설레게 하는 얼굴이잖아."

"하지만 모든 여자가 내 얼굴을 보고 설레는 건 아니잖아. 게다가 윤영이는 나한테 이 세상에서 제일 어려운 상대야."

"그래, 어렵겠지. 윤영이가 나랑 친하기도 하지만, 고집도 한 고집하거든."

"맞아. 그 고집 센 면이 진짜 매력적이야."

"홀딱 빠졌네."

"응, 홀딱 빠졌지."

나루는 재경과 이런 이야기를 할 수 있게 되어서 좋았다. 항상 이런 순간이 오기를 바랐고, 정말로 이런 순간이 왔다는 게 신기했다.

"네가 나를 짝사랑했던 게 너희 둘 사이에 장애물인 건 사실이지만, 그걸 너무 의식하고 있으면 오히려 더 큰 장애물이 될 거라고 생각해. 그냥 그 사실은 잊는 게 어때?"

"잊을 수 있을까?"

"적어도 너만이라도. 너라도 그 장애물을 치워 버리고, 평범하게 해 봐. 이제 막 만난 새로운 여자와 설레는 사랑을 시작한 남자처럼, 호감을 표시하고 데이트를 하고 그러다가 어느 날 손을 잡고…… 그렇게 평범하게, 천천히 진행시켜 봐."

"윤영이가 거기에 낚일까?"

"글쎄. 하지만 그 어떤 장애물이 사이에 있어도, 아무리 안 된다고 세뇌를 해도, 사랑하는 사람이 다가오는 걸 밀어낼 수는 없더라. 사랑은 그렇게 터무니없이 강하고 중독성이 있더라."

* * *

책을 읽거나 영화를 보면, 잠시나마 현실에서 벗어날 수 있었다. 오래전 실연을 당했을 때도 그렇게 잊었다. 하지만 이번에는 아니었다.

재미있다는 영화도 보고, 책도 읽었지만, 도저히 벗어날 수가 없었다.

성재경. 그 얼굴이 머릿속에 가득했다.

지후를 짝사랑했을 때와는 다른 기분이었다. 오히려 이제 와서야 '그게 사랑이었을까?'라는 생각이 들 정도로, 그때의 감정은 희미하게만 남아 있었다.

'집착이었을 거야. 나는 그냥 지후에게 호감이 생겼었고, 나루가 미웠어. 그래서 그 감정이 점점 커지고 왜곡돼서 질투와 집착을 사랑이라고 착각했던 걸지도 몰라.'

짝사랑했던 과거를 무시하고 싶지는 않았지만, 재경을 짝사랑하는 지금 너무도 다른 기분이기에 그런 생각이 들 수밖에 없었다.

'하지만 그런 건 아무래도 좋아. 내가 재경이를 혼자 사랑하는 건 변함이 없으니까.'

―접지 마, 윤영아.

재경의 고백이 떠올랐다. 잊고 싶은데, 자꾸만 떠올라 심장이 쿵쿵 아프도록 뛰었다. 그 고백을 믿고 싶었다.
그러나.
'정말로 믿을 수 있을까?'
그럴 수 없을지도 모른다.
'재경이가 날 사랑할 리 없지.'
나루를 향한 뜨거운 사랑을, 생생하게 기억하고 있다. 옛 시간에서도, 이 시간에도 변치 않은 운명 같은 그 사랑을, 홀로 가슴에 품은 그 애절한 사랑을 윤영은 알고 있었다.

그 사랑이 내게로 향할 리 없다. 내가 그런 사랑을 받을 만큼 운 좋은 여자일 리 없다.

'나, 진짜 자신감이 하나도 없구나. 밖에선 그렇게 당당한 척하고 다니면서.'

나루나 지후, 명진은 이런 성격을 눈치채고 있을지도 모르겠다. 그들이 내색하지 않아서 다행이었다.

만약 '넌 진짜 자신감이라고는 하나도 없는 애야.'라는 말을 들었더라면, 울음을 터뜨렸을지도 모르겠다. 지적을 듣지 않은 지금도 울고 싶은 기분이니까.

재경의 고백을 믿을 수 있으면 좋겠다고 생각했다. 차라리 실없는 여자처럼 그 고백을 믿고, 그의 사랑을 받고, 나도 사랑을 하며 살고 싶었다.

하지만 정말로 그게 가능할까?

사귀면서도 함께 나루를 만날 텐데, 내가 걱정하거나 질투하게 되지는 않을까? 옛날에 지후 때에 그랬던 것처럼 나루를 미워하게 되지는 않을까?

그때의 모습으로는 절대로 돌아가고 싶지 않았다.

'남들은 참 쉽게 사귀고 헤어지는데, 나는 그게 왜 이렇게 어려운 거지?'

쓴웃음을 애써 지우며 다시 책으로 시선을 돌리는데, 옆에 놔뒀던 휴대폰이 울렸다.

재경에게 온 문자였다.

[윤영아, 우리 잠깐 만날래?]

그저 문자만 본 것뿐인데, 평범한 활자에 그의 얼굴이 담긴 것처럼 심장이 뛰었다.

윤영은 크게 한숨을 내쉬고 휴대폰을 껐다. 당분간, 이 마음을 정리할 때까지는 재경을 만나고 싶지 않았다.

문자를 보내고 한참이 지났는데도, 윤영의 답이 오지 않았다. 나루와 커피를 마시는 내내 휴대폰을 확인하던 재경이 결국 참지 못하고 외쳤다.
"망했어! 윤영이한테 답이 안 와! 난 차인 거야!"
두 손으로 머리를 부여잡고 괴로워하는 재경을, 나루는 빤히 응시하다가 중얼거렸다.
"사랑에 빠진 남자는 진짜 멍청해 보이는구나."

* * *

일주일이 순식간에 지나갔다. 그동안 재경은 몇 번이나 윤영에게 문자를 보냈지만 답이 오지 않았다.
기다릴 만큼 기다렸다고, 재경은 생각했다. 근무가 일찍 끝나는 날에, 재경은 윤영의 회사로 찾아갔다. 더는 시간을 낭비하고 싶지 않았고, 윤영의 얼굴을 보고 이야기해야 뭐든 진행되겠다는 생각이 들었다. 그리고 윤영이 보고 싶기도 했다.
이렇게 오랫동안 윤영을 못 본 건 처음이었다. 아무리 바빠도 일주일에 한 번은 만나 왔다.
윤영은 알까?
해외에서 의료 봉사를 하고 싶었고, 재작년 그 기회가 찾아왔음에도 오롯이 그녀 한 명 때문에 그걸 포기했다는 걸.

그녀가 재경의 곁에 있어 주고 싶어 하는 만큼, 재경 또한 그녀의 곁에 있고 싶어서 먼 길 떠나야 하는 일이 생기면, 항상 거절을 해 왔다는 걸.

'물론 내가 멋대로 한 일이지만, 그래도 좀 알아주지.'

윤영의 회사가 있는 건물에는 창마다 불이 밝혀져 있었다. 야근이 많은 회사였고, 어쩌면 오늘도 야근을 할지도 몰랐다. 하지만 재경은 몇 시간이 됐든, 이곳에서 그녀를 기다릴 생각이었다.

* * *

뻣뻣한 뒷목을 주무르며 시간을 확인했다. 저녁 7시가 조금 넘은 시간이었다.

'생각보다 일이 빨리 끝났네.'

이런 날에는 자연스럽게 재경에게 연락을 했다.

나 지금 퇴근. 뭐해?

답은 빨리 올 때도, 늦게 올 때도 있었다.

퇴근 축하. 일하는 중이야. 오늘은 좀 바쁘네.

잠깐 시간 날 것 같은데 볼래?

나도 곧 끝나. 이따 만날까?

재경은 늘 바빴지만, 일주일에 한 번 정도는 만나 왔었다. 이렇게 한참 동안 만나지도 않고 연락도 하지 않은 건 처음이었다.

재경이 보고 싶었다.

그리움이라는 것은 왜 생기는 걸까? 그의 손짓, 눈빛, 미소, 몇 번 더 본다고 대단히 행복해지는 것도 아닌데. 오히려 가질 수 없음에 가슴만 지끈지끈 아픈데.

어째서 이리도 보고 싶은 걸까?

윤영은 컴퓨터를 끄고 일어났다.

"먼저 들어가 보겠습니다."

작은 목소리로 인사를 남기고 사무실을 나왔는데, 상운이 뒤를 따라 나왔다.

"같이 가요, 대리님."

"일 끝났어요?"

"아까 끝났죠. 대리님 끝나기를 기다리고 있었어요. 우리, 와인 한잔할래요?"

"아, 그럴까요?"

딱히 거절할 이유는 없었다. 지난 일주일 간, 상운과는 거의 매일 저녁 함께 퇴근했고 저녁을 먹었다.

상운과의 시간은 어색하지 않았고, 그는 매너가 좋았다. 너무 진지하지도 않고, 그렇다고 장난이 과하지도 않아서 대화하기가 편했다.

자꾸만 떠오르는 재경에 대한 생각을 제외하면, 상운과 보내는 시간은 즐거웠다.

이런 남자와 사귄다면, 참 즐겁고 행복하겠구나, 라는 생각이

들 정도였다.

상운과 며칠 간 퇴근 후 데이트를 즐기는 동안, 그와의 거리가 부쩍 가까워졌다.

마음의 거리도, 물리적 거리도.

회사 건물에서 나올 때, 상운과 윤영은 팔을 거의 붙인 채로 걸어 나오고 있었다. 그런 둘의 모습을, 재경은 멀리에서 지켜봤다.

꽤 멀리 떨어져 있어도, 낯선 남자와 함께 나오는 여자가 윤영이라는 걸 단번에 알아볼 수 있었다.

어떤 표정을 짓고 있는지는 확인할 수 없지만, 팔과 팔이 맞닿을 만큼 가까이 붙어 있는 걸 보니 꽤나 친밀감을 느끼고 있다는 걸 알 수 있었다.

윤영은 아무 남자한테나 스킨십을 하는 성격이 아니었다. 오히려 누군가 자기 몸에 손을 대는 걸 좋아하지 않았다.

그런 윤영이 팔 한쪽을 내주다니.

'잘되고 있는 걸까?'

영화의 주인공이라면 이럴 때 윤영의 앞에 등장해, 그녀의 손목을 잡아 끌어냈을지도 모르겠다. 하지만 재경은 도저히 저 둘 사이에 끼어들어 그녀를 억지로 떼어 낼 수가 없었다.

'나는 주인공이 아니니까.'

엑스트라였다. 나루를 사랑했던 그 순간부터.

'나는 엑스트라였지. 혹은 주연급 조연 정도?'

재경은 쓴웃음을 지으며 주먹을 꽉 쥐었다.
'어쩌면 악역일지도 모르겠군.'

　　　　　　　＊　　＊　　＊

가볍게 저녁을 먹고 와인 한잔 마시며 대화를 나눴다. 유독 감미로운 눈빛과 음성을 들으며, 윤영은 어쩌면 오늘 상운이 또다시 고백을 해 올지도 모르겠다고 생각했다.

윤영의 예상은 맞아떨어졌다.

상운은 요 며칠 늘 그랬듯 윤영을 집 앞까지 데려다주었다.

"데려다줘서 고마워요."

"네, 즐거웠어요."

평소라면 그렇게 말하고 돌아서는 상운이, 가만히 윤영을 내려다보고 있었다.

상운의 검은 눈동자가 오롯이 윤영만을 향하고 있었다. 지후가 나루를 볼 때 짓는 표정을, 사랑스러워 견딜 수가 없다는 눈빛을, 상운이 하고 있었다.

순간 윤영은 이 남자를 받아들이고, 더는 아프지 않고 싶다는 생각을 했다. 그래서 상운이 허리를 굽혀 윤영에게 입을 맞추려고 할 때, 밀어내지 않았다.

숨결과 숨결이 부딪치고, 아직은 조금 낯선 그의 향기가 윤영의 후각을 자극했다.

그 순간이었다.

재경의 모습이 생생하게 떠오른 건.

재경의 향기에 익숙해진 윤영의 후각이, 낯선 남자의 향기에 당황하는 것만 같았다.

후각의 당황은, 다리의 거부로 이어졌다.

윤영의 다리는 의도와 다르게 뒤로 한 걸음 물러났고, 그것으로 거부를 표현하기에는 충분했다.

상운이 다시 허리를 폈다. 약간은 상처를 받은 것 같기도 하고, 약간은 민망하기도 한 것 같은 상운의 얼굴을 보며, 윤영은 말했다.

"미안해요, 과장님."

상운이 미소를 지었다. 여전히 다정한 미소였다.

"뭐가요?"

"전에 말한 대로, 나는 짝사랑을 하고 있어요. 잊으려고 시도를 안 해 본 건 아니에요. 혹시나 싶어 다른 사람을 만나 보기도 하고, 연애를 하기도 했죠. 하지만 늘 같은 이유로 헤어졌어요."

"……."

"사랑을 하고 있는 것 같지 않다고 하더라고요, 항상. 내가 늘 다른 생각을 하고 있는 것 같다고, 상대가 이별을 고했어요."

─*나 말고 좋아하는 사람이 있는 거 아냐?*

─*같이 있어도 외로워.*

―*사랑받는 기분이 아냐.*
―*힘들다.*

 윤영의 상대들은 항상 그런 말을 했다. 윤영이 재경을 사랑하듯, 그들도 윤영을 사랑했다. 윤영이 상처를 받듯 그들 또한 외로 향하는 사랑에 상처를 받았을 것이다.
 "과장님은 참 좋은 사람이에요. 게다가 같은 회사에서 일하는 분이기도 하고. 그래서 과장님과는 그런 관계가 되고 싶지 않아요. 상처를 주고 싶지도 않고, 안 좋게 헤어지고 싶지도 않아요. 미안해요."
 상운이 눈썹 끝이 내려갔다.
 "나는 이대로 끝내고 싶지 않아요. 내 사랑은 이미 시작됐어요. 대리님이 그 사람을 사랑하듯, 나도 대리님을 그렇게 좋아하고 있어요."
 "미안해요."
 "처음부터 나를 사랑해 주기를 바라지는 않아요. 그냥 곁에 이렇게 있는 것도 안 될까요? 손을 잡으려고 하지 않을게요. 키스도 하지 않을게요. 그냥 좋은 관계로, 이렇게 가끔 저녁을 먹고 데이트를 하고, 그럴 수는 없을까요?"
 상운의 마음이 절절히 느껴져 가슴이 아팠다.
 "아플 거예요, 그거. 외로울 거고요. 내가 해 봐서 아는데, 그거 정말 못 할 짓이에요."

"그럴 수도 있죠. 하지만 지금은 그저 대리님을 놓치기 싫다는 생각뿐이에요. 아픈 것도, 외로운 것도 내가 감당할게요."

"내가 원망스러워질걸요."

"대리님은 지금 짝사랑하는 그분을 원망하세요?"

내가 재경을 원망한 적이 있을까? 아니, 한 번도 없었다.

윤영은 대답하지 않았지만, 상운은 그녀의 대답을 짐작한 듯 말했다.

"내가 사랑하기에 비롯된 일이에요. 대리님 탓이 아니죠. 원망하지 않아요. 절대로."

* * *

운명의 상대를 알아볼 수 있는 표식이, 사람마다 있으면 좋겠다. 운명의 상대의 머리 위에 하트든, 별이든 반짝거리는 표시가 있으면 좋겠다.

표시가 없으면 마음을 주는 일이 없도록, 표시가 없으면 호감을 보이는 일조차 없도록. 그리하여 운명의 상대끼리 서로를 만났을 때에야 사랑을 시작할 수 있도록.

그렇게 표식이 하나 있었으면 좋겠다.

집에 들어와 샤워를 하며, 윤영은 그런 바보 같은 생각을 했다.

그러면 누구도 아프지 않을 텐데. 사랑에 상처를 받고, 사랑에 상처를 주는, 그런 일은 없을 텐데.

샤워를 끝내고 나왔을 때, 침대 위의 휴대폰이 깜빡거리고 있었다. 윤영은 수건으로 머리를 말리며 메시지를 확인했다.

재경에게 온 메시지였다.

[윤영아. 나 지금 너네 아파트 앞이야. 우리, 잠깐 좀 보자. 기다릴게.]

심장이 덜컥 내려앉았다.

윤영은 휴대폰의 메시지를 노려보다가 창문을 돌아봤다. 윤영의 집은 5층이었다. 불이 켜져 있는 걸, 재경은 확인했을 것이다.

윤영은 망설이다가 창가로 다가갔다. 재경이 보지 못하도록 창문 옆에 서서 아래를 내려다봤다. 검은 실루엣이 보였다. 훤칠한 키와 연갈색 머리카락.

재경이었다.

재경이 이쪽을 올려다보고 있지는 않았다. 재경은 아파트 화단 앞에 우두커니 서서 건물 입구를 응시하고 있었다.

심장이 두근, 두근, 두근 뛰었다.

왜 찾아온 거지?

어쩌지?

어떻게 해야 하지?

이 시간의 주인공

나가야 하나? 무슨 얘기를 하려는 거지? 또 말도 안 되는 고백을 하려는 걸까?

싫었다.

재경의 마음은 나루의 것이었다. 옛 시간에서도, 이 시간에서도 그랬다. 나루의 대용품이 되고 싶지 않았다.

'정말로?'

싫은 걸까?

나루의 대신이 되어서라도 그의 곁에 있고 싶을 만큼, 그를 사랑하는 거 아니었나?

'아니야. 싫어, 그런 건.'

오롯이 김윤영이라는 여자로서 사랑을 받고 싶었다. 나루가 지후에게 받는, 서로를 위해서라면 목숨까지도 버릴 수 있는, 그런 사랑을 하고 싶었다.

'재경이는 나루를 위해 목숨을 버릴 수 있을 거야. 그렇게 사랑했다는 걸 알고 있어.'

몇 년 전, 재경이 했던 말이 떠올랐다.

―운명의 그날이 되면, 지후도 나루도 죽지 않을 거야.

재경은 곧은 눈빛으로 그렇게 말했다.

―나는 그날, 그 장소에 가 있을 거야. 그리고 그 애들을 구

하겠어. 운명이 희생을 필요로 한다면, 내가 죽을 거야. 그러면 지후도, 나루도 서로를 사랑하면서 살아갈 수 있겠지.

재경의 사랑은 그런 사랑이었다.
지후가 나루를 위해 목숨을 버릴 수 있듯, 재경 또한 그랬다. 그런 사랑이 변할 리 없고, 그런 사랑이 나를 향할 리 없다.
재경의 마음은 나루의 것이었다. 나루가 아무리 거부해도, 그 사실이 변하는 일은 없을 것이다.
윤영은 창가에 등을 기댄 채로 스르륵 주저앉았다. 휴대폰을 이마에 대고, 윤영은 눈을 감았다.
'이러지 마, 재경아. 이러면 친구라는 이름으로라도 옆에 있을 수 없게 되잖아. 내가 너와 평범하게 사랑할 수 있을 거라는, 말도 안 되는 소망을 품게 되잖아.'

그날 윤영은 밤을 지새웠지만, 재경을 만나러 나가지는 않았다. 그리고 그날 이후, 재경에게서는 연락이 오지 않았다.
그렇게 윤영과 재경의 고리가 끊어졌다.

* * *

산이 주홍빛으로 물드는 계절이 되었다. 올해 여름에는 비가 많이 왔기 때문에, 그만큼 새파란 가을 하늘이 반가웠다.

그동안 윤영은 재경을 만나지 않았다. 친구들의 모임이 있을 때도, 윤영은 나가지 않았다. 자신 때문에 재경이 못 나오는 경우를 만들기 싫었고, 만약 재경이 나온다면 그 얼굴을 보고 싶지 않았다.

상운과는 편하고 가까운 사이가 되었다. 그 날 밤, 키스를 하려다가 거절당한 이후로 상운은 적당한 거리를 유지하며 윤영을 대했다.

너무 멀지도, 가깝지도 않은 관계. 만나면 편하게 수다를 떨 수 있는 누나, 동생 사이.

사석에서는 누나, 동생으로 부르고 반말을 사용했지만, 회사에서는 친밀함을 드러내지 않았다.

[시골은 잘 도착했어?]

나루에게 문자가 왔다.

[응, 피곤하다. 너는 시댁이야?]
[응. 이따 큰집으로 갈 거래. 명절 끝나고 시간 되면 보자.]
[그래, 힘내라. 유부녀여.]
[부럽다, 미혼 여성이여.]

나루의 문자를 보고 피식 웃었던 기분은, 친척들과 저녁을 먹는 자리에서 완전히 가라앉고 말았다. 어김없이 듣는 결혼 이야기 때문이었다.

지난 6월에 윤영의 사촌 여동생이 결혼을 했다. 그 때문인지 그녀보다 나이가 많은 윤영이 아직까지 미혼이라는 사실이 친척들의 심경을 건드리는 모양이었다.

"윤영이 너는 아직도 애인 없니?"

"이제 슬슬 결혼해야지. 아이도 낳고 그러려면 빨리 결혼하는 게 좋아."

"맞아. 요새 뭐, 늦게 결혼한다고들 하는데, 그것도 적당한 수준이어야지. 서른 후반에 결혼해서 애 낳으면 몸도 힘들고, 키우기도 힘들어."

"남자 다 똑같다. 적당히 골라, 적당히."

"너무 눈이 높은 거 아냐?"

들려오는 잔소리에 속이 부글부글 끓었지만, 윤영은 옅은 미소를 지으며 말했다.

"그럼 나 결혼할 테니까 고모가 결혼 비용 좀 내줘요. 작은 아빠는 나 집 좀 사 주고. 애기 낳으면 둘째 고모가 키워 주는 거죠?"

윤영의 당돌한 대꾸에, 친척들은 어머어머, 애 좀 봐, 이렇게 당돌하면 남자가 기가 죽지, 따위의 말을 해댔다.

더는 앉아 있을 기분이 아니라서, 윤영은 집을 나와 차에 올랐다.

'서울에나 가야지.'

시골길은 근처에 건물이 없어서 무척 어두웠다. 듬성듬성 서 있는 가로등 불빛으로는 짙은 어둠을 몰아내기 어려웠다.

어두운 길을 천천히 달리며 결혼을 생각했다.

결혼.

나는 그게 하고 싶은 걸까?

'하고 싶은 거겠지.'

결혼을 두고 오지랖을 부리는 사람들에게는, '결혼하기 싫어.', '원래 결혼 생각 없어. 혼자 사는 게 최고야.', '내 자유를 포기하고 싶지 않아.'라고 대답을 해 왔다.

하지만 사실은 하고 싶었다. 사랑하는 사람에게 사랑을 받으며 살아가는 나루와 지후 부부를 볼 때마다 저렇게 살고 싶다는 생각이 들었다.

연애를 할 때처럼 알콩달콩, 서로를 꿀 떨어지는 눈으로 바라보면서 행복하게. 그 어떤 일이 있어도 내 편이 되어 줄, 당신의 편이 되어 줄, 그런 관계로.

—*연애를 하듯이 살고 싶어.*

언젠가 상운과 대화를 하다가 결혼 이야기가 나온 적이 있었다.

—퇴근하고 집에 가는 길에 와이프에게 문자가 온 거야. 조개구이를 먹고 싶다고. 그러면 와이프 데리고 훌쩍 바다로 가서 조개구이를 먹고, 해물칼국수도 먹고 해변도 거닐고. 그런 소소한 이벤트가 있는 생활을 하고 싶어.

그런 생활은 행복할 것이다. 나루와 지후는 결혼한 지 몇 년이나 지난 지금도 그렇게 살고 있었다.

'상운이랑 결혼하면 그렇게 살 수 있을까? 지후랑 나루처럼?'

상운과의 결혼 생활을 상상해 보았다. 함께 출근을 하고, 퇴근을 하고. 퇴근하는 길에 포장마차에 들러 술 한잔 기울이고. 가끔은 외인을 마시러, 가끔은 호텔 레스토랑에 가서 대화를 나누고.

처음에는 상운으로 시작된 상상이, 어느덧 재경의 얼굴로 바뀌어 있다는 걸 깨달았다.

윤영은 차를 세웠다.

왜 또 재경인 걸까.

왜 이런 상상에 항상 재경이 끼어드는 걸까.

재경과 행복한 결혼 생활을 할 수 있을 리 없었다. 한때는 행복할지도 모르겠다. 한때는 믿을 수 있을지도 모른다. 하지만 시간이 갈수록 의심하게 될 것이다. 재경의 눈동자가 나루를 향할 때마다, 심장이 덜컥 내려앉게 될 것이다. 그런 의심을 품은 채로 살아가기 싫었다.

윤영은 고개를 숙이고 핸들에 이마를 댔다. 싫은데, 이런 짝사랑은 이제 정말로 싫은데, 그리움이 사무쳤다.

재경이 보고 싶었다.

*   *   *

시부모님은 좋았다. 시누이인 지연도 좋았다. 그러나 친척들은 때때로 좋지 않았다.

나루는 아랫입술을 잘근 깨물고 맞은편에 앉아 있는 지후의 고모를 응시하다가 입을 열었다.

"방금 뭐라고 하셨어요?"

"들었으면서 뭘 또 물어? 너, 여자로서 기능에 문제 있는 거 아니냐고 했잖아. 결혼한 지가 벌써 몇 년이 지났는데, 애가 안 들어선다는 게 말이 돼?"

"고……."

"고못!"

지후가 뭐라고 입을 열려는데, 그 전에 지연이 버럭 외쳤다.

"미쳤어? 지금 무슨 소리를 하는 거야?"

"아니, 그렇잖아. 지금 결혼한 지 몇 년이니? 거의 10년 다 되어 가지 않아? 그런데도 애가 안 생기면 이상한 거지. 나이가 서른이 넘은 지 한참 지났는데, 이제 와서 애 가지면 애가 기형이 될 수도 있대."

"아니, 진짜 뭔 소리를 하는 거야? 왜 이렇게 무례해? 얘네도 생각이 있겠지. 아이 계획에 왜 고모가 끼어들어? 고모가 키워 줄 것도 아니잖아!"

"낳기만 해 봐, 내가 잘해 주지. 너네 엄마랑 아빠도 걱정이 클 걸. 이제 손주 볼 나이가 됐는데, 아들 부부가 애가 없으니…… 이러다가 대가 끊기겠어."

"아니, 올케가 애 낳아 주려고 결혼한 것도 아니고. 여기서 고모가 왜 이러는지 모르겠네. 진짜 어이가 없다. 야, 민지후. 넌 왜 거기서 입 닥치고 있는 거야? 고모가 지금 네 부인한테 이상이 있다고 하잖아!"

"아니, 말하려고 했는데 누나가 먼저……."

"너, 진짜 못쓰겠다. 나루야, 이런 자식 버려, 그냥. 네가 뭐가 부족해서 이런 허수아비 같은 놈이랑 살아?"

"전 괜찮아요, 언니."

"괜찮긴 뭐가 괜찮아? 내가 안 괜찮아. 하여간 이 자식은 진짜!"

퍽―

지연이 지후의 뒤통수를 세게 때렸다. 지후는 맞은 곳을 문지르며 한숨을 쉬었다.

"누나, 아파."

"그럼 아프라고 때렸지, 기분 좋으라고 때렸겠냐?"

"여보, 그만해."

이 시간의 주인공 409

"엄마······."

지연의 남편과 아이들이 지연을 말렸지만, 지연은 분이 풀리지 않는 듯 씩씩거렸다.

지연의 성격을 아는 고모는 입을 다물고 주위를 두리번거리다가, "물 좀 마셔야겠다."라며 자리에서 일어났다.

"가긴 어딜 가? 사과하고 가! 나루한테 사과하라고!"

지연이 버럭버럭 외치다가, 나루를 돌아봤다.

"넌 왜 그러고 앉아 있어. 나가."

"네?"

"집에 가라고. 이런 소리 듣고 여기 앉아 있을 거야? 고모가 사과할 때까지 우리 집에 오지도 마!"

"언니······."

"얼른 가. 야, 민지후. 나루 데리고 처가댁에 가든, 니들 집에 가든 해!"

"알겠어."

지후가 일어났다. 시부모님이 고모 대신 사과를 한다며, 얼른 가 보라고 나루의 등을 떠밀었다.

나루는 무거운 마음으로 집을 나왔다. 지후가 운전하는 차를 타고 집으로 향했다.

"미안해, 나루야. 그런 소리 듣게 해서."

"아냐, 걱정하실만하지."

"그래도 고모가 끼어들 문제가 아니었지. 내가 뭐라고 하려고 했는데 누나가 너무…….."

"응, 무서우시더라."

나루가 작게 웃었다. 지연이 너무 화를 내는 바람에, 오히려 나루의 화가 가라앉았다.

집과 시댁의 거리는 멀지 않았기에, 금방 도착했다.

"우리 집에는 내일 가자. 우리 부모님도 요새 아이 얘기를 꺼내서 불편해."

나루가 말했다.

"왜들 그렇게 아이 얘기를 하시는지 모르겠네. 어련히 알아서 가질 텐데."

"그런데 그거, 나도 좀 걱정이야. 우리, 아이 갖기로 한 지 꽤 됐잖아. 그런데 아직까지 안 생기니까……."

"흐응. 그래?"

어렵게 털어놓은 고민에, 지후는 대수롭지 않다는 듯 대꾸했다.

"넌 걱정 안 돼? 너나 나한테 이상이 있을지도 몰라."

"안 그럴 거야. 아이를 원한다고 바로 생기는 건 아니라더라. 너랑 나랑 둘 다 건강하니까 언젠가는 생기겠지."

"벌써 1년이 다 되어가. 그런데도 안 생기는 건 우리한테 문제가 있는 거겠지."

"너무 초조하게 생각할 거 없어."

"어떻게 초조하지 않을 수가 있겠어? 너는 걱정도 안 돼?"

"별로. 아이 없이 둘만 살아도 상관없어, 난."

"네가 먼저 아이 얘기 꺼냈잖아. 아이 갖고 싶다며?"

"그렇긴 한데, 그게 필수는 아니니까. 난 너만 있어도 돼."

다른 때라면 그 말이 참으로 감미롭게 들렸을 것이다. 하지만 나루는 걱정을 하고 있었고, 지후가 그 걱정에 대해 아무렇지도 않게 반응하는 게 화가 났다.

미간을 좁히고 노려보는 나루의 모습에, 지후가 말했다.

"그렇게 걱정되면 같이 병원에 가서 검사받아 보자."

"너, 미워."

"왜?"

"몰라, 난 지금 좀 토라진 것 같아. 재경이랑 놀아날래."

"나루야."

"나갈 거야."

나루는 휙 돌아서서 집을 나갔다. 지후는 닫힌 문을 보며 한숨을 내쉬었다.

'그렇게 걱정이 될 일인가?'

아이를 갖고 싶었다. 나루를 닮은 아이가 있으면 사랑스럽고 귀엽고 행복할 것이다. 하지만 지금도 충분히 행복했다.

'아이 문제로 스트레스를 받을 필요는 없는데.'

있으면 좋지만 없다고 불행하지는 않다. 나루도 그럴 줄 알았다. 이렇게 스트레스를 받고 있을 줄은 몰랐다.

'재경이한테 연락을 넣어 둬야겠군.'

　　　　　＊　　＊　　＊

씩씩거리며 찾아온 나루를, 재경은 물끄러미 응시했다.

　[나루 좀 잘 챙겨 줘.]

30분쯤 전에 지후에게서 연락을 받은 터였다.
"드디어 부부 싸움?"
재경이 물었다.
"난 이제부터 너랑 놀아날 거야."
"그래, 놀자. 뭐 하고 놀아날래?"
"몰라. 뭘 하고 싶은지도 모르겠어."
"그럼 일단 여기 앉자."
재경이 오피스텔 입구의 계단을 가리켰다. 나루는 순순히 앉았고, 재경도 그 옆에 앉았다.
"명절인데 어디 안 가?"
"응, 우리 집은 원래 어디 안 가잖아. 넌 시댁 갔다 왔어?"
"그래, 갔었지! 그런데 지후 고모가……."
"애 가지고 한 소리 했어?"
"어떻게 알았어? 지후한테 들었어?"
"아니, 그냥. 뻔하잖아. 친척들 모이면 듣는 오지랖들. 난 가끔 친척들 만나면 꼭 듣거든. 결혼 얘기."

"너도 스트레스겠다."

재경이 피식 웃었다.

"글쎄."

결혼 얘기를 듣는 건 아무래도 좋았다. 정말 스트레스는 윤영을 볼 수 없는 현실이었다.

"내 몸에 이상이 있을지도 몰라. 내가 아이를 못 갖는 몸이면 어쩌지?"

"그럴 리가."

"만약 그러면? 지후는 아이를 갖고 싶어 했어."

"지후는 널 갖고 싶어 했어. 아이가 있으면 좋지만, 아이가 없다고 지후가 널 사랑하지 않는 건 아냐."

"하지만…… 지후가 원한다면 다 주고 싶어. 그리고 나도 지후를 닮은 아이를 갖고 싶고."

"그래."

"지후 주니어가 쫑쫑 달려와서 엄마, 라고 부르면 정말 사랑스러울 거야."

"그래, 진짜 사랑스럽겠다."

"병원을 가서 검사받아 보는 게 좋겠지?"

"응. 불안하면 일단 한번 받아 봐. 그런데 나는 너랑 지후한테 문제가 없을 것 같아. 원래 스트레스받으면 아이가 더 안 생기는 경우도 있어. 그 정도쯤은 너도 알잖아."

"알지, 아는데. 이게 내 일이 되니까 그렇게 쉽게 생각할 수가 없어."

"그래, 원래 자기 일일 때는 어려운 법이지."

어렵다. 다른 사람이 닿지 않는 짝사랑을 하고 있다면, 적절한 조언을 해 줄 수 있을 것이다.

세상에 여자가 하나뿐이냐. 사랑은 다른 사랑으로 잊을 수 있어. 마음을 열고 다른 여자들도 많이 만나 봐.

하지만 그것이 내 일이면 말처럼 쉽지 않았다.

"마음을 꺼내서 보여 줄 수 있으면 좋을 텐데."

무심코 흘린 말에, 나루가 재경을 돌아봤다.

"윤영이한테?"

"응, 윤영이한테."

"아직도 서로 연락 안 해?"

"응."

"그럼 마음을 꺼내서 보여 줘, 윤영이한테."

"어떻게 해야 꺼낼 수 있을까? 메스로 가슴을 갈라서……."

"아니, 그런 끔찍한 소리는 하지 말고."

"그럼 어떻게 해? 나는 할 만큼 했는데, 윤영이가 믿어 주질 않잖아."

"정말로 할 만큼 했어?"

"……."

"모든 걸 다 해 본 거야?"

"걔네 집 앞에 가서 몇 날, 며칠이고 기다릴까?"

"그래도 되고."

"뭐든 할 수 있어. 그런데 그것 때문에 윤영이가 불편해지는 건 싫어."

"불편해지면 좀 어떻담. 나도 이 시간으로 돌아와서, 지후가 그렇게 피하는데도 얼마나 들러붙었는데."

"하긴, 그랬지."

"만약 지후도 이 시간으로 돌아온 게 아니었다면, 내가 진짜 불편하고 귀찮고 싫었을 거야."

"그건 글쎄. 너랑 지후는 운명이었잖아."

"너랑 윤영이도 운명일지도 모르지."

"하지만 옛 시간에서는……."

"옛 시간 얘기하지 말라고 한 건 너였어. 그리고 옛 시간, 나는 32살까지만 지냈어. 그 이후에 너랑 윤영이가 어떻게 됐을지는 모르는 일이야. 혹시 알아? 네가 날 사랑한다는 걸 윤영이한테 말한 다음에, 윤영이가 이 시간에서처럼 네 곁에 있어 줬을지. 그리고 지금처럼 네 마음이 서서히 윤영이한테 흘러갔을지."

"그럴까? 그렇다면 그때도 윤영이는 내 마음을 믿지 않고, 나를 피하지 않았을까?"

"하아. 너나 지후나 왜 이렇게 부정적이야? 이럴 땐 정말 명진이가 필요해. 명진이는 항상 긍정적인데."

그 시각, 명진은 가족들끼리 둘러앉아 전을 부치는("싫다고! 전

먹기 싫다고! 이런 거 하지 말자고!") 중이었다.

나루는 재경의 앞머리를 쓸어 넘겼다.

"재경아, 너는 참 잘생겼어. 그런데도 여자 한 번 사귀지 않고 쭉 윤영이만 봐 왔잖아. 윤영이도 그걸 알아줄……."

거기까지 말한 나루가 입을 다물었다. 재경의 옆쪽으로 이어진 길에, 익숙한 실루엣이 보였기 때문이었다.

윤영이었다.

윤영이 우두커니 서서, 다정하게 서로를 마주 보고 있는 나루와 재경을 응시하고 있었다.

나루가 무어라 말하기도 전에, 윤영은 휙 돌아서서 달리기 시작했다.

그리워서, 사무쳐서, 윤영은 서울로 오자마자 재경의 집으로 향했다. 일방적으로 피한 지 오래됐지만, 연락 한 통에 재경이 나와 주리라는 걸 알고 있었다.

재경의 얼굴을 보고 다시 한 번 마음을 정하고 싶었다. 이 남자를 신뢰할 수 있을지, 이 남자와 함께하면서 나루를 질투하지 않을 수 있을지.

그런데 그런 장면을 보게 될 줄은 몰랐다.

오피스텔 계단에 나란히 앉아, 다정하게 서로를 응시하는 나루와 재경.

물론 나루가 재경에게 마음이 있을 리 없었다. 그 다정한 눈빛은 소중한 친구를 향한 눈빛이었을 것이다.

하지만 재경도 그럴까?

재경의 얼굴은 볼 수 없었지만, 나루와는 다른 빛이었으리라고 확신했다. 그래서 돌아섰고, 그래서 도망쳤다.

하지만.

"거기 서!"

나루의 거친 외침에서까지 도망칠 수는 없었다.

"거기 서, 김윤영!"

"따라오지 마!"

"따라갈 거야! 그러다가 나는 넘어지겠지! 다칠 거고! 아플 거고! 울 거야!"

우뚝—

윤영은 달리기를 멈췄다. 나루를 이길 수는 없었다. 그새 나루가 다가왔다.

"왜 도망쳐?"

"너랑 재경이 사이에 끼어들 수가 없어서."

"그게 무슨 바보 같은 소리야? 나랑 지후 사이에 끼어들지 말아야지."

"그래, 그럼 재경이가 널 보는 걸 방해할 수 없어서."

나루는 입을 꾹 다물고 윤영을 응시했다. 그녀의 시선을 똑바로 받아 내기 어려워, 윤영은 시선을 옆으로 피했다.

"시골이었잖아."

"짜증 나서 올라왔어."

"그럼 나랑 같이 자자. 나도 짜증 나서 집 나왔거든."

"너는 왜?"

"그냥 이런저런 일들이 좀 있었어. 우리 오랜만에 비싼 호텔에 가서 데이트나 할래?"

20대 때, 둘은 가끔 고급 호텔에서 1박을 하며 놀기도 했었다.

"그러자."

저 멀리, 재경이 오피스텔 입구에 서서 이쪽을 주시하고 있었다. 몇 걸음만 더 가면 재경의 얼굴을 볼 수 있지만, 그러려면 지금 짓고 있는 이 표정도 보여 줘야 한다. 그러고 싶지 않았다.

"재경아, 나 윤영이랑 호텔에 갈 거야."

나루가 재경을 돌아보고 외쳤다. 재경이 알겠다는 듯 손을 흔들었다.

나루는 윤영과 함께 호텔로 향하며, 지후에게 문자를 보냈다.

[나, 윤영이랑 호텔 가서 자고 들어갈게.]

*   *   *

휴대폰을 쥐고 있던 지후는, 나루의 문자를 확인하자마자 답을 보냈다.

[그래.]

그러고 나서 재경에게 전화를 걸었다.
[왜? 내가 나루랑 호텔 갔을까 봐?]
재경이 전화를 받자마자 웃음기 묻어나는 목소리로 물었다.
"그런 거 아냐. 나루 기분은 좀 어때?"
[생각처럼 나쁘지 않은 것 같지만, 신경 좀 써 줘. 아이가 안 생기는 거, 여자가 더 스트레스받는 일이니까.]
"그래."
[너는 괜찮다고 할지 몰라도 나루 마음은 그렇지 않을 거야. 너도 나루가 원하는 걸 못 해 주게 되면 계속 신경 쓰일 거 아냐.]
"하지만 나는 나루만 있으면 돼."
[그래, 그래. 하지만 나루 마음은 그렇지가 않아.]
"그렇게 여자 마음을 잘 알면서 윤영이한테는 왜 그러냐?"
[야, 화살을 나한테 돌리지 말아 줄래? 이건 답이 없는 문제라고.]
"답이 없긴 왜 없어? 윤영이는 확신이 필요한 거야. 네 마음에 대한 확신. 걔가 피한다고 너도 피하면 어떻게 하냐?"
[그럼 나보고 어쩌란 거야?]
"이 남자 나 없이 못 살겠구나, 라는 생각이 들 때까지 매달려. 동정심에서라도 받아 주겠지."

*　　*　　*

호텔에 가는 길에 명진에게서 전화를 받았다. 전을 부치고 싶지 않다고, 어디로든 사라지고 싶다고 하기에, 명진도 호텔에 오라고 했다.

어찌나 빨리 도망을 쳤는지, 명진이 먼저 호텔 앞에 와서 기다리고 있었다.

"야, 왜들 이렇게 늦게 와? 얼른 들어가자, 얼른. 눕고 싶어!"

명진이 호들갑을 떨었다. 체크인을 하고 호텔에 들어가자마자, 명진은 침대에 드러누웠다.

"쟤는 진짜."

나루는 고개를 절레절레 저으며, 명진이 사 온 맥주와 소주를 테이블 위에 꺼내 놨다.

"넌 안 마실 거야?"

"여자들만의 시간이잖아. 난 그냥 이 호텔의 가구 정도로 생각해 줘."

"가구는 쓸모라도 있지."

윤영이 혀를 찼지만, 명진은 못 들은 척 눈을 감았다.

"뭐가 문제야?"

나루가 맥주를 건네며 단도직입적으로 물었다. 윤영은 이제 솔직하게 이야기하기로 결심했다. 그래서 그동안 마음에 품고 있었던 고민들을 늘어놓았다.

"네 걱정이 뭔지는 알겠어."

이야기를 다 들은 나루가 입을 열었다.

"그런데 그렇게 따지자면 재경이도 마찬가지 상황이 아닐까?"

"응?"

"너도 지후를 짝사랑한 적이 있었잖아."

"아……."

그런 적이 있었다.

"하지만 그건……."

"전형적인 내로남불이구만! 내가 하면 로맨스, 남이 하면 불륜!"

명진이 끼어들었다.

"넌 입 다물고 있어, 윤명진."

"아니, 왜? 그렇잖아. 상황은 재경이도 똑같아. 너는 지후를, 재경이는 나루를. 그래, 짝사랑한 적이 있지. 하지만 넌 어때? 이제 지후를 사랑할 일 없다는 거 확신하지? 그렇다면 재경이도 마찬가지인 거 아냐? 나루를 사랑할 일 없다는 걸 확신하니까 너한테 고백했을 거라고."

명진이 청산유수처럼 말했다.

"그래도 옛 시간에서는……."

"옛 시간의 기억은 좀 버려라, 버려. 그 일 끝난 지가 언젠데. 이제 우리는 우리의 시간을 걷고 있어. 네가 그 시간에서 벗어나지 못하면, 너는 평생 이러고 살아가야 할 거야!"

명진이 단호하게 말했다.

윤영은 하고 싶은 말이 많았지만, 정작 무슨 말을 해야 할지 몰라서 입술을 달싹거렸다.

"누군가를 사랑하게 되면 불안한 마음이 드는 건 당연해. 때로는 질투를 하기도 하고, 의심을 하기도 하고. 그건 당연한 거야."

"나루, 너도 그래?"

"당연하지. 가끔은 기분이 상할 때도 있고, 서운할 때도 있고. 그럴 때마다 대화를 하고 풀어 나가. 사랑하니까, 영원히 안 볼 게 아니니까. 그거 알아, 윤영아? 옛 시간에서 재경이는 해외 봉사를 나갔었어. 한국에 잘 돌아오지 않았지."

"응, 널 잊고 싶으니까."

"날 잊고 싶은 이유도 있지만, 재경이는 원래 그걸 위해 의사가 되려고 한 거였어. 그렇다면 이 시간에서 재경이가 해외 봉사를 나가지 않은 이유가 뭐라고 생각해?"

"그거야……."

윤영은 말문이 막혔다.

"너 때문이잖아, 멍청아."

명진이 대신 대답했다.

"네 옆에 붙어 있으려고, 널 더 보고 싶어서. 그래서 걔가 안 나가는 거야. 모르겠냐?"

"……."

"걔, 바쁜 놈이야. 그런데 어떻게든 시간 조정해서 널 만날 시간을 만들려고 했어. 알아? 걔, 잠잘 시간도 쪼개면서 널 만난 거야."

"알아, 그런 거."

"그게 널 동정해서겠냐? 자길 짝사랑하는 네가 불쌍해서, 그 정도까지 하겠냐? 너는 어떤데? 널 짝사랑하는 놈이 불쌍해서 그런 짓까지 해 줘?"

대답할 말이 없었다.

"불안한 건 당연해. 하지만 그렇다고 도망치면 뭐가 되는데? 덜 불안해? 덜 아파? 덜 불행해?"

그렇지 않았다. 더 불안하고, 더 아프고, 더 불행했다.

"만나면서 생기는 불안은 서로 얘기해서 풀면 돼. 그러면 언젠가는 그 불안조차 사라지겠지. 대체 왜 해 보지도 않고 피하려는 거야? 진짜 답답하네."

자기 일인 것처럼 떠들어 대는 명진을, 나루가 빤히 응시했다.

"너야말로 그런 이유로 사랑도 안 하면서, 참 말이 많다?"

"관두셔. 나는 이게 편해서 사랑 안 하는 거니까. 하지만 이미 사랑이 시작됐다면, 망설이지 않고 부딪쳐 보이는 게 예의 아니냐?"

"대체 누구에 대한?"

"사랑에 빠진 마음에 대한."

　　　　　＊　　＊　　＊

　명절 연휴, 나루, 명진과의 대화는 윤영에게 많은 생각을 하게 만들었다.

　윤영은 한 발 떨어져서 자신을, 그리고 재경을 되새겨 보았다. 나루의 말이 옳았다. 윤영도 짝사랑을 했고, 재경도 그 부분에 대한 걱정이 있을지도 몰랐다. 윤영이 아무리 지후에 대한 마음을 거뒀다고 해도, 그건 재경이 알 수 없는 부분이니까.

　그럼에도 재경은 용기를 냈고.

　'나는 그런 재경이를 밀어냈지.'

　바보 같았다. 그렇다면 이제 바보 같은 짓은 빠르게 그만두는 편이 나을 것 같았다. 너무 오랫동안 시간을 낭비했다.

　두려워서, 무서워서, 흘려보낸 시간이 아쉬웠다.

　윤영은 먼저 상운을 따로 만나 이야기했다.

　"상운아. 우리 이런 관계는 여기까지만 하자."

　"우리, 어떤 관계인데?"

　"네가 날 짝사랑하고, 나는 그걸 이용하는 관계."

　"좀 더 이용해도 돼."

　"아니, 이제 그만하는 게 좋겠어. 내가 설령 평생 짝사랑을 하더라도, 네 마음을 이용하는 건 아닌 것 같아."

　"누나."

"나는 이제 마음을 정했어. 그래서 너한테 참 고맙고 미안해. 너는 나한테 많은 위로가 되었고, 너와 함께한 시간도 즐거웠어."

부드럽게 말하는 윤영의 모습에, 상운은 여기서 끝이라는 걸 깨달았다.

윤영의 눈동자는 반짝반짝 빛나고 있었다. 그 눈동자를 보니, 더 이상 매달려 보아야 소용없다는 것을 알 수 있었다. 이런저런 핑계를 삼아 어떻게든 그녀의 마음을 얻고 싶었지만.

'여기까지인가 보네.'

"누나 동생 사이도 안 돼?"

"응, 안 돼. 당분간은, 우린 사적으로 연락하지 않는 게 좋을 거야."

예상대로의 대답이 돌아왔다.

"그래, 알겠어. 나도 즐거웠어."

상운과의 관계는 그렇게 담백하게 끝이 났다. 그날 밤 상운이 홀로 소주를 마시며 눈물을 흘린 것은, 윤영이 알지 못하는 일이었다.

몇 년 후, 상운은 또 다른 사랑을 하게 되지만, 그것 또한 아직은 알 수 없는 일이었다.

그리고 나서 윤영은 재경을 찾아갔다. 그가 일하는 병원 앞에서, 일하고 있을 그의 모습을 상상하며 한참 시간을 보냈다. 한 시간, 두 시간, 흐르던 시간이 어느새 5시간이 되었다. 그리고 퇴근을 하는 재경이 병원 밖으로 나오는 모습을 발견했다.

윤영은 조용히 그를 향해 걸어갔다. 땅을 보며 걷던 재경은 아래에 보이는 운동화를 보고는 걸음을 멈췄다. 서서히 고개를 든 재경은, 앞에 서 있는 윤영을 보고는 눈을 크게 떴다.

"윤영아?"

"사랑을 하고 있어."

"어?"

"언제부터였는지는 모르겠어. 짝사랑을 해 왔어. 그만하려고 했는데 실패했어. 그래서 난 여전히 사랑을 하고 있어."

"아……."

재경의 눈동자가 흔들렸다.

"고백을 해 줘서 고마워. 그걸 거절해서 미안해. 나는 무섭고 걱정이 됐거든. 하지만 이제는 알겠어. 너도 그러리라는 걸. 그런데도 내게 손을 내밀었으리라는 걸."

"……."

"여전히 나는 사랑을 하고 있어. 사실 나는 계속 상상을 했어. 너랑 연애를 하고, 데이트를 하고, 그러다가 결혼을 하는 상상. 항상 그런 생각을……."

"나도."

재경이 윤영의 말을 끊었다.

재경은 두 손으로 윤영의 양쪽 볼을 감싸고 눈을 맞췄다.

"나도 그래. 나도 항상 상상했어. 너와 손을 잡고 걷는 상상.

그러면 아마 이 세상에 너와 나, 단둘만 남은 기분이 들겠지. 그래도 좋으니까. 이 세상에 둘만 있어도 좋으니까. 하지만 어느 날, 우리 둘은 셋이 되고, 어쩌면 넷이 되겠지."

"널 닮은 아이?"

"아니, 널 닮은 아이."

재경이 웃었고, 윤영도 웃었다. 윤영의 눈에서 흐른 눈물이 재경의 손가락을 적셨다.

"매일, 매일 이야기를 하자. 대화를 아주 많이 하는 거야. 가끔은 걱정될 수도 있고, 불안할 수도 있지만, 그럴 때마다 솔직하게 얘기하고, 들어주자, 서로."

"응."

"우리는 굉장히 행복해질 거야. 왜냐하면……."

재경이 고개를 숙여, 윤영의 이마에 입을 맞췄다.

"내가 널 그렇게 만들어 줄 거니까."

"나도야."

"그래, 그럼 우리 서로."

"응, 서로."

먼 길을 돌아 걷던 사랑이 겹쳐졌다. 그 길을 외로이 걷는 동안 만들어지고 다져진 사랑은, 그랬기에 겹쳐지는 순간이 더욱 아름다웠다. 그 새벽, 병원 앞에서 또 하나의 사랑이 완성되었다.

사랑이 완성되는 순간, 그 시간의 주인공은 바로 재경과 윤영이었다.

　　　　　＊　　＊　　＊

"네?"

나루의 눈이 커졌다.

나루와 지후는 손을 잡고 있었는데, 둘 모두의 손에 힘이 들어갔다.

산부인과 의사가 웃었다.

"그러니까, 이미 임신을 하셨다고요."

"아……."

생각지도 못한 결과에 나루의 입술이 벌어졌다. 두 사람은 연휴가 끝나자마자 검사를 해 보기 위해 병원에 온 터였다. 결과가 나오기까지 며칠 걸릴 줄 알았는데, 곧바로 이런 대답을 들었다.

"하지만…… 증상이……."

"간혹 임신을 하고 나서도 생리를 하는 경우가 있기는 해요."

"그건 그런데……."

"평소보다 양이 적었을 거예요."

"네, 그건 그런데……."

"축하드려요. 앞으로 식사 조심하시고, 정기적으로 와서 검사받으세요."

나루와 지후는 얼떨떨한 기분으로 병원을 나왔다. 아직은 현실감이 없어서, 둘 다 멍한 표정으로 주차장까지 걸어갔다.

멍하게 차에 도착했고, 멍하게 차에 탔다.

탁—

차 문이 닫히고 나서야, 나루가 지후를 돌아봤다. 지후도 나루를 향해 고개를 돌렸다.

둘의 시선이 마주쳤고, 그제야 둘은 현실로 돌아왔다.

"지후야, 나 임신했어."

"응, 그래."

지후의 입가에 미소가 번졌다.

"우리 부모가 되는 거야."

"응, 그래."

지후가 두 팔로 나루를 끌어안았다. 불편한 자세였지만, 둘의 얼굴은 더없이 행복해 보였다.

나루와 지후는, 이 시간, 그 어느 때보다도 행복한 주인공이 되었다.

* * *

명진은 오토바이를 멈췄다.

빵빵—

여기저기서 시끄러운 경적 소리가 울리고 있었다.

'뭐야?'

비스듬히 허리를 기울이고 앞쪽을 확인했다. 한 여자가 도로로 걸어 나오고 있었다. 그 때문에 차들이 멈춰서 경적을 울려대는 것이다.

'왜 저러지?'

잠깐 여자가 안 보이는가 싶더니, 다시 인도를 향해 돌아 나오고 있었다. 여자의 팔에는 축 늘어진 강아지가 안겨 있었다.

사람들이 흘긋흘긋 쳐다보고, 차창을 내린 운전자들이 욕설을 쏟아 냈지만, 여자는 무심한 표정으로 강아지를 안고 걸어갔다.

명진은 저도 모르게 오토바이를 타고 그녀의 뒤를 따라가 그녀의 옆에 오토바이를 세웠다.

"저기요."

여자가 명진을 돌아봤다.

"탈래요? 동물 병원에 데려다줄게요."

이 시간, 또 다른 주인공이 탄생하고 있었다.

〈이 시간의 주인공 끝〉